LA MÉLANCOLIE DU KANGOUROU

Après l'immense succès de *La Délicatesse du homard* et *La Mélancolie du kangourou*, Laure Manel a quitté l'enseignement pour l'écriture. Elle vit dans le Maine-et-Loire.

Paru au Livre de Poche :

LA DÉLICATESSE DU HOMARD

LAURE MANEL

La Mélancolie du kangourou

MICHEL LAFON

ISBN : 978-2-253-25961-9 – 1re publication LGF

Aux papas kangourous,
Aux cœurs qui dansent
et à la vie, toujours.

Il n'y a pas de hasard(s), il n'y a que des rendez-vous.

Paul Éluard

La nuit n'est jamais complète
Il y a toujours puisque je le dis
Puisque je l'affirme
Au bout du chagrin une fenêtre ouverte
Une fenêtre éclairée

Paul Éluard, Derniers poèmes d'amour

PROLOGUE

Le sourire esquissé sur ses lèvres une heure plus tôt ne l'a pas quittée. Elle griffonne dans son carnet de croquis. Les dessins se succèdent, autant de variations sur un même thème. Les bébés qui pourraient les porter n'ont ni visage, ni bras, ni jambes, mais elle les imagine joufflus et rieurs, avec des pieds à croquer. Elle se contente de tracer de sa main sûre les esquisses de bodys, déclinaisons unies, à pois, à rayures, ou à motifs, d'une forme universelle ne brillant pas par son originalité. Elle voudrait bien révolutionner le body, mais y pensera plus tard. Son sourire devient de plus en plus grand tandis qu'elle ajoute une lettre sur chacun des modèles.

Elle l'imagine et brûle d'impatience. Sera-t-il sans voix ? ému ? enthousiaste ? Explosera-t-il de joie ? Ce n'est toutefois pas son genre de crier à tue-tête ou de sauter partout quand il est heureux, il a plutôt la joie discrète.

Elle l'attend. Un peu plus tôt, il lui a envoyé un message : *Je rentrerai vers 20 heures. Bisous.* Il est en retard. Comme d'habitude. Et comme d'habitude, elle ne lui en tiendra pas rigueur. Elle aussi met le travail en haut de l'échelle des priorités. Enfin… jusqu'à présent, c'était le cas. Mais peut-être que les choses vont changer…

Malgré elle, elle guette les bruits du dehors qui pourraient l'annoncer : sa façon de ralentir au dernier moment, de faire crisser les pneus de la voiture sur les gravillons devant la maison, ou de claquer la portière. Puis il entrera plein d'entrain, comme toujours, et il la découvrira, les feuillets de son carnet éparpillés autour d'elle.

Il arrive enfin. Elle se donne une contenance pour ne pas éveiller ses soupçons.

— Bonsoir, chérie, dit-il en se penchant sur elle pour l'embrasser sur le front.

— Bonsoir, toi. Pas trop fatigué ? lui demande-t-elle comme presque chaque soir.

— Un peu, si. C'était une grosse journée : plein de trucs à gérer, des urgences…

Il découvre alors les feuilles qui jonchent la table.

— Encore des vêtements pour ta première collection ? Tu n'arrêtes pas en ce moment…

— Je ne peux pas m'en empêcher… sourit-elle.

— Tu déclines le body dans une version abécédaire ? demande-t-il quand il remarque les initiales. Super idée !

— En quelque sorte.

— Où est le A ?

— Il n'y a pas de A, dit-elle d'une voix qui sourit.

— Il y a trois T…

— Peut-être parce que ce n'est pas un abécédaire…

— Oh, oh… un message codé ? demande-t-il, amusé.

— Le code alphabétique ne devrait pas te résister longtemps, fait-elle, taquine.

— Parce que tu veux que j'essaie de décoder ce message à l'intention des parents ? l'interroge-t-il d'un ton soudain las.

— C'est comme tu veux…

Il sent qu'elle serait déçue qu'il renonce : elle aime qu'il l'accompagne dans toutes les étapes de son projet. Il prend les feuillets, observe chaque lettre, puis les pose sur la table pour mieux les manipuler et changer leur position.

— C'est comme au scrabble ! rit-il.

Il lui demande la première lettre – B – et le nombre de mots – deux. Au bout d'un moment il jubile, sous les yeux émus de sa femme :

— *Bientôt trois* ! C'est sympa, comme idée. Mais… tu crois vraiment que ça va intéresser ? Enfin, je veux dire, Raph, c'est quoi le concept ? Parce que si c'est pour annoncer la grossesse à un futur papa, il faudrait peut-être juste écrire *Bientôt trois* sur un seul body, non ? Tu crois que les gens vont vouloir s'amuser à acheter, voyons… – il compte sur ses doigts – douze bodys, neuf mois avant la naissance, juste pour faire comprendre qu'ils vont être parents ?

Elle reste sans voix. Il n'a rien compris. Un vrai fiasco.

— Tu as raison, Antoine. Évidemment ! C'était un jeu… personnalisé. Je ne ferai qu'un body pour les clients… Mais toi…, je pensais que tu n'étais pas un client comme les autres.

Il la scrute sans comprendre vraiment. Mais l'incompréhension et la déception qu'il lit dans les yeux de sa femme le font enfin réagir.

— Nooon ? Déjà ?! *Bientôt trois*, c'est nous ?

Elle sourit en guise de réponse. Il ouvre les bras pour qu'elle s'y précipite, et répète des « déjà ! », « si vite ? », « c'est pas possible… ». Il la serre dans ses bras. Fort. Si fort qu'elle rit. Et il la couvre de baisers. Même si son jeu n'a pas été une réussite, elle est heureuse. Tellement heureuse !

*

Antoine aussi. Ce bébé, ils l'ont désiré. Surtout elle. L'envie d'avoir un bébé a grandi en elle pendant des années, jusqu'à devenir irrépressible. Il a résisté, lui, arguant du fait qu'ils devaient d'abord développer leurs carrières respectives, profiter de la vie avant d'avoir un fil à la patte. La vérité, c'est qu'ils n'ont pas le temps de vraiment « profiter de la vie ». Ils vivent à cent à l'heure. Ne se posent que pendant les vacances. Ce bébé va les obliger à ralentir. Surtout elle. Il lui a promis d'être présent au maximum de ses possibilités, mais il ne pourra pas faire abstraction des contraintes inhérentes à son métier. Elle l'a compris. Elle se fait une joie si intense d'être mère qu'elle sait déjà qu'elle palliera toutes les éventuelles « lacunes » de son mari.

Quand il a fini par lui donner le feu vert, elle était folle de joie. Elle a mis sa boîte de pilule à la poubelle d'un grand geste théâtral.

Et voilà… Deux mois après, elle est enceinte. Déjà ! À vrai dire, il aurait aimé que cela arrive un tout petit peu plus tard. Il pensait qu'il aurait quelques mois de plus pour se faire à l'idée… et peut-être aussi pour rester encore un peu le seul objet d'amour de sa femme.

Il est heureux bien sûr. Mais au fond de lui, il panique… Raph le sent. Elle le rassure. Un bébé, c'est la vie ! Ils vont être si heureux tous les trois !

1

Être bientôt père

Elle a une charlotte bleu ciel sur la tête et porte la traditionnelle chemise marine des opérés. Son ventre proéminent est fièrement ceinturé par les capteurs du monitoring.

Tout va bien.

Raphaëlle sourit.

Antoine aussi.

Ils vont être parents pour la première fois. Dans quelques heures, le bébé sera là et commencera alors une nouvelle vie. On lui a posé la péridurale et les heures passent tranquillement, entre deux souvenirs et deux espoirs. À se demander encore « fille ou garçon ? ». Ils n'ont pas voulu savoir.

Il lui tient la main, comme pour la rassurer. Elle n'en a pas besoin : elle a confiance. Elle est tellement certaine que tout va bien se passer.

Elle lui tient la main aussi, comme pour le rassurer : elle l'aimera toujours autant. Et même plus.

Le cœur du bébé se fait entendre régulièrement. La sage-femme passe de temps en temps. Pour vérifier les pulsations, le col, la position du fœtus. « Tout va bien. » C'est ce qu'elle dit à chaque fois qu'elle vient. « Tout va bien. »

Elle s'appelle Sandrine.

On les fait quitter la salle de travail pour gagner celle de l'accouchement.

Le ventre de Raphaëlle se tend et se crispe de plus en plus souvent, mais son visage reste serein et souriant. Elle ne sent pas la douleur, et elle a tellement hâte de découvrir son bébé… Ses yeux bleu clair brillent d'émotion. Antoine la couve du regard, serre sa main au rythme des contractions, lui rappelle gentiment les conseils pour bien respirer… car c'est le moment : il faut pousser.

Le gynécologue est là, avec Sandrine. Le bébé se présente et descend bien. Ça va être un accouchement facile. Au fur et à mesure des contractions, l'émotion s'intensifie. Le bébé arrive.

La tête est là. Encore deux poussées, et le petit corps suivra.

C'est le moment magique.

— Essayez de le sortir vous-même, madame, propose le gynécologue.

Mais Raphaëlle interrompt son élan.

Elle tousse. Suffoque. Convulse.

La panique.

On sonne l'alerte.

On fait sortir le père affolé.

On gère l'urgence.

2

Attendre

Antoine est dans le couloir.

Antoine est dans le noir, recroquevillé en lui-même. C'est comme s'il avait trébuché et qu'il tombait dans un trou.

Combien de temps va-t-il attendre ainsi, en proie à l'angoisse ?

Il ne comprend pas ce qu'il se passe.

Tout allait bien…

On l'a laissé seul. Il a envie de tambouriner contre la porte de la salle où se trouve sa femme. Ils vont la sauver, n'est-ce pas… Bien sûr… Comment pourrait-il en être autrement ? La vie ne peut pas être aussi cruelle. Tout allait si bien…

Comme avant de mourir, des images le traversent, fugaces, criantes d'un bonheur peut-être achevé. Raphaëlle… Son sourire, sa peau claire, ses yeux bleus, sa douceur, et la joie entière qu'elle éprouvait à être enceinte…

Mais ils vont la sauver.

Ce n'était qu'une alerte. Et plusieurs médecins sont venus en renfort.

Il entend des voix fortes, les pleurs d'un bébé… le sien, sans doute. Mais ce n'est que la bande-son d'un drame qui se joue peut-être…

Il veut voir Raphaëlle. Et c'est tout.

Combien de temps cela dure-t-il ? Antoine n'en a aucune conscience. Les secondes sont des minutes, peut-être des heures ; chacune d'elles claque dans sa tête qui bourdonne.

Enfin, la porte s'ouvre.

Antoine se lève du siège qui a accueilli ses sombres pensées, empli d'espoir. Il veut voir l'œil – brillant, fier du devoir accompli – du médecin. Mais ce qu'il y décèle n'est que gravité. Ses jambes flageolent, son cœur bat à se rompre dans sa poitrine. C'est impossible.

— Monsieur Dussac… Je suis désolé. Nous n'avons rien pu faire.

Le coup est violent. Son esprit chavire. Le médecin marque un temps pour laisser l'information faire son chemin jusqu'au cerveau de l'homme qu'il a devant lui.

— Votre femme a dû faire une embolie amniotique, qui a entraîné un arrêt respiratoire. Nous avons essayé de la réanimer… en vain. Je suis désolé, répète le médecin d'une voix blanche. Sincèrement désolé.

Les yeux d'Antoine sont ronds de stupeur, comme hypnotisés. Il se tient immobile face au médecin, qui tente alors une approche plus tactile, en posant une main réconfortante sur son épaule. Dans un demi-sourire, il ajoute, comme si c'était une bonne nouvelle :

— Le bébé va bien. C'est une petite fille.

Antoine n'a pas eu le temps de se poser la question. La réponse qu'il n'attendait pas arrive avec une espèce d'incongruité. Que ce soit une fille n'est qu'un détail… triste et décalé. Hors sujet, aurait pu dire un professeur en appréciation d'une dissertation.

3

Être veuf

Ils l'ont laissé seul avec elle.

Raphaëlle est étendue et ses yeux bleus sont fermés. Il ne les reverra jamais. Son visage d'ange est bien plus blanc que d'habitude, mais ses traits sont détendus. Comme si elle était en paix.

Il la regarde sans y croire. Peut-être le voit-elle…

Il n'ose pas s'avancer. Contemple la pièce qui n'est que froideur médicale, machines, métal glaçant. Songe que c'est tout cela qu'elle a vu en dernier. Ne peut tout simplement pas croire que cela soit vrai.

Il est en plein cauchemar. Il va se réveiller.

Ses yeux sont secs et ses larmes, intérieures, sont glacées. En apnée, il avance vers le lit de mort. Il tend sa main, secouée de tremblements, vers celle de Raphaëlle à la parfaite immobilité. Aucun souffle de vie ne parcourt plus ses cellules, mais sa main n'est pas encore froide. Il la prend, la serre, et sa bouche se tord de douleur au contact de son aimée disparue. Des larmes déferlent sur ses joues et bientôt les sanglots agitent son corps voûté. Il voudrait s'effondrer sur elle.

Est-ce la bienséance ou la pudeur qui le fait renoncer ? Il se maintient autant qu'il le peut. Pleure le plus silencieusement possible, mais ses cordes vocales vibrent d'un chagrin incommensurable.

Il s'approche du visage de sa femme, le contemple avec douleur. Il ne lui reste que quelques jours pour pouvoir le regarder. Il ose une caresse et l'embrasse sur la joue, l'inonde de tant de larmes qu'on dirait que Raphaëlle pleure elle aussi. Pourtant ses yeux sont fermés. Il voudrait pouvoir les rouvrir. Jamais plus ils ne le regarderont, jamais plus ils ne riront ou lui diront « Je t'aime ». Jamais plus... Il dépose des baisers mouillés sur les paupières closes. Puis pose sa tête sur sa poitrine, comme il le faisait parfois. Comme pour être sûr... Mais la petite musique du cœur n'est plus. Elle a cessé pour entrer dans un autre. Celui d'une petite fille qu'il ne connaît même pas. Il pleure sur la cruauté des faits. Et reste ainsi sans bouger contre sa femme. Et si son souffle pouvait la faire renaître ? Et si les mouvements de sa respiration pouvaient relancer la machine pulmonaire de Raphaëlle ?

En vain. Alors il lui parle, lui murmure son prénom, des mots doux. Mais rien n'y fait. Tout son amour ne changera rien. Son impuissance lui fait serrer les poings.

Il reste longuement contre elle, jusqu'à épuisement de ce premier flot de larmes. Les médecins le trouvent ainsi. Ils doivent emmener Raphaëlle. Antoine se redresse. Il a les yeux bouffis. Il lit de l'empathie dans ceux des médecins. Mais ce sont des médecins... Ils ne viennent pas de perdre leur femme au moment qui aurait dû être le plus beau de leur existence.

Antoine sait bien où ils vont l'emmener. Elle aurait dû revenir dans la chambre où ils l'ont installée ce matin… mais ils vont la mettre dans la chambre froide de la morgue, au sous-sol.

Ils attendent un peu pour lui laisser quelques minutes de plus, mais il est sonné. Ce n'est heureusement pas encore le moment de lui dire au revoir. Pourtant, quand ils la placent sur le brancard qui va l'emporter, il est partagé entre fureur et chagrin. Il n'a pas envie que d'autres la touchent, il n'a pas envie qu'on l'emmène. Il voudrait rester avec elle le plus longtemps possible. Il a envie de hurler, cependant il n'arrive qu'à faire non de la tête. Il se penche à nouveau vers le visage de sa femme et lui murmure des « je t'aime » inaudibles. Les médecins lui demandent s'ils peuvent y aller. Il acquiesce avec gravité, et les suit dans le couloir. Comme une répétition pour le jour de l'enterrement, quand il suivra le cercueil. Jusqu'à l'ascenseur. Il ne pourra pas aller plus loin. Il voudrait tellement accompagner sa Rapha… Il se mettrait dans le caisson funéraire avec elle, s'il pouvait. Il les regarde s'engouffrer dans l'ascenseur ; ils ont un dernier regard de compassion pour lui. Antoine étouffe un cri et se rue sur les portes closes. Ils sont partis avec elle. Il tape et reste les doigts crispés sur la porte de l'ascenseur qui a englouti sa femme. Quelques secondes. Quand il se retourne, ses jambes le portent à peine. Heureusement que Sandrine, la sage-femme, arrive, car il n'aurait pas su où aller. Elle a les yeux rouges. Elle le prend par le bras comme pour le soutenir, ce qu'elle n'aurait pas la force de faire, en réalité.

Elle n'a pas besoin de lui dire qu'elle est désolée

pour lui. Tout en elle le dit déjà. Mais elle a une mission à accomplir : lui rappeler qu'il est papa.

Antoine est veuf. Son cœur et son corps lui crient qu'il est veuf, pas qu'il est père. Il ne veut pas de sa paternité. Elle lui paraît indécente, étrangère.

Sandrine le fait entrer dans la salle de soins aux nouveau-nés. Antoine distingue vaguement un bébé dans un berceau en plastique transparent. Ce doit être le sien. Il le devine, mais il ne saurait le reconnaître : ils n'ont pas eu le temps de faire connaissance. On l'a fait sortir avant même que le bébé n'ait quitté tout à fait le giron maternel. La maman n'a pas eu le temps de le prendre dans ses bras et de le poser sur elle, en peau à peau ; ils n'ont pas eu le temps de se découvrir mutuellement, de se sourire, de s'embrasser, de se réjouir… d'être heureux. Ils n'ont eu le temps de rien. La rapidité des événements les a surpris, et la mort leur a tout volé.

Antoine s'arrête : il n'a pas la force d'aller jusqu'au berceau. La douleur le retient et rend son cœur inerte : il est incapable de recevoir ce qui devrait être la joie d'accueillir son enfant dans la vie.

Sandrine va chercher le bébé ; Antoine la regarde se pencher sur le berceau pour lui dire quelques mots avec une douceur infinie…

— Papa est là, ma puce.

Papa… Comme ce mot est étrange. Comme il apparaît vide de sens…

Sandrine s'approche avec le bébé dans les bras et le présente à Antoine, qui reste comme anesthésié.

— Elle est magnifique, dit-elle avec sans doute l'intention de lui mettre un peu de baume au cœur.

Mais rien ni personne ne pourrait apaiser le cœur meurtri d'un veuf de moins d'une heure.

— Comment vouliez-vous l'appeler ?

Le père ne semble pas entendre. La jeune sage-femme est décontenancée. Elle n'a encore jamais été confrontée à pareille situation. Essaie de retenir ses larmes. « Pauvre homme, pauvre petite… », ne cesse-t-elle de se répéter.

— Vous… Quel prénom avez-vous choisi ? insiste-t-elle.

Il ne répond pas. Déjà parce qu'ils ne savaient pas si ce serait un garçon ou une fille… ensuite parce qu'ils ne s'étaient pas vraiment mis d'accord pour le prénom, si c'était une fille… enfin, parce qu'il est tout seul, désormais, à devoir trancher, et que cela n'est qu'un début. Tous les choix sont entre ses mains à compter de ce jour.

Il se remémore des bribes de leurs conversations autour du choix du prénom, la lubie de Raphaëlle qui lui imposait chaque mois de faire une liste sortie tout droit du cœur, leurs rires à l'énoncé de certains, dont il doutait de l'existence tant ils étaient fantaisistes, leurs débats sur la compatibilité avec leur nom de famille et sur des sonorités douteuses ou laides, leur accord trouvé au septième mois pour un prénom de garçon, leur blocage irrémédiable pour celui d'une petite fille…

— Lou… répond-il d'une voix blanche.

Le prénom est sorti tout seul.

C'est celui qu'aurait voulu Raphaëlle.

4

Se trouver entre deux…

Antoine se tient dans la chambre qu'occupait Raphaëlle et qui aurait dû être le lieu des tout premiers bonheurs, celui des premières tétées, des premiers bains, des visites des proches… À cette idée, Antoine ressent un vertige terrible. Demain, ou plutôt dans quelques heures, ils seront là… Il a appelé ses parents, mais n'a pas eu la force d'appeler Marie et Pierre, ceux de sa femme. Comment annonce-t-on à des parents que leur fille, qui devait mettre au monde le premier petit-enfant de la famille, est décédée et qu'ils ne la reverront jamais ? Alors il n'a pas pu le leur dire… Il a laissé aux médecins le soin de le faire. Ce n'est pas de la lâcheté, il ne pouvait pas. Pour ses parents à lui, ça a aussi été très difficile, mais ce n'est pas leur fille qu'ils ont perdue dans ce drame, et ils connaîtront un jour le bonheur d'être les grands-parents de Lou. Lou… Il la regarde, assis sur le lit, les bras ballants. Sandrine lui a donné son premier biberon et elle dort à poings fermés. À lui, on a proposé un repas. Il a eu envie d'envoyer le plateau à la figure de l'aide-soignante. Mais elle n'y est pour rien… Personne n'y peut rien. Il a refusé le plateau.

Il regarde Lou, mais il voit Raphaëlle. Il ne sait pas encore si elle lui ressemble, il n'a pas l'œil pour cela. L'image de sa femme allongée dans la salle d'accouchement reste figée devant ses yeux, et il l'imagine dans son coffre glacial, à blanchir, à prendre la pâleur de ceux qui n'ouvriront plus les yeux. Antoine n'est pas tout à fait là. Il est entre deux mondes, entre deux temps, entre deux vies.

Cette nuit, il aurait dû être ici, assis dans le fauteuil. Dans le lit, il devait y avoir Raphaëlle, fatiguée et comblée. Puis il serait rentré chez eux, pour revenir le lendemain matin, heureux de retrouver sa femme et sa fille.

La valise de Raphaëlle est pleine de vêtements, mais pour le voyage qu'elle a entamé, elle n'a besoin de rien. Il n'a pas envie de l'ouvrir. Il lâcherait un deuxième flot de larmes, il en est sûr. Pourtant, il le faudra sans doute. La nausée lui vient.

Demain s'annonce comme une nouvelle épreuve. Ses parents et ses beaux-parents vont arriver. Il ne sait pas s'il aura la force de les recevoir, de tenir son rôle, de leur présenter leur petite-fille, qu'il n'a même pas encore prise dans ses bras… Il voudrait pouvoir partir, les laisser s'occuper de tout : le bébé, les démarches pour Raphaëlle, tout… Or il n'a pas le choix, il n'a pas envie d'abandonner sa femme ni de fuir ses responsabilités. C'est un homme qui assume, d'ordinaire.

Tout se bouscule dans sa tête. Une naissance, un

décès… Il faut gérer l'urgence, il faut tout organiser pour rendre hommage à sa femme comme il se doit, et lui dire au revoir dignement… Il sera père plus tard… Il n'a pas envie d'y penser.

S'accrocher à du concret pour ne pas sombrer dans les abîmes de la folie, c'est à peu près tout ce dont il est capable. La nuit va être longue et blanche.

Antoine est allongé sur les couvertures. Sur le dos, comme Raphaëlle. Il regarde le plafond. Lou commence à donner des signes de réveil et se met rapidement à pleurer. Elle doit avoir faim. Raphaëlle l'aurait allaitée. Antoine ne peut rien y faire. Il appuie sur la sonnette. Une puéricultrice ne tarde pas à arriver. Elle va préparer un biberon. Veut-il le lui donner ? Non. Elle lui propose d'emmener Lou avec elle pour qu'elle finisse sa nuit à la nursery. Peut-être ainsi pourra-t-il dormir un peu… Antoine sent bien que tout le personnel est particulièrement attentionné envers lui. Il hésite… Qu'est-ce qui est le mieux ? Il culpabilise envers son bébé, quoique… pas vraiment. Pour l'instant, c'est juste une étrangère… Il n'est pas loin de penser qu'elle lui a pris ce qu'il avait de plus cher. Alors, il dit que, oui, elle peut la prendre. Pour l'instant, il ne veut pas s'en occuper… même pas la toucher.

On verra demain… dans quelques heures.

Il va essayer de dormir un peu. Mais il a trop peur de retrouver Raphaëlle dans son rêve et qu'au petit matin, le réveil soit brutal, après quelques heures d'oubli.

5

Tomber

Il est un peu plus de 6 heures, ce terrible 7 septembre. C'est son portable qui le lui dit. Des messages attendent qu'il les lise, mais il n'en a pas envie. Après une nuit où il a presque décroché de la réalité, il n'a plus qu'un souhait : quitter cette chambre. Il se lève brusquement, enfile son pantalon, sa chemise, ses chaussures. Attrape la valise de Raph et sort de la pièce comme un voleur. On l'intercepte rapidement. Pas pour l'empêcher de partir, après tout, il n'a plus rien à faire ici : on est dans une maternité. Non, on vient l'informer que Lou a été transférée en service de néonatalogie, car elle non plus ne doit pas rester ici. Il est donc libre de faire ce qu'il veut : rentrer chez lui ou bien aller voir sa fille. Il pourra même demander un lit kangourou pour dormir à côté d'elle, le temps que le pédiatre autorise sa sortie. Les tests post-accouchement sont bons. Antoine s'en fiche. Pire, il se demande comment on a pu faire passer des tests à une orpheline. Ils n'avaient rien d'autre à faire ? L'amour d'une mère ne se prescrit pas sur ordonnance, certes, mais bon… un peu de soutien ? Personne ne pourra le lui donner. Parce qu'elle vient du ventre de Raph, qui l'a portée, nourrie et aimée déjà plus que quiconque, Lou est à présent comme amputée du principal. Lui n'est que le géniteur, après tout… La plupart des pères vous le diront : on naît père à la naissance de l'enfant. Antoine a raté le coche.

— Merci, se contente-t-il de répondre.

Il a besoin d'air, alors il sort. L'air est frais, ce matin de septembre. Le jour se lève malgré le drame de la nuit dernière. Antoine est effondré. Plus rien n'a de sens. Encore moins la naissance de Lou. La pauvre… Il pense à elle avec un peu de compassion distanciée, comme s'il s'agissait de n'importe quel bébé. Il n'arrive pas à se dire qu'il a un enfant pour de vrai. Une fille… qui s'appelle Lou, comme l'aurait voulu Raph. Il préférait Lalie. Il l'indiquera en deuxième prénom. Il va devoir aller à la mairie pour déclarer la naissance… et le décès. Les médecins lui expliqueront cela tout à l'heure, sans doute.

Il sort son téléphone de sa poche et s'emploie à faire défiler les messages dans la boîte de réception. Le dernier qu'il a lu date d'hier matin : *Chéri, j'ai perdu les eaux ! Viens vite. Ça y est !!!* Une larme pointe au coin de son œil. Il préfère ne pas se plonger dans l'historique de leur conversation. Un SMS de Raph, ça suffit pour l'instant. Il lui semble impossible que ce soit le dernier qu'elle lui envoie. Oui, impossible. Puis il lit les autres, ceux qu'il n'a pas lus, arrivés tôt ce matin ou dans la nuit. De ses parents et beaux-parents. Les quatre personnes qui sont au courant. Il frissonne en pensant à tous ceux qu'il va falloir avertir. La liste est si longue… et il n'a pas l'envie, pas la force de le faire. Surtout pas de vive voix. Il se dit juste qu'il ne peut pas ne pas le dire dès maintenant à Vanessa, la meilleure amie de Raph. Il ne sait pas comment s'y prendre. Il cherche une tournure, mais aucune ne peut édulcorer l'implacable réalité : *Rapha est décédée.* Alors il envoie juste ces trois mots. En priant pour que Vanessa prenne le relais auprès de leurs amis communs… Imaginer comment chacun réceptionnera émotionnellement la nouvelle lui échappe complètement. Il est centré sur lui. Au mieux, il peut penser à ses beaux-parents qui vont arriver d'une minute à l'autre après une nuit sans sommeil.

*

Antoine glisse la clef dans la serrure et inspire un grand coup avant de pousser la porte de la maison. À l'intérieur, il n'y a jamais eu autant de silence. Il fait quelques pas, pose machinalement ses clefs sur la commode, comme il le fait toujours. Mais il contient le « Raph ? » qui s'ensuivait souvent, quand il arrivait tard le soir… sa façon de l'appeler pour savoir où elle se trouvait dans la maison et aller la rejoindre, l'enlacer, déposer un baiser dans ses cheveux. Elle n'est pas là – ce qui lui arrivait parfois –, aussi il s'attend à la voir rentrer bientôt, passant la tête par la porte en disant « Coucou, toi », suivi de « Comment va mon mari ? ». Il ferme les yeux une fraction de seconde pour chasser ces images de leur routine qu'il chérissait. Ces petits riens de leur vie à tous les deux qui faisaient qu'ils étaient à la fois des amoureux, mais aussi des compagnons, leur soutien mutuel les rendant plus forts. La solitude s'abat sur lui un peu plus quand le portrait géant de Raph apparaît dans son champ de vision et lui éclate au visage. Ils avaient fait faire cette photo en noir et blanc chez un professionnel, et elle trônait dans le salon, avec ses dimensions ahurissantes qui faisaient qu'on ne voyait qu'elle : Raphaëlle, son teint de porcelaine, ses yeux clairs et perçants, ses soyeux cheveux d'ébène et son sourire d'ange à la dentition parfaite.

Il s'installe dans le fauteuil qui fait face à la photo et la regarde comme jamais. Chaque petit détail l'hypnotise, chaque millimètre de sa peau l'électrise. Il l'attend. Elle va rentrer, forcément rentrer. Elle rentrait tous les jours, elle était toujours là. Raph était son rocher. Son grand amour. Le seul qu'il voulait vivre.

Il se sent amputé. L'essentiel de sa vie est parti. Il est désormais seul. Les sanglots le secouent violemment à cette pensée. Il pleure sur sa vie anéantie.

Tapie au fond de son cerveau, dans l'ombre, il y a la petite Lou.

Ils étaient tous dans la chambre d'hôpital, tout à l'heure, lui séquestré par son chagrin, ses parents dans l'infinie tristesse, ses beaux-parents dans une hébétude muette. Ils ne se sont presque rien dit. Antoine a laissé les médecins expliquer. L'autopsie, d'ailleurs, a confirmé le diagnostic d'embolie amniotique. « C'est très rare. » Donc, c'est encore plus injuste. Pourquoi elle ? Pourquoi lui ? À cet instant, il aurait préféré, à choisir, que ce soit le bébé qui soit décédé. Il ne la connaît pas, il ne l'aime pas. Il pense même qu'il ne l'aimera jamais… ou jamais autant qu'il aimait Raph.

Elle était précieuse, essentielle… Lou, non. Un psychologue de l'hôpital est venu le trouver et a fait sortir les grands-parents. Il lui a conseillé de parler à Lou… de lui dire qu'elle n'y est pour rien… que c'est la faute à « pas de chance »… mais pas à elle, que son chagrin à lui est immense, mais qu'un jour la vie reprendra ses droits et qu'ils seront heureux. « Je n'y arriverai pas », a lâché Antoine. Ni à parler à Lou (pour lui dire quelque chose qu'il ne pense pas ?), ni à être heureux sans Raph… Le psychologue lui a tendu la carte d'un confrère. « Vous en aurez sans doute besoin, il ne faudra pas hésiter à vous faire aider. » Et d'ajouter en lui serrant la main, avant de quitter la chambre : « Courage, vous allez y arriver. » Antoine n'a pas de courage, et même, il n'a pas envie d'y arriver. Plus rien n'a de sens. Il se sent aspiré par un gouffre où il pourrait aller s'enterrer. Il crève d'envie de se faire oublier de tous et de partir loin. Seul.

6

Rentrer

Antoine a retardé au maximum le moment d'entrer dans leur suite parentale. Il ouvre le sanctuaire de leur chambre. Il lui semble sentir un souffle glacé sur sa peau, comme le murmure d'un fantôme. Dans la pièce, tout est rangé. Raphaëlle a veillé à ne rien laisser traîner. Comme toujours : leur maison est ordonnée, plus que propre, digne d'un magazine de déco. Ils aiment tous les deux la sérénité qu'offre au regard un espace ordonné, où rien ne vient gâcher la vue. Tout est beau, lisse, élégant. De ce vide qui emplit.

Les yeux d'Antoine parcourent légèrement les murs, sans chercher à s'attarder sur les cadres et les objets personnels. Il file dans la salle de bains, se déshabille, entre dans la douche et se lave rapidement. Une angoisse sourde l'étreint et lui serre la gorge ; il veut sortir de là au plus vite. Ici, il manque d'air. Il attrape son pyjama et quitte la suite. Le canapé accueillera sa nuit. « Il faut que tu dormes », lui a dit sa mère. Heureusement, elle lui a donné des somnifères.

Avant de sombrer, il pense à elle, qui dort à l'hôpital, dans le lit kangourou. Jacques, son père est reparti à Bordeaux. Il a trop à faire, soi-disant… C'est surtout qu'il est embarrassé par la situation. Les bébés, les émotions, tout ça, c'est un truc de femmes… et il ne sait pas quoi dire à Antoine. C'est un père à l'ancienne, qui travaille, qui travaille… et qui travaille. Qui n'est pas souvent présent, ou bien alors juste pour faire la morale (« C'est quoi, ce bulletin de notes ? »). Il ne sait sans doute pas faire autrement. Alors, il ne fait pas… Jacques s'en va, il fuit. C'est plus simple. Sauf pour la culpabilité qu'il pourrait ressentir s'il était capable de ressentir autre chose que de la gêne et de l'orgueil. Ses beaux-parents logent chez un des membres de la famille. Ils viennent de Reims, trop loin pour rentrer chez eux. Et puis ils vont avoir tant à faire, gérer la préparation des obsèques en premier lieu. Sa mère s'occupe de Lou. Il semblerait qu'il n'ait donc à s'occuper que de lui-même. Tous semblent avoir compris qu'il n'est pas en état…, mais les parents de Raph ont-ils le choix ? Il doit inspirer à tous de la pitié. Il reçoit de gentils messages de personnes à qui il n'a rien dit. La chaîne téléphonique dont Vanessa était le point de départ a bien fonctionné. Tout le monde sait… La ville, le pays, la terre entière, ou pas loin. Dans les maisons amies, les appartements copains, on doit murmurer des « Pauvre Antoine… ». Et comme lui, personne ne doit oser croire à pareil drame. Ça n'arrive pas, ces choses-là… ou pas ici, pas chez nous, pas à nos amis. C'est un peu un cauchemar collectif qui anesthésie la pensée et défie la raison, la démonstration par la violence de la véracité d'un théorème médical. La preuve par la tragédie. Et c'est à lui de la porter en premier.

*

C'est le bruit de la sonnette de l'entrée qui érafle les oreilles endormies d'Antoine le lendemain matin. Son cœur fait un boum terrible dans sa poitrine. Et si c'était elle ? Si tout cela n'avait été qu'une mauvaise blague ? Un jeu d'un goût incertain ? Et si derrière la porte, il retrouvait la silhouette de sa femme chérie ? Il titube dans son réveil difficile en allant ouvrir. À travers la porte, l'ombre n'est pas celle qu'il attendait. Plus petite, plus trapue. Sa mère.

— Bonjour maman.

— Ça va, fils ? Comment vas-tu ce matin ? Tu as réussi à dormir ? demande-t-elle en l'embrassant comme s'il avait encore huit ans.

Il ne réagit pas, s'ébouriffe les cheveux, se frotte les yeux. Sa mère le regarde avec tendresse. Pendant une micro-seconde, elle oublie presque le drame qu'il vit.

— Quelle heure est-il ?

— Il est bientôt 11 heures. Antoine, le pédiatre a vu la petite. Elle peut sortir de l'hôpital…

Il ne réagit pas plus, ne semblant pas concerné par l'information.

— Je viens chercher la nacelle. Et puis, si tu es d'accord, je vais prendre ta voiture. La mienne est trop petite. Ce sera plus confortable. J'ai besoin de toi pour l'attacher, tu me connais… je ne suis pas adroite avec la mécanique.

— Ça n'a rien à voir avec la mécanique, la

reprend-il, sensiblement énervé de se voir abreuvé de paroles dès le saut du lit.

— Tu viens avec moi ? demande sa mère d'un ton faussement gai.

Il semble d'abord étonné de la question, puis hésitant sur la réponse à donner. Manifestement, il ne brûle pas d'envie de récupérer sa fille.

— Non, tu n'as qu'à y aller toute seule… Ce sera mieux. Je suis fatigué… fait-il d'un ton las.

— Ah non ! s'exclame-t-elle avec énergie. Ça ne sera pas mieux…

Il sort presque de sa torpeur, elle poursuit :

— Va t'habiller, mon chéri, et je t'emmène ! ordonne-t-elle d'un ton qui ne souffre aucune réplique.

Comme à huit ans… Mais il se laisse faire. Il n'a pas la force de lutter.

*

Dans la voiture, sur le trajet du retour, Antoine reste silencieux et sa mère conduit sans rien dire, malgré toutes les questions qu'elle se pose, malgré son inquiétude de mère et de grand-mère, les conseils qu'elle voudrait lui donner… Elle se tait. Ils ont convenu qu'elle resterait autant de temps qu'il le faudrait pour qu'il s'en sorte avec Lou, jusqu'à ce qu'il sache s'en occuper. Elle lui fera une formation accélérée et, quand il sera prêt, elle le laissera seul avec elle. De toute façon, il va avoir un congé paternité allongé. Évidemment… Peut-être même un congé maladie. Simone craint que son fils ne tombe en dépression. Il a déjà un pied dedans, il ne faudrait pas qu'il plonge. Elle a lu dans les yeux du personnel hospitalier la compassion, presque la pitié, qu'ils peuvent ressentir pour ce père esseulé et sa fille orpheline. « Bon courage », ont dit certains, avec parfois un tremblement dans la voix… « Donnez-nous des nouvelles », a risqué Sandrine, qui était là pour le départ de Lou. Elle ne voulait pas manquer ça. Elle voulait vérifier dans les yeux du veuf que ce qu'elle avait vécu était vrai pour elle aussi… parce qu'elle avait pris de plein fouet cet accouchement dramatique et qu'il restait présent dans son esprit chaque seconde, comme les prémices d'un traumatisme – trop étranger pour qu'il soit vraiment le sien, mais tellement présent pourtant. Simone avait rassuré tout le monde en disant qu'elle allait veiller sur eux. Pierre et Marie n'étaient pas là, trop occupés de leur côté, entre démarches et émotions. Pour l'instant, ni Antoine ni Lou n'étaient leur centre d'intérêt. Ils les avaient mis entre parenthèses, exclusivement penchés sur le sort *postmortem* de leur fille.

*

Lou a été couchée dans le petit lit de sa chambre. Le babyphone ne manquera pas de grésiller en cas de réveil. Simone s'affaire à la cuisine pour le repas de midi. Surtout pour elle, car Antoine n'a pas faim. Il ne mange plus. Il est assis dans le fauteuil du salon, face à la photo. Comme subjugué. Simone se sent mal à l'aise. Elle voudrait dire quelque chose, mais quoi ?

— Tu veux que j'aille chercher le courrier ?

— Si tu veux, répond-il sans âme, après un laps de temps étonnamment long.

Elle sort de la maison, clefs en main, et revient avec une liasse d'enveloppes. Le courrier de plusieurs jours. Machinalement, elle trie : courrier d'Antoine, courrier du couple, courrier de Raphaëlle. Ce dernier se résume à une offre promotionnelle pour des produits de beauté. Elle n'en aura plus besoin…

— Qu'est-ce que tu fais ? demande Antoine avec agressivité.

— Je trie…

— Laisse ça. Tu ne touches pas à ce courrier !

— Mais…

— Tu ne touches pas à son courrier, d'accord ? s'écrie-t-il, d'un air menaçant.

Simone en a les jambes qui flageolent, va s'asseoir à la table de la salle à manger. Des réactions violentes, il y en aura d'autres… Elle connaît les phases du deuil. Elle voit bien qu'Antoine est à la fois dans le déni et dans la colère. Elle reste, penaude, sur sa chaise, n'osant plus rien faire ni rien dire. Elle attend que Lou se réveille.

*

Les obsèques ont lieu dans deux jours. Antoine, gagné par l'envie (plus forte que la peur) de revoir sa femme, s'est enfin décidé à puiser au fond de lui la force de se rendre au funérarium. Dans la chambre mortuaire se trouvent Raphaëlle, bel et bien morte (il avait besoin de la voir pour y croire vraiment), et ses beaux-parents à son chevet, la mine défaite. Ils se lèvent à son arrivée. Demandent, pour la forme, comment va la petite. Il ne sait pas trop quoi répondre. Comment peut-il savoir comment elle va… elle ne dit rien. « Bien », répond-il, et il s'assoit. Pierre et Marie s'éclipsent, pour respecter son vœu, non formulé, d'être seul avec elle. Il pousse un soupir et entreprend d'observer, détail par détail, sa femme inanimée. Ses lèvres sont rose pâle, d'une pâleur sépulcrale, mais il les trouve belles comme jamais. Il n'ose pas la toucher. Tout est là, mais tout semble irréel. Peut-être parce que le corps n'est plus qu'une enveloppe vide et que l'âme l'a quitté. Il reste ainsi de longues minutes. Se dit qu'il préfère et préférera regarder le portrait géant dans son salon. Mais qu'il n'oubliera pas pour autant l'image de Raph dans cette chambre, comme il n'oubliera pas celle du moment où elle a rendu son dernier souffle dans la salle d'accouchement, ni celui où le lit roulant sur lequel elle gisait s'est engouffré dans l'ascenseur… Il grave à jamais dans sa tête et dans son cœur ces images de l'aimée sans vie, parce que celles-ci ne seront jamais sur papier glacé et que toute sa vie il pourra vouloir se les rappeler.

7

Lui dire au revoir

Simone garde Lou, tous les autres sont à la messe. Parents, famille éloignée, collègues, amis, voisins… L'église, pourtant grande, n'est pas parvenue à les accueillir tous. Ceux qui sont dehors écoutent religieusement des bribes de la cérémonie.

À l'intérieur, l'émotion est extrême. Antoine se bat contre lui-même pour offrir aux yeux qui le scrutent avec parfois un certain voyeurisme autre chose qu'un visage baigné de larmes et des épaules secouées par les sanglots. Il a écrit un texte d'adieu, qu'il peine à mener à son terme. Il a l'impression de donner son chagrin en spectacle. Il a honte, mais en même temps il est déterminé à dire chaque phrase de son discours, qu'il livre comme un message à la terre entière. Lentement, mot après mot, il égrène l'hommage à sa femme disparue devant une assemblée suspendue à sa souffrance. La veille encore, il se lamentait de n'avoir jamais abordé la question de la mort avec Rapha… Étrange, d'ailleurs, qu'ils ne l'aient jamais évoquée. Se pensaient-ils suffisamment forts pour y échapper ? Se croyaient-ils immortels, pour au moins quelques décennies ? Ils n'avaient tout simplement jamais imaginé que la vie puisse leur faire un coup comme celui-ci… Pas si tôt, en tout cas. La mort n'était pas au programme de leur existence. Il ne savait donc pas ce que Raph aurait souhaité. Ses parents ont refusé le don d'organes, et il ne sait s'il doit s'en réjouir… Il est persuadé qu'elle aurait dit oui. Ils ont dit non à une crémation, et il s'est plié à leur volonté par égard pour eux. Pourtant, intimement, il pense qu'elle aurait préféré cela. Avec une petite cérémonie dans l'intimité. Là, ça ressemble à l'enterrement d'une reine, ce qu'elle était d'ailleurs. Mais il a tendance à penser que les circonstances du décès ont amené encore plus de monde… comme si l'affluence était proportionnelle à l'injustice de la fin de Raphaëlle.

À vrai dire, et tant pis pour les amis, les proches qui sont ici, il aurait préféré lui dire au revoir en tête à tête et la mener seul au cimetière.

Hier, ils ont eu leur dernier moment à deux. Il est revenu au funérarium et, cette fois, il lui a pris la main, il lui a parlé, il lui a même promis… de vivre quand même, de prendre soin de Lou autant que faire se pourrait, de ne jamais l'oublier et de ne jamais cesser de l'aimer. Il lui a dit qu'il irait la voir souvent, et qu'il lui parlerait encore… qu'il lui demanderait peut-être des conseils et qu'il guetterait ses réponses dans les signes qu'il percevrait. Il lui a dit qu'il sentait sa présence et qu'il aimera toujours regarder le portrait géant où elle est si belle… qu'elle emplit son cœur et l'espace de leur maison, et qu'elle y sera toujours chez elle. Il lui a dit «Je t'aime» à peu près un millier de fois. Mais il n'a pas osé l'embrasser.

Alors les mots qu'il dit là, dans l'église, sont forcément moins forts, moins intimes, mais ils font pleurer à peu près tout le monde… Nombreux sont ceux qui doivent s'identifier à lui, se projeter dans son malheur, imaginant sa vie future. Mais personne, au grand jamais, ne souhaiterait être là à sa place. Sûrement pleurent-ils pour lui, mais aussi sur eux-mêmes.

La sortie de l'église se fait doucement, puis les gens viennent offrir leurs condoléances à Antoine et à ses proches. Enfin, le cortège s'ébranle vers le cimetière. Le jeune veuf se surprend à regretter à cet instant précis l'absence de Lou, elle que pourtant il n'a pas encore tenue dans ses bras… Lorsque le cercueil descend dans la fosse, il jette une rose blanche et réprime l'envie de rejoindre sa femme. Les sanglots bruyants de sa belle-mère le ramènent à la réalité. Il s'approche et l'entoure de ses bras. Un peu comme il aurait aimé que son père le fasse pour lui. Celui-ci est revenu de Bordeaux, certes, mais il n'a pas prononcé un mot. Comme d'habitude. Antoine se demande pourquoi il est là, si ce n'est pour faire acte de présence. Il ne veut pas gâcher ce moment d'adieu par des réflexions amères, mais il n'oubliera pas.

Son frère est absent. Il n'a pas pu rentrer de New York, où il vit. Sa mère l'a informé, bien sûr, et l'a excusé auprès d'Antoine qui aurait apprécié la présence de son frère ou, à défaut, un appel…

Ses amis proches sont vraiment là, eux. Ils le soutiennent autant qu'ils le peuvent. Vanessa a du mal à se soutenir elle-même, mais ils font bloc. Ensemble.

Ils restent un long moment une fois le prêtre et la foule partie. Devant la tombe, silencieux, la tête baissée, les yeux embués, la peine indicible, mais partagée.

Et puis il est temps de rentrer.

Une petite fille attend son papa.

8

Trouver le temps long

Presque trois semaines se sont écoulées depuis l'enterrement. Antoine s'isole la plupart du temps dans leur chambre. Il s'allonge sur le lit, les bras le long du corps et les yeux au plafond. Comme par mimétisme. Dans la même position qu'elle. Son regard est vide ou glacial, selon. Cela affole sa mère, qui se demande comment il va pouvoir s'en remettre. Jacques, lui, a bien du mal à s'en sortir à Bordeaux. Heureusement que Manuella est là. En plus du ménage quotidien, elle cuisine pour lui.

Simone sait qu'elle va bientôt devoir rentrer et elle est très inquiète. La petite Lou a un sommeil difficile. Elle se réveille cinq fois par nuit en moyenne et peine à s'endormir le soir. C'est même de pire en pire. Simone est épuisée, mais elle accomplit ses tâches avec patience, très consciencieusement. Elle aide son fils, c'est naturel. Et elle est tellement heureuse d'être grand-mère ! Elle aurait bien sûr rêvé d'autres conditions… Les circonstances l'obligent à jouer un rôle de mère de substitution. C'est lourd à porter. Et Lou ne s'y trompe pas. Elle pleure beaucoup. Elle ne doit pas comprendre pourquoi celle qui l'a portée, caressée à travers la paroi de son ventre, celle qui lui parlait de sa voix douce, celle qui l'a aimée dès qu'elle a su qu'elle était là, n'est pas là… Elle ne doit pas comprendre non plus pourquoi celui qu'elle entendait si souvent et qui lui parlait aussi, qui posait ses mains sur elle, n'est pas là lui non plus, ou du moins n'est plus comme il était. Il a changé… Sa voix est dure et ne s'adresse pas à elle. Et surtout, Simone le voit bien, il ne supporte pas les pleurs du bébé. Il n'en peut déjà plus… Il est fatigué. Et pourtant il ne se lève pas la nuit. Il ne dort que sous somnifères. Sa mère l'a obligé à aller consulter le médecin. Celui-ci lui a donné un arrêt de travail, même s'il est en congé paternité.

Hier, Simone a forcé Antoine à prendre Lou dans ses bras. Elle ne lui a pas donné le choix, elle espérait créer un déclic. Comme il était assis dans le fauteuil (elle aurait eu peur qu'il la fasse tomber s'il avait été debout, alors elle a pris les précautions réservées habituellement aux enfants), elle lui a déposé sa fille dans les bras. Il l'a tenue quelques minutes, oh pas longtemps… et surtout, il n'y avait pas la moindre once de tendresse dans ses yeux. Il avait un regard vide. Simone était atterrée. Elle y a même pensé toute la nuit, au point de peiner à dormir entre les biberons. Décidément, cela va être compliqué… Antoine est absolument incapable de s'occuper de Lou. Non seulement il ne peut, dans son état, lui apporter ce dont un nourrisson a besoin, mais en plus, cela pourrait même être dangereux. Et s'il oubliait de la nourrir ? S'il la laissait pleurer des heures sans la prendre dans ses bras, la rassurer… lui parler ? Non, vraiment, le constat est sans équivoque. Mais quelle solution ? Emmener la petite avec elle quand elle repartira, dans quelques jours ? Certainement pas. Elle ne peut devenir la « mère » de sa petite-fille et risquer de mettre en péril le peu de lien père-fille existant… Alors, que faire ?

Simone pense à son mari. Elle se souvient de lui, jeune papa maladroit et peu présent, mais tellement attendrissant à ses yeux. C'est vrai que le rôle de père ne lui allait pas comme un gant. Ce n'était pas inné. Elle avait espéré qu'il en serait autrement pour Antoine, et elle avait pensé qu'il serait, malgré son travail très prenant, un de ces « nouveaux pères », du moins affectivement parlant. À défaut d'être longuement à la maison, il aurait consacré de belles plages de temps à son enfant, et il l'aurait comblé de câlins.

Mais la mort de Raphaëlle avait changé la donne.

*

Les jours se succèdent, terriblement identiques.

Mais un matin Antoine se lève, déterminé. Dans son œil brille une espèce d'étincelle incompréhensible. Simone la perçoit tout de suite.

— Bonjour, fils. Comment a été ta nuit ?

— Assez fructueuse.

Le regard que lui lance Simone est lourd de signification : elle ne comprend pas du tout ce qu'il veut dire. Alors il enchaîne du tac au tac :

— Je ne supporte pas de rester ici à ne rien faire. Je n'en peux plus…

Simone s'en doute ; pourtant elle aurait tant de

choses à lui suggérer… comme s'occuper de sa fille, ou au moins lui donner un peu d'importance, lui faire signe qu'il est là pour elle… Lou serait sans doute un peu plus sereine et pleurerait probablement moins.

— Je reprends le travail lundi.

La mère en tombe sur son fauteuil.

— Mais tu es en arrêt !

— Et alors ? Un arrêt, ça s'arrête. Je vais appeler la boîte.

— Mais… et ta fille ? Elle a besoin de toi !

— Pour ce que je suis utile… maugrée-t-il d'un revers de la main. L'entreprise aussi a besoin de moi. Tout s'accumule. Je sais bien qu'ils n'osent pas appeler au secours, mais la vérité, c'est qu'ils sont démunis sans moi. Tu crois que n'importe qui peut me remplacer ? Eh bien, non, figure-toi. La bonne marche de l'entreprise en dépend.

— Parce que ton souci premier, c'est ton entreprise ? demande Simone, choquée. Mais tu ne devrais même pas y penser ! Tu crois que ta fille peut avoir un remplaçant en guise de père ?

— Maman, je vais reprendre le travail, que ça te plaise ou non. Ça me fera du bien. J'en ai besoin, tu peux comprendre ça ?

— Ah non, je ne peux pas comprendre ça… Tu as pensé à ce dont ta fille a besoin ? Qui va s'occuper de Lou ? Tu sais bien que je vais bientôt rentrer à la maison !

— Et alors ? On va faire comme on aurait fait si… Je vais bien trouver quelqu'un…

— Mais tu ne te rends pas compte, se lamente Simone, la pauvre… elle est trop petite… Elle va être perdue ! Tu ne peux pas lui faire ça. Elle a besoin de son père !

— Maman, stop ! l'arrête-t-il avec autorité et un regard glacial. C'est décidé. Je vais engager quelqu'un. On va trouver quelqu'un de bien. Ce n'est pas ça qui manque.

— Personne ne pourra te remplacer à ses yeux, continue sa mère, visiblement atterrée par l'indifférence de son fils. Tu te leurres complètement !

— Il ne s'agit pas de ça ! Je serai là… Je ne sors pas de sa vie !

— Antoine… C'est tout comme… Elle va se sentir abandonnée… pour la deuxième fois !

C'en est trop. Antoine ouvre l'ordinateur portable auquel il n'a pas touché depuis dix jours et se lance, sous les yeux consternés de sa mère, dans la rédaction d'une annonce qu'il va déposer sur un site spécialisé dans la garde d'enfants à domicile. Résignée, Simone se joint à lui pour l'aider dans sa tâche. Il leur faut bien une heure pour arriver à la version finale. Il est vrai que les contraintes professionnelles d'Antoine sont parfois extrêmes et que la personne à trouver devra faire preuve d'une grande disponibilité. Simone est mortifiée à l'idée qu'il confie la si petite Lou à une inconnue… mais comme il le dit, il aurait bien fallu, tôt ou tard, en arriver là. Raph aurait repris le travail après son congé maternité… Il omet volontairement de parler du fait que sa femme devait se mettre en congé parental et en profiter pour concrétiser son rêve de toujours : monter sa propre start-up de vêtements pour bébés. Leurs parents n'en ont jamais rien su. Encore un rêve brisé. Encore un morceau de futur qui lui a été volé.

9

Engager quelqu'un

URGENT Cherche nourrice/baby-sitter/jeune fille au pair sérieuse et très disponible pour s'occuper à plein temps d'un bébé à Boulogne + ménage. Envoyer mail avec CV, lettre de motivation et photo. Salaire intéressant.

Déjà les candidatures affluent. Tant mieux car le temps presse.

Antoine et sa mère épluchent chaque courrier et effectuent un premier tri. Ils sont à la recherche du *must* de la baby-sitter. Ils veulent une présentation correcte, des références et pas plus de trois fautes d'orthographe dans la lettre (zéro, ce serait mieux). Antoine veut faire passer les entretiens ce vendredi. Ils sélectionnent donc huit candidates qu'ils appellent et répartissent sur la journée, quatre le matin, quatre l'après-midi. Ils ont prévu des questions, une grille d'évaluation, quelque chose de très pro. Mais surtout, ils voudraient que ça fasse *tilt* tout de suite, qu'il y ait une sorte d'évidence, qu'ils puissent se dire : « C'est elle. »

Pour la première fois depuis le décès de Raphaëlle, Antoine semble un peu plus en vie. La perspective de se remettre au travail et dans l'action lui redonne un peu d'énergie. Cela ne change en rien le vide intérieur qu'il ressent. Au fond, il veut simplement fuir son environnement, sa maison, sa fille… tout ce qui le rattache à Elle. Le travail est son issue, son échappatoire. Il le sait déjà.

*

Arrive le vendredi et son défilé de candidates. Antoine et Simone procèdent toujours de la même manière : présentation générale, parcours, expériences avec les enfants, qualités pour le poste, questions diverses… Et, seulement si la candidate est pressentie pour l'étape suivante, Simone aborde le « sujet délicat » : Lou a perdu sa maman, le papa a besoin d'une aide réelle, discrète, et possiblement sur des créneaux horaires élargis, voire avec nuitées sur place (en cas de déplacements professionnels)… moyennant paiement en heures supplémentaires. Ils ont besoin de quelqu'un d'efficace et qui saura apporter à Lou ce dont elle aura besoin… sans vouloir remplacer sa maman. Une période d'essai de quinze jours est prévue, afin de déterminer si l'heureuse élue donne satisfaction ou non, et si celle-ci souhaite aussi poursuivre. Seules quatre des huit candidates abordent la deuxième étape. Les quatre autres ont été recalées d'un simple regard entre la mère et le fils : trop âgée et pas assez dynamique, trop empruntée, trop peu aimable, trop sophistiquée, trop vulgaire, fumeuse…

Parmi les quatre retenues, l'une est écartée, coupable d'avoir pris un air compatissant, voire larmoyant, à l'écoute de la situation de la petite Lou et de son papa. Antoine vit un drame, certes, mais il n'a surtout pas envie qu'on s'apitoie sur son sort ni sur celui de sa fille.

Les trois autres sont parfaites, ou presque : agréables, s'exprimant correctement, particulièrement motivées et ayant visiblement à cœur de s'investir dans les soins et l'éducation de la petite fille. Ce qui les différencie ? L'âge, avant tout.

À l'issue de la journée, mère et fils font le point sur la situation. Il s'agit de départager les finalistes afin de choisir la perle. Mais Simone et Antoine n'ont pas tout à fait le même point de vue sur la question.

— Julie est vraiment parfaite, non ? commence Simone avec une telle certitude qu'elle est convaincue d'avoir le fin mot de l'histoire.

— Mmmh, je ne sais pas… dit Antoine d'un air dubitatif.

— Que lui reproches-tu ?

Il prend le temps de réfléchir. Julie a l'âge de Raphaëlle, des yeux bleus et des cheveux bruns… Il trouve que cela pourrait être déroutant pour lui, et surtout pour Lou, qui pourrait trop s'identifier à elle. Il s'en explique à sa mère et poursuit :

— En plus, elle a deux enfants. Même si son mari a du temps et peut s'en occuper, tu imagines quand elle devra rester ici parce que je pars quelques jours ? Elle devra abandonner ses propres enfants pour s'occuper de ma fille ? Ça n'a pas de sens. Le simple fait qu'elle puisse l'envisager me heurte un peu.

— Elle n'a peut-être pas le choix. Et le fait d'avoir

des enfants lui donne l'expérience que la petite Rose n'a pas.

— Elle a de l'expérience en baby-sitting et elle a suivi une formation avec la Croix-Rouge. Elle a même le PSC1, ce qui n'est pas le cas des deux autres.

— Certes, mais elle est si jeune…

— Elle a plus que l'âge de faire du baby-sitting !

— Moi, puisque tu *élimines* Julie, je préfère Maryse. Elle a été nourrice pendant vingt ans et elle a élevé quatre enfants ! Qu'est-ce qu'il te faut de plus, fils ?

— Ce ne sont pas les kilomètres au compteur qui font une bonne voiture, maman ! soupire-t-il. Tu es dans des considérations mathématiques, mais… je ne sais pas, question de *feeling*.

— Tu ne veux quand même pas engager Rose ?! s'exclame Simone, les yeux écarquillés de stupeur.

— Et pourquoi pas ? Tu ne l'as pas écartée, que je sache. C'est bien parce que tu sais qu'elle peut faire l'affaire.

— Oui, c'est vrai… mais elle est si jeune…

— Et alors ? C'est une fille qui a la tête sur les épaules, qui sait ce qu'elle veut et pourquoi elle souhaite ce poste, qui a de l'ambition…

— Ah, ta sacrée ambition…

— Peux-tu développer le fond de ta pensée ? lui demande-t-il avec une curiosité non dénuée de méfiance.

— Le travail, toujours le travail… Et moi, alors ? J'ai bien élevé mes enfants et mis fin prématurément à ma *carrière*… Cela fait-il de moi une « pauvre personne » ? Parce que je n'ai pas eu un « vrai » métier ?

— Parles-en avec papa ! C'est quand même lui qui me l'a collée dans la tête, mon *ambition* comme tu dis. Je peux continuer ? Il ne s'agit pas d'ambition avec des dents à rayer le parquet, il s'agit de savoir ce qu'on veut dans la vie et de se donner les moyens d'y parvenir. Elle veut se payer une école de danse ! Elle a une licence de lettres. Bref, elle en a là, fait-il en se tapotant la tempe de l'index, et elle a envie de faire autre chose de sa vie que « garder des enfants ».

— C'est très bien de vouloir garder des enfants ! Je l'ai bien fait, moi, pendant des années ! J'ai été là pour vous, pour que vous grandissiez bien. Qu'est-ce que ça peut faire qu'elle ait fait des études et qu'elle veuille les poursuivre ?

— Maman… C'est une fille saine, qui aime la nature, qui fait du sport, qui pourra emmener Lou au musée…

— Tu crois vraiment qu'elle en aura quelque chose à faire, d'aller au musée ! Elle est bien trop petite !

— Ce que je veux dire, c'est qu'elle est curieuse, ouverte d'esprit. Et, je ne sais pas… tu as vu ce qu'elle dégage ? Je suis sûr qu'elle saura apporter à Lou ce dont elle a besoin.

— Mais elle pourrait être sa sœur… relance Simone.

— Tu n'exagères pas un peu ? Et quand bien même ? Quoi qu'il en soit, entre la sœur, la mère et la grand-mère, puisque ça revient en gros à ça, je préfère la sœur ! Et de loin.

— De toute façon, c'est toi qui choisis… abdique Simone.

— En effet. Je vais appeler Rose pour lui demander de venir demain. Il faut encore qu'elle rencontre Lou, et vice-versa. Ça nous permettra de vérifier si le lien peut se faire avant de donner une réponse définitive.

— Voilà enfin un point sur lequel on est d'accord. Je suis heureuse que tu parles de *lien*... Puisque c'est, à juste titre, important pour toi, tu ne crois pas que tu pourrais faire un effort, de ce côté-là ? Tu vas demander à une étrangère de s'occuper de ta fille alors que tu es toi-même incapable de la prendre dans tes bras et de changer sa couche ? Tu trouves ça cohérent ? Cette fille fera peut-être très bien l'affaire, mais elle ne remplacera jamais sa mère, et encore moins son père. Quand vas-tu te ressaisir ? Quand comptes-tu enfin assumer ton rôle de père ?

Antoine vacille sous le coup. Il ne l'a pas vu venir. En outre, il n'aime pas être pris au dépourvu et mis face à ses responsabilités. Habituellement, il ne faillit pas. C'est même plutôt lui qui remet les autres à leur place. Sa conscience professionnelle et la qualité de son travail le mettent en général à l'abri de remontrances de la part de son supérieur hiérarchique. À croire que sa mère se prend pour celui-ci, tout à coup...

— J'ai besoin de travailler, lâche-t-il pour se justifier.

— Tu es complètement hors sujet, Antoine ! C'est ta fille et elle a besoin de son père ! crie Simone afin de le réveiller.

Semblant mû par un ressort, sous les yeux ébahis de sa mère, Antoine se lève, s'approche de la chambre de Lou, ouvre la porte et se faufile à l'intérieur. Interdite, Simone ne quitte pas son fauteuil. Elle le laisse aller voir sa fille, seul.

Il arrive jusqu'au berceau et regarde Lou. Il la regarde comme il ne l'a encore jamais fait. Il la regarde vraiment. Il se penche vers elle alors qu'elle dort à poings fermés et ose une faible, mais douce caresse sur sa joue avant de lui murmurer :

— Pardon.

10

Décrocher un job

Quand Antoine a appelé Rose pour lui demander de revenir et qu'elle a compris que l'affaire était bien engagée, elle a applaudi, dansé et sauté de joie dans le petit appartement qu'elle partage avec Sue. Littéralement. Elle a attendu d'avoir raccroché. Un peu de bienséance quand même. Le ton sérieux, voire grave, de son interlocuteur était à lui seul un vaccin contre la joie. Sa colocataire, déjà à son poste au *Welsh,* n'était pas là pour assister à ça, mais elle n'aurait pas été étonnée. Sur le moment, Rose s'est promis d'attendre que ce soit sûr pour en parler à ses amis. Elle ne voulait pas se casser les dents sur un échec de plus. Ce boulot, elle le voulait. Elle n'a donc rien dit, le soir. Pas même à Julian. Sans doute a-t-il perçu, comme les autres, cette lueur enthousiaste dans ses yeux, mais quant à pouvoir la différencier de son naturel enjoué, c'était une autre affaire.

Ce samedi matin, elle franchit le portail menant à la porte d'entrée de la jolie maison d'Antoine avec confiance et une pointe d'allégresse. Ce poste est pour elle, à portée de main. Et elle est impatiente de faire connaissance avec la petite Lou.

Elle sonne. La grand-mère vient ouvrir et l'accueille sobrement, aimable mais sans plus.

— Bonjour, madame, dit Rose en tendant une main que Simone serre sans effusion.

— Bonjour, mademoiselle. Entrez. Lou vient de se réveiller.

Rose suit Simone dans le couloir et débouche dans le salon où la photo géante en noir et blanc sur le mur semble occuper toute la pièce, mais elle en fait rapidement abstraction pour se concentrer sur la raison de sa visite : Lou est dans son transat et a presque l'air de l'attendre. Rose s'approche d'elle, sous les yeux de Simone et d'Antoine, qui ne s'est pas levé. Après deux jours d'effervescence, il est retombé dans la lassitude et l'apathie. Elle le salue d'un « Bonjour, monsieur », auquel il répond du bout des lèvres. Ce qu'il veut, c'est l'observer avec sa fille, savoir si c'est elle, ou non.

— Bonjour, Lou, dit Rose avec une infinie douceur en s'accroupissant face au bébé de façon que leurs yeux se rencontrent.

Elles restent quelques instants à se regarder, et c'est un fait : il semble se passer quelque chose. Rose essaie de ne pas être gênée par les yeux scrutateurs des deux juges et s'emploie à se concentrer sur le petit être face à elle.

— Je peux la prendre ? demande-t-elle.

Simone réprime l'envie de se lever pour mettre elle-même Lou dans les bras de la jeune fille, mais puisque, après tout, la jeune fille est là pour faire ses preuves, elle la laisse attraper délicatement Lou, placer une main derrière sa nuque, l'autre sous ses fesses, et la soulever. Le bébé est calme, attentif. C'est presque trop facile, pense Simone. Elle aurait aimé la voir à l'œuvre dans une situation plus périlleuse avec pleurs et agitation. Cependant, elle doit le reconnaître : Rose sait s'y prendre, et le contact passe bien. Simone se tourne vers Antoine qui lui fait – sans sourire – un imperceptible hochement de tête : confirmation est faite. Malgré tout, Simone souhaite mettre Rose à l'épreuve et lui demande de préparer un biberon. La jeune fille s'exécute sous les yeux de Simone, qui l'a précédée à la cuisine avec Lou dans les bras. Elle observe les gestes de Rose, note une certaine assurance et se trouve rassurée quand elle la voit vérifier la température du lait sur le dos de sa main, qu'elle a préalablement pris le soin de laver. La grand-mère donne alors Lou à Rose et elles rejoignent toutes les deux le canapé où la jeune fille donne un biberon à un bébé qui n'a même pas eu le temps de le réclamer… Le test n'aurait pas été complet sans un changement de couche, vaguement inutile. Mais Simone voulait tout vérifier. Pour Antoine, l'affaire est close : Rose est celle qu'il faut à Lou, il en est convaincu.

Quand il la raccompagne jusqu'au portail, il lui annonce d'une voix atone qu'il l'attend lundi matin à 7 heures précises… si elle est toujours d'accord.

— Évidemment ! s'écrie-t-elle avec un enthousiasme visiblement déconcertant pour son interlocuteur. Je serai là.

— Je compte sur vous. Nous verrons les détails plus tard.

Il va pour refermer le portail derrière elle quand il suspend son geste et lui pose une dernière question :

— Vous êtes VRAIMENT disponible, n'est-ce pas ?

— Oui ! Vous pouvez compter sur moi ! Je serai là autant qu'il le faudra.

— Parfait. À lundi, mademoiselle.

— Appelez-moi Rose, ce sera plus simple…

— À lundi, Rose.

— À lundi, monsieur.

Il ne lui propose pas de l'appeler « Antoine… ». Il ne veut pas de familiarité entre eux. Elle est son employée. Pour Lou, *Rose* sera sans doute bien plus que cela.

*

— J'ai un job ! s'écrie Rose en allongeant le *o* au maximum.

Non seulement le silence tombe autour d'elle, mais il semblerait qu'à chaque table du pub le volume ait baissé d'un cran à l'annonce de cette incroyable nouvelle.

— Nooon ? hurle Manon, les yeux arrondis.

— C'est vrai ? Raconte !

Rose s'amuse des réactions de ses amis, suspendus à ses lèvres. Comme tous les soirs ou presque, ils se sont retrouvés au *Welsh*, le pub qui leur fait office de QG. Près d'elle, Julian attend, peut-être plus soupçonneux ou plus prudent que les autres.

— Eh bien voilà : mercredi, j'ai vu une annonce, j'y ai répondu, j'ai passé un entretien hier, et j'ai su aujourd'hui que j'étais prise ! résume Rose.

— Euh, oui… mais ça ne nous dit pas ce que c'est comme boulot ! lance Maxime, avec une once d'ironie dans la voix.

— Je ne sais pas trop comment le qualifier. Disons « nounou à domicile ».

— Tu vas garder des enfants… traduit Charlotte.

— Merci, Charlotte. Mais quel talent ! se moque Vincent en l'applaudissant.

— Juste un, poursuit Rose en ignorant la remarque de son ami. Un bébé, une toute petite fille. Elle a bientôt un mois.

— Hein ? réagit Manon. Qu'est-ce que c'est que cette histoire ? Un bébé de cet âge-là est gardé par sa maman. Même dans les crèches, ils ne les prennent pas si jeunes…

— Elle n'a pas de maman, explique Rose avec gravité.

— Elle a deux papas ! hurle Vincent, une fois de plus fier de sa trouvaille.

Rose lui jette un regard noir.

— Sa maman est décédée à sa naissance.

— Oh, mon Dieu… murmure Charlotte.

— C'est possible, ça, de nos jours ? demande Maxime, interloqué.

— Bah, tu crois quoi ! lui assène Vincent agacé par la candeur de sa question.

— Je n'en sais pas plus… les coupe Rose. Son père reprend le travail, et il a besoin de quelqu'un pour s'occuper d'elle dans la journée. Elle est toute mignonne, en tout cas, ajoute-t-elle en souriant.

— Oh, la pauvre… C'est horrible de débuter comme ça dans la vie, déclare Charlotte.

— Et le père ? demande Manon.

— Comme tu peux imaginer, il a l'air traumatisé.

Chacun y va de son commentaire plus ou moins empathique ; Julian, lui, n'a pas encore dit un mot depuis le début de la conversation.

— Et tu auras quoi comme horaires ? Ça consiste en quoi de s'occuper d'un bébé de cet âge-là ? s'informe Maxime que certaines réalités dépassent.

— Nous verrons cela en détail la semaine prochaine, mais j'ai l'impression que je n'en aurai pas vraiment. De toute façon, je verrai bien, le père reprend le travail lundi…

— Déjà ? s'étonne Vincent. C'est bizarre, non ?

La perplexité et la suspicion s'installent dans l'esprit de ses amis, mais Rose ne se départ pas de son sang-froid pour justifier la décision de son patron que ses amis voient déjà tous comme un sans-cœur :

— Je crois qu'il en a besoin…

— Pour vivre ? Si c'est ça, t'es mal barrée ! ricane Vincent.

Rose lui jette un regard méprisant, son humour n'est décidément pas à son goût ce soir. Comment peut-il trouver à rire, dans ce contexte ?

— Non, pour lui… Vu le quartier où se trouve leur maison et le salaire proposé, je ne crois pas qu'il ait de soucis d'argent.

— Ah ouais… fait Manon, songeuse. Donc tu as décroché le gros lot ? Genre *THE* job, quoi.

— … Même si je trouve que c'est une histoire très triste, je suis ravie pour toi, se réjouit Charlotte : tu vas pouvoir suivre ta formation et mettre de l'argent de côté pour l'année prochaine !

— Oui, je suis contente ! s'écrie Rose.

Elle se tourne vers Julian, qui n'a jamais été aussi silencieux. Plus de doute possible, il est visiblement contrarié.

— *Hey… You… feeling bad?* Quelque chose ne va pas ? Tu n'es pas content pour moi ?

— Si, si… *don't worry*. Tout est bien.

— Sûr ?

— *Sure.*

Rose l'embrasse, il réagit à peine. Elle n'aime pas quand il se renferme ainsi. Malgré cela, elle garde le sourire. Ce soir, c'est fête ! Pour concrétiser ses projets, il lui était nécessaire de trouver une activité professionnelle temporaire. Et elle vient de décrocher le job rêvé : gagner correctement sa vie en gardant un bébé. Elle n'aurait jamais osé l'imaginer… Cependant, Rose ressent au fond d'elle un vague malaise, il lui semble indécent de se réjouir au regard du terrible contexte de son embauche – elle en aurait préféré un autre. Là, c'est un peu comme profiter du deuil d'un père et de sa petite fille. Aussi, sa joie est-elle quelque peu atténuée par une espèce de culpabilité, peut-être mal placée… Mais elle se ressaisit et, comme toujours, décide de ne voir que l'aspect positif de ce qui lui arrive.

— Sue ! appelle-t-elle. Tu peux nous apporter des bières ? C'est ma tournée !

La nouvelle est accueillie par des cris d'enthousiasme.

11

Commencer

Il est 5 h 30 lorsque Rose se réveille. Sue dort du sommeil du juste. Elle ne commence les cours qu'à 11 heures et c'est chose heureuse, après ses extras comme serveuse au *Welsh* le week-end. Sue vit en France depuis quatre ans et suit un cursus d'arts plastiques dans la même fac que celle où était Rose jusqu'en mai dernier, à Nanterre. Elle a quitté la banlieue de Londres avec son meilleur ami, Julian, tous deux animés d'une véritable envie de « vivre français ». Il l'a suivie sans peine, espérant percer dans la musique, même s'il aurait pu tout aussi bien le faire dans la capitale anglaise. Parallèlement à sa vie de musicien, il suit des cours de théâtre. Jouer, monter sur scène, c'est tout ce qu'il désire. Son père, banquier, lui donne assez d'argent pour qu'il s'adonne à ses deux passions sans avoir à travailler à côté, mais il attend des résultats – sous peine de lui couper les vivres.

Hier soir, tard, Rose a enfin pu discuter seule à seul avec Julian. Il y avait un nœud à dénouer. Julian étant souvent pris le soir, il craignait de ne plus avoir suffisamment de temps avec elle. Elle a pu le rassurer : elle ne gardera Lou que lorsque Antoine sera au travail, ce qui laisse espérer qu'elle aura tout de même pas mal de temps libre (il ne travaille quand même pas vingt-quatre heures sur vingt-quatre !). Elle a compris ses réserves, il a compris sa joie. Elle n'est pas dirigée contre lui, au contraire : c'est aussi pour leur avenir à tous les deux.

Rose saute du lit avec une motivation neuve, se dirige à pas de loup vers la salle d'eau où elle prend une douche. Puis elle s'offre un royal petit déjeuner pour bien débuter sa journée, suffisamment rapidement pour ne pas partir trop tard. Elle a presque une heure de trajet en métro, elle ne doit pas traîner. Elle dévale les escaliers et sort en trombe dans la rue. Emplit ses poumons d'une grande inspiration, et entame une marche rapide vers la bouche de métro. S'y engouffre et s'installe confortablement sur la première banquette venue, met ses écouteurs sur ses oreilles et s'isole dans la musique. Ferme vaguement les yeux, oublie tout ce qui l'entoure l'espace de quelques instants, le temps de danser dans sa tête. Deux changements plus tard, elle arrive à quelques centaines de mètres de chez Antoine et presse le pas, car il ne va pas tarder à être 7 heures. Avant de sonner, elle envoie un texto à Julian : *Bien arrivée. On se voit toujours ce soir ?*

Antoine lui ouvre. Il arbore un costume d'homme d'affaires qui n'a rien d'un premier prix, une cravate élégante et un visage plutôt fermé. Il l'intimide d'emblée, elle sourit pour se donner du courage.

— Vous êtes ponctuelle. C'est un bon début, constate-t-il.

Elle se sent comme un élève devant un professeur qui s'apprête à lui rendre sa copie.

— Je ferai de mon mieux, monsieur, répond-elle en entrant derrière lui.

— Ma mère vous expliquera dans le détail ce qu'on attend de vous, et nous ferons le point, vous et moi, demain ou après-demain. Vous serez libre à 19 heures ce soir, c'est entendu ?

— Très bien.

— Dès que vous serez autonome, ma mère pourra rentrer chez elle. D'après ce que j'ai pu voir samedi, ça ne devrait pas être bien long, un ou deux jours, je pense, non ?

— Il me semble, ce sera à vous de me le dire, monsieur.

— Inutile de ponctuer toutes vos phrases par « monsieur ».

Rose est décontenancée. Son employeur n'a rien d'aimable. Est-ce une conséquence de son veuvage ? Son humeur habituelle du matin ? Une autorité naturelle renforcée par le prestige du costume ? Elle n'est pas à l'aise, se sent comme une élève prise en faute qu'on réprimanderait.

L'arrivée de Simone fait diversion et apporte un peu d'air dans la pièce, quoique Rose ne se fasse aucune illusion sur la méfiance qu'elle inspire à la grand-mère de Lou. Ils l'intimident tous les deux. Elle tente un sourire de façade pour déjouer son propre malaise. Elle se cache derrière tant bien que mal, mais n'a qu'une hâte : être seule avec Lou. Le plus tôt possible.

Antoine prend congé, mallette sous le bras, et les laisse toutes les deux. Sitôt la porte d'entrée refermée,

Simone propose un thé ou un café à Rose, qui apprécie cette entrée en matière. Peut-être cela brisera-t-il la glace ? Elles s'installent au salon.

— Lou devrait dormir encore une bonne heure, explique Simone. Elle s'est réveillée à 5 h 30, je lui ai donné un biberon et je l'ai recouchée juste avant votre arrivée. Nous allons en profiter pour faire le tour de la maison.

Comme elle ne sait pas quoi répondre, Rose sourit. Son regard s'agrippe malgré elle à la photo qui prend toute la place du mur au-dessus du canapé.

— Elle était belle, n'est-ce pas ? Quel gâchis ! murmure Simone, comme pour elle-même. Je n'arrive pas encore à réaliser… Elle aurait été une maman merveilleuse. Et Antoine… Il me déçoit beaucoup. Je sais bien qu'il a un chagrin immense, mais reprendre comme ça le travail, aujourd'hui… je ne comprends pas.

Rose déglutit difficilement. Ne sait pas quoi dire sans commettre de maladresse ou d'indélicatesse.

— Sa vie est gâchée, continue la mère.

Rose garde un silence poli. Simone poursuit, comme si elle ne se rendait pas compte que ses paroles tiennent du monologue :

— Bon, je ne dis pas qu'il sera malheureux toute sa vie, mais… Il est veuf, il le sera toujours. Lou est orpheline, elle part avec un handicap dans la vie, c'est vrai, mais son père ne réagit pas comme il le faudrait. Je m'inquiète beaucoup, vous savez.

— Je comprends, lâche Rose, qui se fait soudain un devoir de dire quelque chose.

— Vous allez être très importante pour Lou. Je ne

vais pas rester longtemps car je dois rentrer chez moi, à Bordeaux, où mon mari m'attend, mais je compte sur vous pour me donner des nouvelles régulièrement. Pour tout vous dire, j'ai bien peur qu'Antoine n'y pense pas, et c'est un crève-cœur pour moi de laisser cette petite.

Rose ressent une immense déception chez la grand-mère de Lou et a presque de la peine pour elle.

— Je le ferai, vous pouvez compter sur moi.

Simone tente, tant bien que mal, de chasser les émotions qui la submergent et choisit de faire diversion :

— Je vais vous montrer la maison, pour le ménage, et comme ça, vous saurez où trouver ce que vous cherchez. Et bien sûr, nous verrons ensuite tout ce que vous devrez faire pour Lou. Je vous ai préparé une liste.

Elles entreprennent donc le tour du propriétaire, en commençant par le jardin, typique de celui d'un pavillon de banlieue : son carré de pelouse, ses arbres, et sa terrasse gravillonnée où se dresse une table de fer forgé. Sur le côté de la maison, il y a deux portes. La plus grande ouvre sur le garage, mais le rez-de-chaussée est en réalité divisé en deux parties : un studio a été aménagé à côté et dispose d'une porte d'entrée donnant directement sur l'extérieur, garantissant une certaine liberté de mouvement. Cet espace privatif est actuellement occupé par Simone, comprend Rose. Il est très simplement meublé, mais doté de tout ce dont on peut avoir besoin : un lit, une table de chevet, un grand placard, une petite salle d'eau et des toilettes, ainsi qu'une kitchenette, sommaire, mais suffisante et qui a surtout le mérite d'exister.

— C'est ici que vous dormirez quand Antoine aura besoin de vous le soir ou pour quelques jours.

Rose opine. L'endroit lui convient bien. Il est même plutôt spacieux. Elle pourra y faire ses étirements. Elles montent ensuite l'escalier qui se trouve au fond du garage et qui mène aux pièces de vie de la maison : cuisine semi-ouverte, salle à manger, salon, que Rose connaît déjà. Se trouve aussi là le bureau où elle été reçue le premier jour, ainsi que la chambre de Lou et la suite des parents. La jeune fille est troublée par ces lieux où plane l'ombre de Raphaëlle. Dans un sens, elle y habite toujours. Du moins, un regard extérieur pourrait le penser. Et si l'ensemble de la maison est particulièrement bien rangé (beaucoup trop au goût de Rose), on peut y noter quand même quelques effets personnels… un imperméable sur le portemanteau de l'entrée, une brosse à dents dans le gobelet de la salle de bains, des bijoux sur la coiffeuse… et, consciencieusement rangée sur un buffet, une pile de courrier qui semble l'attendre. Rose réprime un frisson. Simone perçoit son trouble et ajoute :

— Je vous déconseille de toucher aux affaires de Raphaëlle… si vous ne voulez pas d'ennuis…

— Je comprends, je ne me le permettrais pas, madame.

— Antoine ne va pas bien, vous vous en doutez. Il peut se montrer un peu brusque… Mais rassurez-vous, il n'est pas méchant. Cependant, gardez-vous de commettre ce genre d'impair. J'en ai moi-même fait les frais.

— C'est noté.

Simone lui montre où se trouve le nécessaire pour

le ménage. Lui fait quelques recommandations sur la méthode, sans oublier quelques points spécifiques, comme les objets ayant une certaine valeur commerciale ou affective auxquels il faut faire tout particulièrement attention, notamment la sculpture dans le hall d'entrée, le vase chinois sur le buffet et le service de table, cadeau de noces.

— Vous passerez un coup d'aspirateur ce midi pendant que je préparerai le repas.

Rose s'abstient de dire que la maison est très propre (elle brille déjà, non ?), mais Simone semble deviner ses pensées :

— Ici, le ménage doit être fait tous les jours, poussière incluse. Raphaëlle et Antoine y tiennent beaucoup. Enfin… je suppose qu'Antoine ne perdra pas cette habitude. Je l'ai moi-même éduqué très jeune à ranger, question de principe.

— Bien sûr.

Rose revoit le petit studio qu'elle partage avec Sue et sourit intérieurement. Elle n'a clairement pas reçu cette éducation. Chez elle, on vivait avant de ranger. Tant qu'on s'y retrouve…

— J'espère que vous vous plairez ici.

Au regard interrogateur que lance Rose vers l'escalier qui conduit visiblement à un niveau supérieur, Simone explique :

— Il y a encore un étage, mais il est resté « dans son jus ». Ils avaient prévu de le rénover plus tard, pour leurs futurs enfants.

Sa voix s'étrangle brusquement et elle cherche avec fébrilité son mouchoir pour s'essuyer les yeux. Rose se sent bête. Elle sait gérer le chagrin des enfants, mais pas celui des adultes… encore moins celui d'étrangers. Elle est sauvée par les petits cris qui s'échappent de la chambre de Lou.

— Heureusement que dans ce malheur il y a la petite, se ressaisit Simone. Je n'ose imaginer s'il avait perdu les deux… ajoute-t-elle, la main sur la poignée.

En son for intérieur, la mère d'Antoine sait bien que, dans les faits, son fils est loin de se raccrocher à sa fille, mais elle se permet d'espérer qu'un jour il réagira et qu'elle le maintiendra du côté de la vie, ne serait-ce que par devoir.

— Lou, c'est mamie.

Simone prend le bébé dans ses bras avec beaucoup de tendresse et continue de lui parler avec la même douceur :

— Regarde qui est avec nous. C'est Rose ! Tu te rappelles ? Elle est venue samedi. C'est elle qui va s'occuper de toi, ma puce. Elle va bien s'occuper de toi…

Rose sourit. Sans trop qu'elle sache pourquoi, et même si elle ne manque jamais l'occasion de lui faire une nouvelle recommandation, la grand-mère de Lou semble à présent avoir placé sa confiance en elle. Rose en est rassurée.

12

Voir ses amis

Rose n'a eu aucune nouvelle de Julian de la journée, pas même après lui avoir dit qu'elle finissait à 19 heures. Aussi quel n'est pas son étonnement quand elle le découvre à la sortie du métro, qui l'attend avec une rose. Elle adore qu'il lui fasse des surprises. Étant donné son silence de la journée, elle s'attendait à tout sauf à cela. L'effet en est décuplé. Elle se jette dans ses bras et l'embrasse avec ferveur. Il sourit, fier de son coup.

— Alors, ça s'est bien passé ?

— Oui, ça a été ! La mamie du bébé m'a tout expliqué. Et puis Lou est facile, même si elle pleure beaucoup. Ça s'annonce bien.

— Je suis content, alors, si tu es contente.

— *Really ?*

— Oui, oui, vraiment. Excuse-moi, pour hier... Je n'ai pas été très cool. Mais... tu sais comme j'aime être avec toi !

Rose est heureuse de constater que Julian voit d'un meilleur œil son nouveau travail. Tout s'annonce pour le mieux. Elle l'embrasse passionnément. Ils se dirigent ensuite tranquillement vers le *Welsh*, espérant y retrouver l'un ou l'autre de leurs amis. Sue et Maxime y sont déjà attablés et les accueillent avec le sourire. C'est lundi, Sue n'est donc pas en serveuse, puisqu'elle ne travaille au pub que les soirs du weekend.

— Alors ? demande Sue avec son accent typiquement anglais. Raconte !

— C'était bien. Simone est plutôt sympa, en fait. J'avais un peu peur au début, mais…

— Simone ? C'est qui ? demande Maxime, qui n'essaie même pas de deviner.

— La mère de mon patron.

— Et tu l'appelles Simone ? s'étonne Sue, toujours prompte à s'étonner du comportement des Français.

— Tu rigoles ? Non, elle me l'a proposé, mais je dis « madame », explique Rose avec un grand sérieux et la main sur le cœur, ce qui fait rire la petite assemblée.

Manon arrive à ce moment-là, tirée à quatre épingles dans son tailleur pantalon, et très maquillée. Elle aussi s'enquiert de la première journée de travail de Rose. Celle-ci se met donc à raconter ce qu'elle a fait par le menu.

— Mais tu n'as pas peur de t'ennuyer ? demande Maxime.

— Pourquoi je m'ennuierais ? Tu sais ce que c'est de s'occuper d'un nourrisson ? Quand Lou dormira ou sera tranquille, je ferai le ménage, et puis je te rappelle que j'ai des cours par correspondance à suivre… Et au pire, un bon livre et hop. Je ne sais pas m'ennuyer, tu ne le savais pas ?

— Non, mais tu es sûre que tu ne vas pas tourner en rond, avec la petite ? Ça doit être chiant…

— Et toi, c'est pas chiant de t'occuper de tous tes chiens ? rétorque Manon en riant.

— Pas plus que de tes clients, enchaîne Maxime, piqué au vif. Au moins, les chiens dont je m'occupe sont contents de me voir.

— Mes clients aussi !

— Tu parles, tu te plains toujours qu'ils ne disent pas bonjour, qu'ils ne savent pas ce qu'ils veulent… qu'ils te racontent leur vie et que ça te soûle…

— Tu joues trop bien au dog-sitter épanoui, là, mais quand tu les promènes sous la flotte, tes clébards, ou qu'il y en a un qui fait sur ton lino, me dis pas que tu bénis le ciel d'avoir dégoté un super boulot !

— Ça paie mes factures, et c'est bien tout ce que je demande. Et puis j'aime bien la compagnie des chiens. Ça te pose un problème ?

— Ah que non, plus maintenant.

Ces deux-là se donnent à nouveau en spectacle devant les autres qui ne s'en étonnent plus… et qui les charrient régulièrement sur leur statut d'ex respectifs. Jamais d'accord, mais toujours contents de se voir, ils fascinent les autres par leur incapacité à passer une soirée sans « se fritter ». C'est presque devenu une attraction.

De toute la petite bande, c'est Manon qui dénote le plus. Elle ne doit sa présence parmi eux qu'à son statut d'amie d'enfance de Rose[1]. C'est elle qui l'a

1. Voir *La Vie en Rose*, Laure Manel, 2017.

fait entrer dans leur cercle. Elles se sont rencontrées sur les bancs de l'école primaire et malgré des cursus différents et un éloignement géographique temporaire, elles ne se sont jamais perdues de vue. Hormis Manon, tous fréquentent le domaine artistique (arts plastiques, lettres, musique, théâtre, danse…) et n'en sont qu'aux balbutiements d'une éventuelle future carrière. Manon, elle, est vendeuse en parfumerie depuis trois ans. Bien que son quotidien soit différent du leur, et malgré son caractère parfois explosif, ils l'ont tous adoptée. Maxime est même un temps tombé sous son charme (il faut dire qu'elle est dotée d'un physique avantageux)… jusqu'à ce qu'elle l'épuise avec son dynamisme égocentré. C'était un couple improbable, mais ils avaient tenu le coup huit mois, en dépit de disputes et de chicaneries qui perdurent encore aujourd'hui dans leur amitié. Rien n'a vraiment changé entre eux. À croire qu'ils aiment ça.

*

Antoine dîne chez ses voisins. Une invitation spontanée à laquelle il a répondu favorablement, profitant de la présence de sa mère à la maison. Une bonne raison de ne pas trop poser le pied chez lui. Il n'avait aucune envie de rentrer, de passer la soirée avec sa mère et de s'entendre résumer la première journée de travail de Rose avec force détails. Il voulait juste savoir si cela s'était bien passé. Un simple « oui » faisait l'affaire. C'est la première fois qu'il voit ses amis depuis le décès de Raphaëlle. Cédric et Mélanie étaient naturellement présents à l'enterrement, mais que pouvaient-ils lui dire pour atténuer sa peine ? Ils ont hésité avant de lancer cette invitation, mais ils se sont dit que plus ils attendraient, plus ce serait difficile… Avant le drame, ils se voyaient souvent tous les quatre, parfois plusieurs fois par semaine. Ils étaient devenus proches. Le temps de passer de son jardin au leur, Antoine se demande si les récents événements les rapprocheront encore, ou au contraire les éloigneront. Qui sait ? Il se doute bien que parmi ses amis, certains seront tellement mal à l'aise qu'ils espaceront leurs venues et leurs invitations. Sans compter qu'il n'est pas d'humeur très sociable depuis… D'autres se feront sans doute un devoir de l'accueillir, mais ça ne se passera peut-être plus comme avant et le lien se délitera. À l'heure qu'il est, Antoine ignore lesquels de leurs amis le resteront. La mort de Raph fera le tri.

Quand il arrive chez eux, ils le prennent dans leurs bras. Et il sait… Il sait qu'ils seront là pour lui et qu'ils ne l'abandonneront pas. Ce simple geste, comme une preuve d'amitié sincère et pérenne.

La soirée commence aussi bien que possible, mais le plus dur reste à venir. Ils s'attablent. Antoine sent sur lui leurs regards pleins de tristesse et de compassion mêlées. Ils souffrent aussi, mais pas comme lui…

— Tu n'es pas venu avec Lou… commence Mélanie, visiblement déçue.

— Non, ma mère est encore là, alors…

— Oui, j'ai vu que sa voiture était toujours sur le trottoir, note Cédric.

— Elle part mercredi.

— Mais tu vas faire comment ? Tu as repris le travail, non ?

— En effet. J'en avais besoin…

Un ange passe. Raphaëlle, sans doute.

— Et Lou ?

— J'ai trouvé une nounou. Une jeune. Elle a l'air bien.

— Tu la connais ? demande Mélanie, entre curiosité et surprise.

— Non, c'est l'impression qu'elle me fait, c'est tout.

— Ah… Je ne sais pas si je pourrais laisser mon enfant… laisse échapper Mélanie.

— Mais si, assure Antoine, tu verras…

Ils baissent la tête, Antoine ne se rend pas compte de la gaffe. On perd son empathie, on oublie les problèmes des autres quand on est centré sur les siens. Cédric choisit de court-circuiter la conversation :

— Et alors, cette reprise ?

— Ça a été. Tout le monde est globalement trop gentil avec moi, ça a tendance à m'agacer… Je me suis enfermé dans mon bureau. Au début, j'ai eu du mal à bosser, en fait. J'avais perdu le fil, et puis… je n'y arrivais pas vraiment…

Il se met à pleurer en revoyant le moment où il s'est assis à son bureau et qu'il a vu le cadre avec la photo de Rapha qui lui sourit. Elle le lui avait offert quelque temps après leur rencontre. Sur la photo, elle tient une ardoise d'écolier où il est écrit « Est-ce que tu m'aimes comme je t'aime ? ». Il lui avait répondu par un cadre photo qu'elle avait à son tour posé sur son bureau, où il tenait le même type d'écriteau et où il avait écrit : « Oui… pour toujours. » Un truc idiot de jeunes amoureux… mais en vérité, il est plus que jamais persuadé qu'il n'aimera qu'elle… pour toujours.

Ma Rapha,

Tu n'es plus là. Comment est-ce possible alors même que tu es partout ? Je sens ta présence, la chaleur de ton sourire et ton souffle, encore. Tout me ramène à toi, comme une obsession rageuse, comme une image incrustée sur la rétine qui se superposerait à toutes les autres. Tu étais, tu es toujours mon Tout, mon rocher, mon refuge, mon oxygène. Tu étais mon monde, tu adoucissais ma vie. Je n'arrive pas à vivre sans toi. Le bonheur des couples autour de moi m'écœure et me donne la nausée ; ils s'enlacent dans la rue, se tiennent la main, se retrouvent au téléphone dans la journée et au lit le soir.

Mais toi tu n'es plus là. Pourtant je m'attends chaque soir à ce que tu rentres à la maison ; je n'arrive pas à me dire que ça n'arrivera plus.

Ton courrier t'attend. Je n'ai pas l'indécence de l'ouvrir à ta place ni le courage de le renvoyer aux expéditeurs. Je me demande combien de temps tu en recevras encore…, si un jour l'assurance, le téléphone et tes produits de beauté préférés t'oublieront parce que tu ne réponds plus. Tu fais la morte. Au fond, tu ne l'es pas vraiment. En moi, tu vis. En Lou, sans doute plus encore…, mais je préfère ne pas le voir.

J'espère que tu ne me juges pas trop de là où tu es… Car je sais que je suis un mauvais père, un père absent, un père invisible, un père manquant. Mais je n'arrive pas à être père. Je suis désolé… J'ai déjà du mal à me lever, à tenir debout… alors, être père… ? J'essaie juste de rester vivant. C'est une lutte de chaque minute, crois-moi…

Je t'embrasse comme un fou,

Ton mari

13

Être seule

La journée du mardi s'est bien passée. Assez pour que Simone confirme son départ d'aujourd'hui. Ses valises attendent déjà dans le couloir quand Rose arrive. Il est 7 h 30, Lou dort encore. Pendant le thé qu'elles partagent toutes les deux, la grand-mère ne manque pas de formuler les dernières recommandations.

— Comme nous l'avons convenu, je me permettrai de vous appeler sur la ligne de la maison… de temps en temps. Cela me rassurerait beaucoup d'avoir en plus votre numéro de portable, Rose, car avec mon fils, je m'attends à tout…

Rose griffonne son numéro sur le Post-it qu'elle lui tend.

— Je vais vous donner le mien… En cas de problème, il ne faudra pas hésiter à m'appeler. Je suis morte d'inquiétude. Pas que je ne vous fasse pas confiance, entendez-moi bien. C'est Antoine… Avez-vous vu dans quel état il est ? Mais non, suis-je idiote… vous ne l'avez même pas vu hier… Il travaille trop, on dirait un zombie. J'espère qu'il arrivera à une heure décente pour ne pas vous faire faire des journées de quatorze heures… Je vois bien qu'il n'a même plus le sens des réalités. Il ne faudrait pas qu'il perde pied totalement.

Rose hoche la tête avec politesse. Des journées de quatorze heures ? Elle pense immédiatement à Julian. Enregistre, songeuse, le numéro de portable de Simone dans son téléphone… Cette dernière de la remercier.

— Bon, je vais devoir y aller. Vous embrasserez ma petite-fille chérie, dit-elle la larme à l'œil et les épaules basses en se dirigeant vers la porte d'entrée.

— Je vous promets que ce sera fait. Au revoir, madame.

— Au revoir, Rose, à bientôt.

Elle interrompt l'élan qui la porte vers sa voiture pour lui glisser ce que manifestement elle se retenait de lui dire depuis le début :

— Je n'en reviens pas qu'il vous laisse la responsabilité de s'occuper de sa fille… Vous êtes si jeune !

Rose est décontenancée par ces paroles auxquelles elle ne s'attendait assurément pas après les confidences de Simone.

— Mais… ne vous méprenez pas, ce n'est pas que je n'ai pas confiance en vous, se reprend-elle, je ne serais pas partie, sinon. C'est juste que je trouve le choix de mon fils si… improbable… Je me devais de vous l'avouer, je ne suis pas sûre que vous compreniez le réel enjeu de ce travail. Enfin, je compte sur vous, je n'ai pas le choix de toute façon. Mon mari est perdu sans moi. Je reviendrai dans quelque temps. Au revoir, Rose. Prenez bien soin d'elle.

— Comptez sur moi, assure Rose, désarçonnée.

La jeune fille regarde la mère d'Antoine s'engouffrer dans sa voiture, puis disparaître au coin de la rue. Pousse un soupir de soulagement mêlé de trac. En effet, plus que jamais elle prend vraiment conscience de la responsabilité qui est désormais la sienne : outre subvenir aux besoins physiologiques de la petite, elle devra lui garantir la sécurité affective dont elle est pour l'instant privée…

Ce soir, Rose doit discuter des détails de son contrat avec Antoine. Même si les grandes lignes ont été évoquées, ils n'ont pas pris le temps de le rédiger avant. Tout a été si rapide ! Son optimisme naturel lui permet de ne pas trop s'en inquiéter, mais elle redoute quelque peu la confrontation avec cet homme aussi dur que fragile.

Rose, en pénétrant dans la maison, est assaillie d'émotions contradictoires qui s'entrechoquent dans son esprit : la joie d'être seule avec Lou, le malaise qui l'étreint quand elle entre dans le salon et qu'elle se sent observée par le portrait, l'incompréhension de devoir dépoussiérer des meubles rutilants. Machinalement, comme elle le ferait chez elle, Rose ôte ses chaussures et les pose dans un coin. Elle n'aime rien tant que marcher (et danser) pieds nus et ce, où qu'elle soit. Elle apprécie aussitôt le contact moelleux et douillet du tapis (un calvaire à aspirer, elle s'en doute). Elle s'assied dans le canapé qui tourne le dos à la photo géante, et attend, guettant les premiers sons qui parviendront de la chambre. Attendre ainsi… combien de temps ? Elle pourrait prendre son cahier de cours et se plonger dans l'histoire de la musique de l'Antiquité à nos jours. Mais ce n'est pas ce dont elle a envie à cet instant. Elle se retient d'aller voir Lou, dont elle doit au maximum préserver le sommeil. Elle se retient aussi de sortir dans le jardin, car le soleil matinal de ce début octobre, étonnamment généreux, lui fait de l'œil à travers la fenêtre… et puis non, elle ne se retient pas. Attrape le babyphone et sort sur le perron, descend les trois marches pour se retrouver sur l'herbe, un gazon coupé au cordeau, fin et dense, très agréable à la plante des pieds. Rose inspire profondément. Il manque juste une vue digne de ce nom et tout serait parfait. Le soleil effleure son visage, qu'elle a tourné vers lui, les yeux clos. Elle fait le vide en elle et pense à la vitamine D qu'elle fabrique encore en vue de la famine de l'hiver.

Son téléphone vibre. Un message. *Alors ? Elle est partie, la vieille ?* Manon… toujours nature, sans filtre. Rose sourit, mais lui répond posément. Amies, mais différentes.

Le babyphone bruisse un peu, lui aussi. Le signal que la journée commence vraiment. Une joie non dénuée d'anxiété s'immisce dans le cœur de Rose.

*

La matinée s'est bien passée. Rose a emmené Lou faire un tour de poussette dans le quartier. La petite l'est bien trop pour apprécier visuellement la promenade, mais Rose a de l'enthousiasme pour deux. Pas un envol d'oiseau ou la course d'un chat ne lui a échappé, et elle n'a eu de cesse d'en parler à Lou, comme pour l'éveiller aux joies de l'observation du monde animal, mais aussi et surtout pour poser les prémices de moments de partage, pour que Lou se fasse à sa voix, pour créer du lien.

La petite dort enfin, après de multiples essais infructueux. Rose l'a couchée et sortie du lit à plusieurs reprises. Aurait-il fallu la laisser pleurer ou pas ? Rose ignore quels principes auraient été ceux des parents de Lou, alors elle fait comme elle le peut et se promet de poser la question à Antoine. Doit-elle faire comme elle le sent ou bien… ? Simone avait tendance à ne pas la laisser pleurer ; non pas que ce soit dans la lignée de l'éducation qu'elle a elle-même donnée à ses enfants, mais plutôt par souci de « ne pas en rajouter » vis-à-vis de cette pauvre enfant… Rose se pose tout à coup des questions éducatives. Elle imagine sans peine qu'elle va être confrontée à certaines situations, où elle devra choisir de se comporter d'une façon qui n'aurait peut-être pas été celle de Raphaëlle. Se dit qu'elle devrait peut-être potasser une bible du style « Élever votre enfant de 0 à 3 ans ». Finalement, elle se sent relativement ignorante de tout cela, même si elle a déjà gardé des enfants. Elle prend conscience qu'elle n'est pas juste une « gardienne d'enfant » cette fois, et qu'elle va devoir s'occuper de Lou bien plus que son propre père, qui lui délègue en quelque sorte sa mission éducative.

Ces considérations s'estompent alors qu'elle entre dans la suite parentale pour y faire le ménage. C'est la partie de la maison qui lui inspire le plus de malaise. Là où Raphaëlle est la plus présente. Ses effets personnels y sont plus nombreux qu'ailleurs. Il reste des vêtements portant sans doute son odeur ; sa robe de chambre en satin est toujours accrochée à un portemanteau. Il y a aussi de multiples photos qui constellent un mur de la chambre et qui brossent le portrait d'un couple heureux, une sorte d'historique, depuis leur rencontre jusqu'aux derniers moments de la grossesse en passant par les vacances et les fêtes de famille, leur mariage… Rose les étudie avec une curiosité coupable, un voyeurisme assez laid. Elle est là pour faire le ménage, pas pour être la spectatrice d'un film en images fixes qui ne lui appartient pas.

Mais le lit est tiré à quatre épingles, et le sol déjà immaculé. Pour le principe, elle astique la douche et le lavabo puis s'enfuit du lieu avec un nœud à la gorge. Si elle le pouvait, elle n'entrerait plus ici.

*

Il est presque 20 heures quand Antoine arrive. Heureusement qu'il devait faire un effort pour rentrer de bonne heure afin de leur laisser le temps de discuter… Lou est dans son transat, il lui adresse un coup d'œil lointain. Pas un mot, encore moins un bisou. Rien. C'est sec et ça serre le cœur de Rose. Elle se dit qu'en plus de s'occuper de la petite, elle va devoir veiller sur le père et s'assurer qu'un jour il trouve le chemin du cœur de sa fille… Si c'est possible. La situation de Lou lui paraît tellement désespérante qu'elle ne fixe aucune limite à son employeur : oui, elle se rendra disponible autant que possible. Il lui explique qu'il part quelques jours tous les deux mois environ, et veut être sûr qu'il pourra compter sur elle. Bien sûr… Il lui précise qu'il a en général une réunion tardive ou un dîner d'affaires, ou les deux, chaque semaine, mais pas le même soir. Oui, il pourra compter sur elle. Il lui propose de payer grassement ses heures supplémentaires, c'est-à-dire passé 19 heures. Elle ne dit pas non. Évidemment. Il a au moins l'élégance de ne pas la prendre pour une employée corvéable à merci et de ne pas se comporter comme un patron exigeant et ingrat qui considèrerait que tout lui est dû en échange d'un salaire basique.

Elle dit oui à tout. Et rentre chez elle préoccupée, non pas tant par le volume horaire de son engagement que par la réaction de Julian. Après tout, elle a besoin de cet argent, et elle a à cœur de faire tout ce qu'elle peut pour Lou, pour qui elle éprouve déjà de l'affection. Rose a conscience qu'elle s'est déjà attachée à la toute petite fille, d'une façon bien plus importante qu'elle l'aurait d'abord cru. Elle ne saurait dire si cet état de fait est imputable au bébé lui-même ou au contexte particulier… Est-ce que, si Lou avait retrouvé sa maman le soir, les choses auraient été différentes ? À vrai dire, Rose est bien incapable de savoir d'où vient ce début d'attachement. Toujours est-il qu'elle s'est montrée prête à accepter sans discuter tous les termes du contrat… Évidemment, Julian ne l'entendra pas de la même façon… alors elle choisit de l'épargner : elle l'informera de ses retards et de ses absences à chaque fois le moment venu. Si elle lui annonce maintenant qu'ils se verront à peine dans la semaine, il va lui faire une crise. Elle sait que ce sera difficile aussi pour elle, mais songe à la passion engendrée par le manque et se dit que la qualité est plus importante que la quantité. Elle se compose donc le visage serein de celle qui a décroché un super boulot et se dit que, pour les inconvénients, elle verra plus tard.

14

Remplir ses obligations

Le soir de la discussion du contrat, Antoine devait quitter le travail à une heure raisonnable. Ce qu'il avait fait, d'ailleurs. À 17 heures, il avait récupéré sa voiture au parking et pris la route du retour. Mais le trajet s'était déroulé tout à fait autrement que dans ses habitudes et dans ses prévisions. Il roulait sur le périphérique en écoutant la radio, faisant le point sur sa journée, quand il a été rattrapé par une chanson-claque. *Leur* chanson, à Raph et lui, du moins celle qui avait bercé leurs débuts : *Dans 150 ans*, de Raphaël (ça ne s'invente pas). Il écoute et les larmes coulent toutes seules. Il n'aura pas attendu cent cinquante ans pour avoir le mal d'elle... Ils ne vieilliront pas ensemble. Alors il est pris d'une envie de ne pas rentrer. De partir, de rouler jusqu'ailleurs indéfiniment, sans s'arrêter. Partir loin. Loin d'elle, et même loin de lui-même. Loin de ses obligations, loin de tous, loin des siens.

Et c'est ce qu'il a fait. Il a quitté le périph à la première sortie et il a pris l'autoroute vers la province. Il a roulé comme ça de longues minutes, pas loin d'une heure sans doute. Sans but, sans destination. Assez vite. Comme pour défier la mort, comme pour se rire d'elle. Elle ne lui fait pas peur à cet instant : il pourrait rejoindre Raphaëlle. C'est sans doute ce qui lui fait le plus envie maintenant. Il pourrait se briser en deux, en mille, peu importe. Son ange au ciel l'accueillerait chaleureusement, les bras ouverts. Peut-être que c'est à ce moment de sa rêverie qu'il a vaguement pensé que Raphaëlle désapprouverait l'abandon de Lou. Qu'elle lui en voudrait pour le restant de leurs jours au ciel, et que l'éternité serait longue avec ce poids à porter. Peut-être que c'est cela qui l'a fait renoncer à sa fuite, qu'il a ralenti, qu'il a fait demi-tour. Qu'il est rentré vers Paris. Et qu'il s'est rendu compte qu'il allait être sacrément en retard.

*

Depuis le départ de sa mère, Antoine peut enfin se laisser aller en toute impunité. Sa solitude lui apporte la liberté de faire ce qu'il veut, et surtout de se renfermer dans sa coquille sans rendre de comptes à quiconque. Il a le droit de ne pas manger, de ne pas sortir de chez lui, de ne voir personne, sans essuyer de remontrances. Il a toujours eu horreur qu'on lui fasse la morale ou même qu'on lui dise quoi faire.

Il n'a envie de rien. Chez lui, en tout cas. Seul le travail lui apporte tout ce à quoi il peut aspirer : la fuite, et quelques secondes quotidiennes d'oubli, quand il est suffisamment captivé par sa tâche (et en général, ce n'est pas le veuf qui remonte les bretelles d'un fournisseur négligent). Le travail est un puissant anesthésiant. Au bureau, sa douleur s'estompe, devient moins lancinante ; il focalise sa conscience et ses pensées sur les dossiers en cours, sur le prochain voyage d'affaires qu'il doit organiser, sur la recherche du meilleur fournisseur pour l'ingrédient principal d'une nouvelle crème… Son poste de directeur des achats dans une entreprise de cosmétiques le passionne toujours autant qu'à ses débuts, et a l'immense mérite de lui apporter d'autres soucis que les siens propres… Mais dès qu'il rentre chez lui, c'en est fini du repos. Lou est là, et il doit s'en occuper. Chaque soir, il aimerait que Rose prolonge jusqu'au coucher de sa fille. En réalité, il ne veut pas la toucher. Il n'y arrive pas vraiment. La nuit, il y est bien obligé, parce qu'elle se réveille au moins trois fois… et c'est toujours le même calvaire : il la maudit presque d'exister. Elle ruine ses nuits : il se réveille difficilement, titube jusqu'à sa chambre, doit préparer un biberon, le lui donner, attendre le foutu rot, la recoucher… Pour peu qu'elle pleure, alors c'est l'horreur. Son énervement, même silencieux, ne lui permet pas de calmer la petite. Le réveil est terrible et, évidemment, il manque d'efficacité au travail. La fatigue étant très amie avec la déprime, il s'enfonce de plus en plus dans la dépression. Voit tout en noir. Mange à peine. Finit par se coucher tard pour ne plus avoir à se réveiller, et ne dort qu'entre le biberon de 1 h 30 et celui de 5 h 30. À ce rythme, il ne tiendra plus très longtemps.

Lou lui pompe le peu d'énergie qui lui reste, puise dans ses réserves. Il ne peut s'empêcher de se dire qu'elle lui a tout pris, en premier lieu la femme qu'il aimait, et sa vie d'avant. Si Raphaëlle était là, il en serait autrement. Elle s'occuperait d'elle, et tellement bien… Lui, bien sûr qu'il avait envie d'avoir un enfant, mais après tout, il aurait pu attendre encore un peu. C'est Raphaëlle qui était la plus pressée des deux. Finalement, elle n'aura jamais connu la joie d'être mère. Il la revoit pendant l'accouchement, et cette image, terrible, lui reste au fond des yeux : le sourire de la future mère qui va étreindre son enfant dans quelques secondes qui se mue en crispation, qui convulse. Peut-on considérer qu'elle a été mère ? Au final… il est bien plus père, par la force des choses, que ce qu'il pensait. Père dans le statut. Pas dans les gestes. Il ne prend Lou dans ses bras que par nécessité : juste pour les biberons et les changements de couches, la nuit. Il ne lui parle pas vraiment, ne lui sourit pas. On dirait un pantin. Des gestes d'automate, un cœur qui ne bat que pour le chagrin. Pas de bisous, pas de câlins. Même pour le biberon, il la met dans le transat. Le moins de contact possible. Comme s'il avait peur de quelque chose. Comme si la petite était contagieuse. Mais à part de l'amour, que pourrait-elle lui transmettre ?

15

Refuser d'admettre

Antoine oscille toujours entre déni et colère, surnage entre « Elle va revenir » et « Pourquoi moi ? ». Les courriers s'amoncellent, le parfum du foulard de Raph s'évapore, mais il n'y a pas que cela, et c'est Simone qui le lui rappelle, un soir de la fin octobre, alors qu'elle l'appelle pour prendre de ses nouvelles – des nouvelles de Lou, Rose lui en donne quotidiennement finalement. Elle veut aussi avoir son sentiment à lui quant au bien-être de sa fille. Lorsqu'elle a tenté d'appeler la baby-sitter dans la journée, elle est tombée sur le répondeur, et elle ne va pas pouvoir s'empêcher d'en parler à son fils. Elle contourne d'abord l'obstacle avant de l'attaquer frontalement :

— Comment vas-tu, Antoine ?

— Ça va.

La voix est monocorde et le point à la fin de la phrase pourrait être le point final de la conversation : il n'a visiblement pas envie de lui parler.

— Je crains que non, soupire Simone, qui n'est dupe de rien.

— Je te dis que ça va…

— Et Lou ?

— Elle va bien.

— Tu y arrives ?

— Qu'est-ce que tu crois ? Que je ne suis pas capable de m'en occuper ?

C'est sûr, il sait s'en occuper, comme on s'occupe d'un animal de compagnie (et encore)… pense Simone.

— Et ton travail ? Tout se passe bien ?

— Maman… C'est pour ça que tu m'appelles ? J'ai l'impression d'avoir dix ans.

— Très bien, alors je vais te parler comme à un adulte… un adulte qui a besoin d'entendre certaines vérités et de revenir un peu sur terre, d'ailleurs…

— Pardon ?

— Antoine, j'ai essayé d'appeler Rose aujourd'hui, mais son portable devait être en mode silence, et je suis tombée sur le répondeur de la maison… et… Comment dire… Tu te rends bien compte que tu ne peux plus garder ce message…

— Quel message ?

Il pose la question, mais dans le même temps il comprend… C'est vrai qu'il n'a pas l'habitude (encore moins maintenant) d'appeler chez lui. Simone sent qu'il va se braquer et tente de prendre un ton aussi doux que possible :

— Votre message d'accueil, tu sais bien… C'est la voix de Raph, Antoine… Tu ne peux pas le garder…

— Qu'est-ce que ça peut te faire ? rétorque-t-il, piqué.

— Mais enfin, elle n'habite plus ici… Elle n'est

même plus de ce monde, ça n'a pas de sens ! C'est horriblement morbide ! Et puis imagine ce que vont penser les autres...

— Je me contrefous de ce que pensent les autres, maman. Je ne changerai pas de message d'accueil.

— Mais...

Il a déjà raccroché. Inutile de débattre du sujet. Raphaëlle restera ici. Où serait sa place, sinon ? Ici est sa maison, cela le restera. Il n'effacera pas ce message, comme il ne veut pas laver ses affaires ou la rayer sur la boîte aux lettres. Et parce que sa mère lui a rappelé l'existence de ce lien avec elle, il compose le numéro rien que pour entendre sa voix, guette le déclenchement du répondeur, le cœur battant : *Bonjour, vous êtes bien chez Antoine et Raph, nous ne sommes pas là pour le moment, mais laissez-nous un message ! À très vite.*

La voix est enjouée, chaleureuse, sympathique. Le message, trop court, impersonnel, mais peu importe. Il l'écoute à nouveau. Plusieurs fois. Jusqu'à ce qu'il pleure. Sur son portable, les derniers appels de Raph se sont évanouis dans l'obscurité où elle est elle-même plongée, mais il peut écouter ce message d'accueil à l'infini. C'est doux et difficile en même temps.

Il file dans le bureau, ouvre le grand placard, dont il sort les albums photo. Il a besoin de la voir, il a besoin de l'entendre. Il feuillette rapidement le film de leur histoire en accéléré, puis part à la recherche de films stockés sur DVD. Il a besoin de la voir vivre. Et l'espace d'un instant, il oublie presque qu'elle n'est plus là, qu'il n'y aura plus de nouvelles images, de nouveaux sons, qu'il ne saura jamais comment elle aurait vieilli, comment serait devenue sa voix, sa silhouette ou sa chevelure. Comment ils auraient grandi, vécu et vieilli ensemble. L'histoire s'est achevée beaucoup trop tôt. La réalité l'atteint à nouveau en pleine face, comme un boomerang. Mais il lui reste tout ce qu'ils ont vécu à deux. Au milieu des larmes et du chaos, une impression de chaleur : l'idée qu'il peut, à tout moment, la regarder, l'entendre, la voir s'animer à nouveau, et qu'elle aura pour toujours trente-trois ans. Qu'elle restera à jamais telle qu'il l'a aimée.

16

Demander plus, imposer moins

Une nuit en forme de goutte d'eau. Le vase qui déborde. Les pleurs et l'insomnie de trop. Antoine n'en peut plus. Lou est une gêne à son bien-être, à sa santé mentale, aux nécessités de son travail. Il ne supporte plus de l'entendre la nuit, de rompre son sommeil, de casser son repos. Il n'a ni l'envie ni la force de se lever. Cette nuit, il l'a laissée pleurer. Vraiment pleurer. Pas juste dix minutes en guise de test ou pour lui montrer que papa ne répond pas dans la seconde. Non, plutôt deux heures. Deux heures de sanglots d'un bébé qui ne comprend sans doute rien, et qui pleure de faim, d'incompréhension et de manque d'amour. En face, l'indifférence d'un père qui n'assume pas. Deux heures, puis plus rien. Lou a fini par s'endormir d'épuisement. Son père aussi, vaguement coupable quand même.

Au matin, une certitude : trouver une solution. En réalité, elle est toute trouvée. Elle s'appelle Rose. Elle avait promis qu'elle se rendrait disponible autant que possible. Il suffit de lui demander, et de se montrer généreux en heures supplémentaires. Le souci, c'est qu'il veut qu'elle commence dès ce soir ; il ne peut pas envisager une nuit de plus sans dormir. Il se décide à l'appeler avant l'heure où elle quitte vraisemblablement son appartement.

— Bonjour, Rose, c'est monsieur Dussac.

— Bonjour... répond une voix mal assurée.

— Excusez-moi de vous appeler de si bonne heure, mais c'est important. Voilà, j'aurais besoin que vous restiez ce soir pour garder Lou, lui demande-t-il sans détour.

— Ah oui, vous avez un dîner d'affaires...

— Non. Enfin, à vrai dire, j'aimerais que vous restiez toutes les nuits de cette semaine.

— Ah...

Il perçoit une certaine incrédulité chez Rose qui semble trouver sa demande incongrue.

— Oui, donc cela suppose que vous veniez ce matin avec vos affaires.

— Mais... vous partez ? demande-t-elle, visiblement dans l'attente d'en savoir plus.

— Non, non, je serai présent, mais bon, comme vous le savez, Lou ne fait pas ses nuits, et... je n'arrive plus à travailler. Ni à me lever... Je suis fatigué... Puis-je compter sur vous ?

— Vous pouvez.

— Merci, Rose, vous me sauvez. À tout à l'heure.

Il raccroche sans qu'elle ait pu ajouter quoi que ce soit.

*

Rose est prise de court, un peu en mode panique. Se précipite pour ramasser quelques affaires qu'elle jette en vrac dans son sac de voyage. Elle a cinq minutes devant elle, pas plus, sinon elle sera en retard. Son cœur bat la chamade, parce qu'elle ne verra pas Julian ce soir et qu'elle va devoir lui annoncer au téléphone qu'ils ne se verront pas avant le week-end. Elle voit d'ici sa réaction. Ses tremblements ne l'aident pas à être efficace. Sa colocataire grogne parce qu'elle s'agite. D'ailleurs elle en met partout, parce qu'en cherchant des vêtements dans son bazar (certes organisé), elle en jette une bonne partie un peu au hasard. Et elle n'aura pas le temps de ranger. Cela va encore faire râler Sue. Mais tant pis… Rose a plus important à faire : être à l'heure, répondre à l'urgence de la situation, satisfaire son patron. Elle a aimé qu'il lui dise « Vous me sauvez » ; c'est la première fois qu'il lui dit quelque chose qui ressemble à une gentillesse. D'habitude, il est indifférent, il prend tout ce qu'elle fait comme un dû, sans une once apparente de gratitude. C'est peut-être là l'occasion qu'il la voie comme quelqu'un sur qui compter, sans qui la vie serait plus compliquée. Son patron lui semble une énigme. Son côté dur, sérieux, plutôt froid, austère donc, l'intimide, mais elle n'oublie pas qu'il a des circonstances atténuantes pour être ainsi. Elle ne peut lui en vouloir. Elle se demande parfois comment il était, avant…

Alors que le métro l'emmène vers plusieurs jours différents des autres, elle songe à tout cela. Et au coup de fil qu'elle va passer à Julian tout à l'heure. Il est encore trop tôt, il doit dormir. Hier soir, ils sont allés au cinéma. Il avait envie d'elle, alors ils ont quitté la salle avant la fin du film et profité que Sue ne soit pas encore là pour s'adonner à un corps-à-corps très *hot and quick*. Il aime bien ça, faire l'amour à la va-vite, ça l'excite beaucoup. Surtout quand il a fumé un pétard. Rose aime lui faire plaisir, mais ce n'est pas son mode de rapports amoureux préféré. Parfois elle se demande quels sont ses sentiments à lui, et même les siens propres. Cela fait plusieurs mois qu'ils sont ensemble. Ça se passe bien, mais quelquefois elle se dit qu'il y a quelque chose qui cloche. Malgré tout, elle l'aime. Et lui aussi, enfin c'est ce qu'il lui dit. Et c'est ce qu'elle croit. Elle espère que faire l'amour avec elle n'est pas la seule chose qu'il aime. Avec lui, elle n'est pas vraiment elle-même. Elle se force à être un peu sérieuse, à effacer sa fantaisie. C'est à cause de son côté sombre. Elle ne sait même pas s'il se donne un genre, pour faire un peu l'artiste torturé, le musicos au vague à l'âme, le rocker *british* un peu grunge, s'il joue un rôle ou s'il y a du vrai… Mais, à ses côtés, elle tamise sa propre lumière, comme pour lui renvoyer un reflet de son côté sombre. Elle s'affadit. Manon le lui a dit, un jour ; Rose n'a pas apprécié sur le moment. Puis elle y a réfléchi… Sans vraiment jouer un rôle, elle se soumet elle-même à une certaine attitude : quand il n'est pas là, elle est plus ouverte, plus vivante, plus drôle, plus riante. Certains de ses amis l'ont remarqué. Manon, par exemple, qui la connaît bien, a mis plus d'une fois le doigt sur cette bizarrerie qu'elle attribue à un manque de personnalité dû à son jeune âge (elle a le même, cependant), et sur le paradoxe qui la fait rester avec un mec avec qui elle n'est pas elle-même. « C'est parce qu'il baise bien, hein ? » lui a-t-elle demandé. Rose a haussé les épaules. « Même pas… », ou en tout cas, pas selon elle (elle aime une certaine douceur). Elle est sûre que certaines filles rêveraient de se faire culbuter dans les toilettes d'un bar par ce genre de *bad boy* à guitare qu'elles s'imaginent prêt à les plaquer contre un mur. Mais pas elle. Rose est une incorrigible romantique, même si elle a toujours craqué pour les jeunes hommes un peu déroutés-déroutants. Elle est attachée à Julian. Au point de craindre son courroux et ses mots. Au point de craindre qu'un jour il la largue.

17

Devoir se justifier

Le *Welsh* est plongé dans la demi-torpeur de début de soirée, à cette heure où certains sont encore à l'apéro quand d'autres attaquent déjà l'après-repas à coups de bières. Rose est avec Julian. Les autres arriveront dans une petite heure. Ils ont juste assez de temps pour se voir un peu en tête à tête, et ils en ont besoin. La communication entre eux a été réduite au minimum. Le mardi, Rose a finalement opté pour un SMS d'explication, simple et mesuré, auquel il a répondu par un *Super… On en reparle vendredi soir…* Dans le *super…*, elle a bien subodoré la traduction ironique d'un *shit* bien senti. Puis elle a fait l'autruche, tentant de se concentrer sur sa tâche dans la journée, tentant de dormir la nuit, entre les réveils nocturnes de Lou et les longues réflexions dans son lit au sujet de la conversation qui ne manquerait pas d'arriver. Elle avait le trac. Elle craignait les réactions de Julian, et elle avait raison. D'autant qu'elle a attendu leur tête-à-tête pour lui expliquer qu'elle allait à nouveau s'absenter, toute une semaine cette fois. Déjà qu'il l'a à peine embrassée en la retrouvant tout à l'heure…

— Ça va ? s'enquiert-elle pour engager la conversation…

— Ça dépend de quoi on parle… Et toi ?

— Oui, bien.

— Tant mieux, alors, dit-il avec ironie. Tu m'étonnes… En même temps, si tu es payée pour coucher avec ton patron…

— *What ?* Tu dis vraiment n'importe quoi, Jul… Je t'avais dit qu'il y avait une chambre en bas.

— Et alors ? Il peut pas s'en occuper, de son *baby* ?

— Il est fatigué, il a beaucoup de travail.

— Oh… *Poor man !* Tu parles… Tu ne crois pas qu'il abuse de la situation ?

— Non, mais mets-toi à sa place. Ce doit être très difficile, il vient de perdre sa femme, il doit s'occuper de sa petite fille, et son travail lui prend beaucoup de temps.

— Et alors ?

— J'ai signé, Jul, c'est mon job ! J'assume.

— Et moi ? Moi, je me retrouve tout seul ! Pendant que tu prends soin de cette gosse et de son pauvre papa.

— Je ne m'occupe pas du papa, Julian. Et je te rappelle que c'est très bien payé. Tu sais que j'en ai besoin ! Pour aller à Londres avec toi…

— C'est pas pour moi que tu veux y aller, c'est pour l'école…

— À quoi tu joues, Julian ?

— *Nothing…* C'est ton job qui m'énerve. Tu es là les soirs de la semaine prochaine ?

— Il m'a demandé de rester du lundi au vendredi jusqu'à ce qu'elle fasse ses nuits.

— *Are you serious ?* Et il y en a pour combien de temps, tu crois ?

— Aucune idée. Lou est petite, c'est normal qu'elle réclame des biberons la nuit. Et puis elle doit être angoissée…

— Fais chier, Rose ! crie Julian. Le week-end prochain, je joue avec le groupe, on doit répéter avant, faire les balances… Nous deux, on se voit quand ?

Inutile de répondre : elle ne sait pas vraiment. De toute façon, Julian s'en va. Rose se sent meurtrie, déconfite. Elle comprend qu'il accepte mal la situation, mais qu'y peut-elle ? Elle a signé un contrat de travail, un contrat moral qu'elle se doit d'assumer et d'honorer. Ce n'est pas qu'une question d'argent. Elle a envie d'aider cette famille mutilée. Et puis ces trois nuits qu'elle a passées chez eux lui ont permis de dépasser le simple statut de baby-sitter. À présent, elle est plus que ça : sa place est plus grande, son rôle plus important. Et surtout, elle a réalisé que son affection pour la petite Lou ne cesse de grandir. Chaque fois qu'elle est venue, la nuit, la retrouver pour un biberon, chaque fois qu'elle l'a prise dans ses bras, elle a vu son contentement, elle a constaté qu'elle s'épanouissait de bien-être, chaque fois qu'elle l'a regardée s'endormir au son de la petite musique… elle a ressenti ce début de tendresse que l'on peut éprouver à l'égard d'un nourrisson. Elle qui ne se voyait que danseuse se projette maintenant un jour maman, et pour la première fois, elle aurait presque hâte.

*

Rose ayant fui le *Welsh*, ses amies Manon et Charlotte l'ont rejointe chez elle. Elles sirotent une bière tiède au milieu du bazar ambiant. Le canapé est encombré de piles de linge ; des livres et des magazines jonchent le sol, la vaisselle s'amoncelle dans le coin cuisine… Rien ne semble rangé, enfin surtout du côté de Rose, et cela n'étonne pas ses amies. Ce qui les surprend, c'est son visage fermé, ses yeux rougis.

— Mais… tu comprends son point de vue, n'est-ce pas ? demande Charlotte.

— Son point de vue ? répète non sans ironie Manon, toujours prête à défendre son amie. Ce n'est qu'un égoïste…

Charlotte, qui n'est pas du genre « rentre-dedans » pour mettre quelqu'un face à ses responsabilités, cherche la manière de faire passer son idée sans heurter l'une ou l'autre.

— On peut aussi essayer de le comprendre… C'est normal qu'il soit déçu, non ? Ils vont à peine se voir dans les semaines à venir…

— Et alors ? rétorque Manon avec force. S'il l'aime, il peut bien attendre. Elle ne peut pas être disponible dès qu'il le souhaite !… Franchement, vous croyez qu'il renoncerait à la musique ou à ses cours de théâtre pour elle ?

Rose acquiesce devant cet argument de poids. Pourquoi devrait-elle se soumettre à l'emploi du temps de Julian, et à ses seules envies ? Est-il prêt à écouter ses désirs à elle, ses projets, ses rêves ? Leurs perspectives devraient pouvoir être compatibles. Même si

Charlotte est la voix de la raison, elle ne prend pas vraiment parti pour Julian, et Rose se félicite que Sue travaille ce soir au *Welsh*. Ce qui blesse Rose n'est pas tant qu'il ait raison, mais plutôt cette façon qu'il a eue de lui parler, agressive, virulente, dénuée d'amour. Elle n'a vu dans ses yeux et dans ses mots que colère et jalousie. Il lui a même semblé y déceler de la haine. Oui, c'est cela qui l'a blessée. Elle a vu sa colère, mais pas les sentiments qu'il devrait lui porter. Et ses yeux en témoignent encore.

Elle écoute Charlotte et Manon converser à bâtons rompus au sujet de son petit copain, comme si elle assistait à son procès au tribunal. A-t-il tort ou raison ? Pour elle, ce n'est pas vraiment la question…

18

Perdre les pédales…

Ce soir-là, alors que Rose entame sa troisième semaine, Antoine rentre du travail, pour une fois à une heure raisonnable. Et pour cause : son copain Grégory a refait surface et entrepris de le sortir pour lui changer les idées. Bizarrement, bien que plongé encore dans les marasmes de son deuil, Antoine a accepté. Après tout, pourquoi pas… Il n'a pas vu Grégory depuis des mois… peut-être même quelques années. Il n'était pas du goût de Raphaëlle. Trop prétentieux, trop expansif, trop bon vivant… trop célibataire, surtout. Ils étaient en école de commerce ensemble, et avaient beaucoup fait la fête. C'est Raph qui avait remis Antoine dans le droit chemin. Ce que Grégory, privé de son acolyte, n'avait guère apprécié, ne manquant jamais de rappeler à Antoine de quoi il se privait, à quoi il s'attachait, et de se moquer de sa vie bien rangée. Lui, à bientôt trente-six ans, avait continué à mener une vie éprise de liberté qu'il parvenait à concilier avec les contraintes de son poste d'ingénieur technico-commercial. Après ses journées de travail bien remplies, il sortait jusque tard le soir avant de regagner son appartement de célibataire, seul, ou pas. Au fond, il ne tenait aucunement à s'engager et mettait ce précepte en pratique en enchaînant les relations de très courte durée. À ce titre, il n'était en effet pas dans les petits papiers de Raphaëlle, qui récusait ce mode de vie adolescent, immature et irresponsable, irrespectueux des femmes, réduites au rôle de simples proies, consentantes certes, mais bon…

Grégory a appelé Antoine au travail ce matin, alors que ce dernier croupissait dans une inaction parfaitement stérile. Il a été étonné, mais très content de l'entendre. Depuis tout ce temps… Peut-être que Grégory a un peu changé… Mais peu importe après tout… Il a, en plus d'une vie professionnelle proche de la sienne, un avantage certain sur tous ses autres amis : il est sorti du cercle de leur entourage et, en cela, il est sans doute à la fois moins affecté par la disparition de sa femme et le plus à même de lui apporter la légèreté que tous les autres ont perdue… Oui, sans doute que lui seul pouvait le divertir au sens pascalien du terme : lui seul est capable de le détourner de sa peine, au moins pour quelques heures. Pourquoi pas ? Cela vaut la peine d'essayer. Rose est là, chez lui, pour garder Lou. Quelle chance il a d'avoir dégoté cette petite !

En arrivant chez lui, il l'informe succinctement de son programme de la soirée. Il choisit une tenue décontractée, jean, pull léger en coton, chèche à la mode ; il file sous la douche, puis s'habille comme un automate. Il se sent dédoublé. Cet homme qui s'apprête à sortir n'est pas vraiment lui, ne peut pas être lui. Dans son esprit, il n'a pas le cœur à ça. Quelle force le pousse à le faire quand même ? Grégory serait-il toujours aussi persuasif ? Il faut croire qu'il sait y faire…

*

Grégory a réservé une table pour deux dans un restaurant des Champs-Élysées. Visiblement, il compte bien, quelles qu'en soient les circonstances, fêter leurs retrouvailles. Antoine n'a pas la force suffisante pour y trouver quelque chose d'indécent. Il se laisse aller passivement, trop heureux d'échapper à la lourdeur de son foyer amputé du principal. Ils trinquent à leur amitié qui renaît ce soir de ses cendres. Grégory s'enquiert des dernières semaines de son ami, opine du chef avec empathie au récit embué de larmes d'Antoine, l'interroge sur sa petite fille, que le jeune père évoque en deux phrases vite jetées, l'orientant vite vers des souvenirs plus heureux… Après tout, ils sont là pour passer un bon moment et se changer les idées. Pour cela, rien de tel que de ranimer la flamme de leurs moments à eux, quand ils faisaient les quatre cents coups en école de commerce, qu'ils draguaient les filles sans grande subtilité, qu'ils buvaient un peu trop… Ces années-là, au contact de Grégory, avaient été pour Antoine trois années folles, complètement incongrues dans son parcours de vie. Les pires, selon Raph. Les meilleures ! proclamait Grégory… Antoine avait eu le temps de les considérer comme de simples erreurs de jeunesse, et, depuis, il s'était assagi. Il avait retrouvé sa propre normalité. Il s'était plutôt « rangé », comme disait Grégory avec un air désapprobateur.

Mais Antoine n'y voyait aucun mal : il avait rencontré l'amour, s'était marié… Avec Raph, ils avaient grandi professionnellement, ils avaient acheté une maison qu'ils avaient rénovée à deux, ils avaient eu le temps de bâtir des projets, dont celui d'avoir des enfants… Une vie normale, finalement, où tout était bien prévu, où tout glissait comme sur des rails…

*

Après le restaurant, Antoine veut rentrer chez lui, mais Grégory l'invite à boire un dernier verre dans un bar tout proche. Ils sont accoudés au zinc, à siroter une bière. La fatigue accumulée des dernières semaines s'ajoutant aux degrés d'alcool, Antoine surfe sur une vague assez dangereuse, qui le désinhibe et le conduit vers une perte de contrôle… mais qui amuse assez son copain, trop heureux de le retrouver comme aux grandes heures de leurs conneries. Grégory, en bon Samaritain persuadé du bien-fondé de sa méthode, se fait une joie de le dévergonder. Aussi, la présence de deux jeunes et jolies quadras peu farouches tombe à point nommé… Il n'a pas besoin de recourir à de fins stratagèmes pour que ces deux-là se montrent enclines à dépasser le stade de la conversation. L'affaire se conclut de chaque côté sans tarder : Grégory rentre chez lui avec la brune, et la blonde entraîne Antoine chez elle, à deux pas de là. Il obtempère sans rechigner, mais sans gloire, avant de rentrer à Boulogne, encore trop imbibé pour se sentir coupable.

19

Se déchaîner

Le réveil est difficile au lendemain de cette folle soirée qui revient par bribes à Antoine. Il se réveille groggy, pas seulement par les effets de l'alcool.

La stupeur se mélange à l'incompréhension de ses propres actes. Il se sent coupable. Et sale. Comment a-t-il pu… La honte le submerge. Certes, il s'est laissé entraîner par son ami, mais inutile de rejeter la faute sur Grégory : la responsabilité lui incombe de toute façon. D'ailleurs, il aurait dû savoir, avant même d'y aller, que la soirée risquait de se terminer ainsi. Seulement il se croyait immunisé contre ce genre de dérive… Il venait de se prouver qu'il n'était pas plus fort qu'autrefois malgré son deuil. À cause de son deuil, peut-être ?

Antoine pense à Raph. Il se dégoûte. Comme s'il l'avait trompée. Le fait qu'elle ne soit plus de ce monde n'y change rien. Elle ne mérite pas d'être balayée par la première venue. Si tôt, si vite… et d'une manière aussi laide.

Ces pensées l'assaillent toute la journée et l'empêchent de travailler. Entre ça et la fatigue… il est d'une totale inefficacité. Ce matin, il a filé aussi vite qu'il a pu, avant même d'avoir croisé Rose qui devait se reposer après le biberon de 5 h 30. Tant mieux : il avait peur qu'elle lise la honte sur son visage. Comme si elle pouvait deviner son délit…

Et Raph ? Pourvu que, de là où elle est, elle n'ait rien vu… Son regard dans le cadre photo lui semble être lourd de reproches, alors il le couche sur son bureau pour ne plus la voir le regarder ainsi.

Il voudrait pouvoir lui dire que c'est de la faute de Grégory, qu'il n'y est pour rien. Sur le moment, l'alcool aidant, il n'a pas réfléchi… évidemment. Il n'a pas lutté. Le regard et les mots encourageants de son copain ont eu le dessus. Décidément, Grégory n'a pas changé… Il comprend d'autant mieux à présent la raison pour laquelle Raph souhaitait qu'il coupe les ponts avec lui… En cause : sa mauvaise influence et sa vie de débauche.

Grégory, justement, l'appelle sur son portable. Antoine, instinctivement, choisit de ne pas répondre. Il n'en a pas envie, et le souvenir de Raph le lui interdit.

*

Dans les jours qui suivent, tout à fait étrangement, le dégoût qu'il ressent contre lui-même diminue. L'apathie d'Antoine, l'espèce d'anesthésie affective dans laquelle il se trouvait, se transforme. Un sentiment gronde, enfle et l'assaille : la colère. Tapie dans l'ombre jusqu'alors, elle tend à vouloir s'exprimer. Il tente de la contenir, de ne pas la laisser exploser à la face des autres, qui ne méritent en rien ce sursaut monstrueux. Elle couve en son for intérieur, mais il sent avec crainte qu'elle ne s'en ira pas sans avoir été expulsée. Son incompréhension est totale quand il découvre qu'en parallèle à cette colère irrationnelle, il ressent avec culpabilité les prémices du désir. Est-ce que la nuit d'ivresse avec Grégory a ouvert la voie d'une nouvelle étape ? Toujours est-il qu'Antoine est pris de pulsions charnelles très concrètes. Plus le désir augmente et moins la culpabilité le poursuit, comme si celle-ci faisait une trêve. C'est un homme, après tout… Il décide de céder à cette tentation inattendue et de faire fi de tout ce qui pourrait le ramener à Raph… d'assumer ce penchant qu'il suppose temporaire.

Aussi, par le truchement d'un site de rencontres express via son smartphone, Antoine s'offre rapidement de petites escapades, juste après son travail, ou entre midi et deux. En quelques jours, il consomme de façon débridée, compulsive, des corps de femmes… comme pour étancher une soif qu'il ne parvient pas à définir. Car il ne s'agit pas que de quelques minutes de tendresse, d'un ersatz d'amour ou de quelques secondes de plaisir, non. Il semble insatiable, comme tendant vers un but qu'il ignore lui-même, et dont il ne peut donc voir la fin… Il a un peu l'impression d'errer dans un désert, au milieu de mirages affolants, ne trouvant jamais ce qu'il cherche. Prisonnier d'un sort.

Il craint même par moments de perdre la raison, et de ne plus rien éprouver. Il ignore la honte et le dégoût, oublie la culpabilité et l'amour qu'il a pour

Raph… comme si tout était mis entre parenthèses et que ce qu'il vivait là était un rêve qui n'appartenait pas vraiment à sa vie. Comme si son corps n'était pas le sien, comme si ce n'était pas sa bouche qui en embrassait d'autres… comme s'il n'était plus lui-même et qu'il vivait hors de sa propre vie. Comme s'il jouait dans un monde virtuel. Comme si tout cela ne comptait pas.

Ma Rapha,

Je ne suis pas fier de moi…

Je me perds plus que jamais et m'étourdis dans une lutte acharnée, pour oublier que tu es partie. Sans moi !

Parfois il me semble que je suis mort avec toi… Je ne me reconnais pas et j'ai peur que tu ne me reconnaisses pas non plus. C'est te dire comme la douleur me bouleverse et me rend fou.

Et tu n'es plus là pour m'aider.

Je suis dans un tel manque de toi que je trompe ma solitude dans des bras sans âme qui habitent des lits froids. Je sème mon malheur sur des corps qui ne m'apaisent pas. J'étanche la soif de ma colère dans des bouches avides qui ne me désaltèrent pas. J'erre dans des chambres inconnues, comme j'erre dans ma tête, avec un cœur où le sang ne bat plus.

Ces femmes n'ont pas de visage puisqu'elles n'ont pas le tien.

Je ressens un vide incommensurable que je tente de remplir par un vide encore plus grand. Tout cela n'a aucun sens…

Pas plus que ces mots jetés sur le papier.

Pardon de ne pas honorer ta mémoire.

Ton mari qui est tombé bien bas et qui, à partir de maintenant, va essayer de se relever.

20

Attendre qu'elle fasse ses nuits

Les semaines d'automne se succèdent pour Rose et Lou. La jeune fille a pris ses marques dans la maison et dans son nouveau quotidien. Du lundi au vendredi, elle vit chez Antoine, dans le studio aménagé au rez-de-chaussée, qu'elle a un peu personnalisé. Le week-end, elle retrouve ses amis, entre Nanterre et Paris. Elle en profite aussi pour faire du sport, aller à son cours de danse le samedi matin, et court avec Manon le dimanche. Scénario immuable qui compense à peine le manque d'activité qu'elle ressent en semaine, malgré les promenades en poussette, parfois longues, et les exercices de gymnastique qu'elle parvient à pratiquer dans sa chambre.

Les jours de la semaine se ressemblent tous : après le biberon de 5 h 30, Rose se recouche et se lève vers 8 heures ; elle fait sa toilette, déjeune sur le pouce, debout dans son coin kitchenette, puis monte à l'étage. Lou se réveille un peu avant 9 heures pour le « premier » biberon de la journée. Rose joue avec elle (ou plutôt sollicite son attention), lui donne ensuite un bain, et la recouche pour la sieste du matin, pendant laquelle elle vaque à ses occupations ménagères en veillant à ne pas faire trop de bruit. Si le temps le permet, et parce que la nuit tombe de plus en plus tôt le soir, elles font une petite sortie en poussette avant le biberon du midi, qui précède une nouvelle sieste. C'est le moment que Rose choisit en général pour avancer dans ses cours d'histoire de la musique. Lou dort environ deux heures et demie, et c'est déjà l'heure du biberon de l'après-midi. Ensuite, Rose s'occupe d'elle, lui chantonne des chansons, lui montre des livres, ou agite ses hochets… Il arrive que Lou se rendorme encore avant le biberon faisant office de dîner, mais le plus souvent elle est assez ronchon à cette heure-là, comme beaucoup de nourrissons, ce que Rose a lu dans un livre spécialisé. Souvent, elle couche Lou pour sa nuit vers 20 heures, et dîne ensuite dans sa chambre, où elle lit ou regarde la télé. Au début, Lou se réveillait trois fois par nuit : vers 23 heures, puis vers 2 heures et enfin vers 5 h 30. Mais dès la fin octobre, Lou a sauté un biberon, pour ne plus en avoir qu'un en milieu de nuit, vers 2 heures du matin, dès la mi-novembre.

Rose sent qu'elle tient le bon bout et qu'elle sera bientôt libérée de la contrainte de devoir passer des semaines entières chez Antoine. Elle est impatiente. Pour autant, elle prend son rôle vraiment à cœur, et même si le père de Lou pourrait assumer un unique biberon la nuit, elle n'a pas envie de le lui suggérer. Elle s'est engagée à rester jusqu'à ce que Lou fasse ses nuits, elle s'y tiendra.

*

Durant toute cette période, Julian se montre particulièrement possessif. S'il n'a aucun soupçon vis-à-vis du patron de Rose, il ne peut s'empêcher de ne la vouloir que pour lui le peu de temps où elle est là. Il se réserve ses heures de musique et lui laisse le temps de ses activités physiques, mais le reste du temps, dès qu'une minute le permet, il la veut scotchée à lui, disponible, amoureuse, rien qu'à lui. Elle a du mal à passer du temps seule avec ses amies, qui le prennent plus ou moins bien. Manon exhorte Rose à ne pas être « sa chose », mais celle-ci ne relève pas : le souhait d'exclusivité de Julian lui paraît la juste contrepartie de son manque de présence et, comme elle s'y soumet, elle rachète en quelque sorte sa culpabilité. Ils sont quittes. Et puis ça ne sera l'affaire que de quelques semaines.

Ce jour de début décembre, alors que Lou approche de ses trois mois, Rose se réveille un matin sans avoir eu à se lever ! Inconsciemment, toute la fin de nuit, elle a guetté le grésillement du babyphone, et elle a même vérifié qu'il fonctionnait toujours. C'est un fait : Lou a fait sa première nuit sans réveil ! Rose ressent un soulagement intense, mais il ne faut pas crier victoire trop vite. En effet, les nuits suivantes se révèlent aléatoires. Au bout d'une semaine, les nuits sans biberon se font plus fréquentes que les nuits avec ; au bout de deux consécutives, Rose a pu considérer qu'officiellement Lou « faisait ses nuits ». Elle en a exécuté une danse de la joie dans le salon. Elle va pouvoir rentrer chez elle, le soir. Enfin !

*

Rose a fait sursauter Sue à son arrivée dans l'appartement. Un mercredi soir, en effet, c'est une sacrée surprise après plus de deux mois d'absence les soirs de semaine ! Si Sue avait été Manon, Rose lui aurait sauté au cou, mais elle n'a pas la même familiarité complice avec sa colocataire. Malgré tout, elles sont contentes de se retrouver. Rose grignote pour dîner, elle a prévu d'aller surprendre Julian à sa répèt hebdomadaire. Sue se décide à l'accompagner et elles se rendent donc sur les lieux, à quelques stations de métro du studio, dans une cave qu'ils utilisent à cet effet. Lorsque Rose franchit la porte, les quatre musiciens sont en plein milieu d'un morceau et Julian est bien trop absorbé dans sa transe de guitariste pour se rendre compte de sa présence. Ce n'est qu'à la fin qu'il l'aperçoit, assise sur un caisson, à rire sous cape.

— *Hey ! You were here !* crie-t-il, ébahi, un large sourire aux lèvres.

Il lâche sa guitare avec précaution et rejoint Rose pour l'étreindre et l'embrasser sous les sifflements des autres membres du groupe. Rose rit de le voir si surpris et heureux. C'est au-delà de ce qu'elle escomptait.

— *Why… ?* demande-t-il en reprenant ses esprits.

— Lou fait ses nuits, explique Rose dans un sourire.

— *Nooooo ? Hey*, les gars, Lou fait ses nuits !

Et tous de saluer et d'applaudir la bonne nouvelle sur l'impulsion de Maxime, tout en répétant « Lou fait ses nuits », comme s'ils se congratulaient, sous les rires légers des deux filles.

La bonne humeur générale monte encore d'un cran quand Julian met sa guitare entre les mains de Sue pour qu'elle le remplace. Pour une fois, Rose passe avant le rock.

— Mais je ne sais pas jouer ! réplique Sue très sérieusement.

— Mais si ! *Remember last year…*

L'allusion est rapidement comprise par Sue, qui éclate de rire. Manifestement, elle a déjà dû relever le défi de gratter trois cordes, mais elle ne sait effectivement pas jouer et serait bien en peine de remplacer Julian.

Peu importe : les deux amoureux ont déjà filé, et Sue devine qu'elle va devoir attendre un peu avant de rentrer.

21

Fêter Noël

La fin de l'année est déjà là, si proche, si froide… avec ses deux points d'orgue que sont les réveillons… Antoine n'en a que faire : il n'a rien à fêter. Il voudrait juste oublier cette année maudite, l'effacer. De là à se réjouir de passer à celle qui arrive… non. Il lui semble au contraire que le curseur de sa vie s'est enrayé et est resté bloqué au 7 septembre dernier. Il y a laissé sa moitié, il s'est perdu depuis.

Fêter Noël en tête à tête avec Lou n'a aucun sens. Pas plus, pas moins que fêter Noël tout court. Le seul cadeau qu'il souhaiterait, le Père Noël ne pourrait pas le lui apporter. Il se doute bien que du haut de ses trois mois et demi, sa fille voudrait le même et que si elle pouvait parler, écrire et dessiner, elle lui aurait demandé une maman. *Sa* maman.

Il s'imagine les bras ballants près d'un sapin (qu'il n'a pas acheté), à offrir des cadeaux sans intérêt à sa fille, bien trop petite pour s'en réjouir, de toute façon. En réalité, il va sans doute descendre sur Bordeaux, pour fêter Noël avec ses parents. Sa mère y tient… son père, sans doute pas plus que ça, et lui encore moins. Surtout que son frère semble marié avec les États-Unis et ne reviendra encore pas cette année. Ça promet !

Sa société ferme entre le 24 décembre et le 2 janvier, et Antoine va devoir rester chez lui, ce qui le révulse. Il a donc prévenu Rose qu'elle sera en congé pendant près de dix jours, ce qu'elle a accueilli sobrement.

Ses projets se trouvent remis en question le dimanche d'avant Noël, quand il reçoit un coup de fil inattendu : ses ex-beaux-parents souhaitent sa présence et celle de Lou pour le réveillon. Passé la surprise de discuter avec sa belle-mère dont il reconnaît à peine la voix, il accepte assez rapidement, n'ayant pas la force de leur infliger un refus. De toute façon, en général, Raph et lui fêtaient toujours Noël à Reims, et comme les deux familles étaient géographiquement trop éloignées, ils avaient pour habitude de reporter le repas et l'ouverture des cadeaux au week-end suivant à Bordeaux. Il en sera de même cette année : la tradition sera perpétuée.

La conversation téléphonique laisse un goût étrange à Antoine. Dans deux jours, il partira avec Lou pour son premier vrai trajet en voiture afin de rendre visite à ses ex-beaux-parents, dont il suppose que le moral n'est pas meilleur que le sien. Non, vraiment, dans *fêter Noël*, il y a un mot qui ne convient pas…

*

Pierre et Marie l'accueillent avec émotion, émotion décuplée par la présence de Lou, qu'ils n'ont vue qu'une fois, le lendemain de sa naissance. Antoine en est surpris, lui qui prenait leur silence pour de l'indifférence. Il s'imaginait qu'ils allaient peut-être même couper les ponts, ne se sentant aucune envie de garder un lien avec le père de celle qui leur a pris leur fille… En réalité, Marie, la grand-mère maternelle de Lou, est prise d'une telle tendresse pour la petite qu'elle n'attend pas le dessert pour proposer à Antoine :

— Plutôt que de repartir tous les deux demain, pourquoi ne nous laisserais-tu pas Lou ?

Il est surpris au point de garder en suspens sa petite cuillère, et entreprend de réfléchir à la proposition.

— Elle pourrait passer quelques jours avec nous, poursuit Marie. N'est-ce pas, Pierre ?

— Mais oui, pourquoi pas, fait son mari qui a pris dix ans en quelques mois.

En plus de faire, manifestement, plaisir aux grands-parents de Lou, cette idée laisse voir rapidement à Antoine quelques avantages, et notamment un, immense : il disposera d'une fenêtre de liberté de quelques jours. Un luxe. La perspective de ne pas avoir à se lever le matin, de ne pas avoir de biberon à préparer et à donner, de couche à changer le propulse dans un soulagement immédiat. En effet, si à présent Antoine connaît les bases gestuelles et s'en accommode, il serait vraiment ravi d'échapper à son rôle de père pendant quelques jours. Il accepte sans chaleur, dissimulant l'enthousiasme qu'il ressent.

Sa belle-mère ne manque pas, alors, de le questionner sur la jeune personne qui s'occupe de sa petite-fille. Aux dires d'Antoine, elle a bien compris que cette Rose a un rôle primordial dans l'éducation de Lou et elle aimerait beaucoup la rencontrer un jour.

Il sent sur lui un regard un peu lourd, parfois. Est-ce

le poids de leur tristesse ou bien le soupçonnent-ils d'être un mauvais père ? Antoine l'ignore. Quoi qu'il en soit, quand il les quitte le lendemain après un repas de Noël tout sauf festif, il se sent soulagé. Délivré, temporairement, d'un rôle qui l'empoisonne.

*

Antoine s'attendait presque à une récréation… L'occasion était trop belle pour n'en rien faire, et pourtant… Ces quelques jours de liberté se sont transformés en une pente glissante le menant toujours un peu plus vers la dépression. Il n'a envie de rien. De rien du tout. Passe ses journées en pyjama, à errer comme une âme en peine dans sa maison déserte et trop silencieuse ; regarde des idioties à la télé ; grignote ce qui lui tombe sous la main sans rien cuisiner ; ne sort pas de chez lui ; ne veut voir personne ; ne répond pas au téléphone ; se lave à peine ; ne nettoie rien. Il est devenu l'ombre de lui-même, incapable de se ressaisir.

Cédric et Mélanie, ses voisins, l'ont secouru le 31 décembre.

— C'est hors de question que tu restes seul pour le réveillon !

Sur le moment, il ne voit pas où est le problème… Seul, il l'est pour l'éternité. Il devra bien s'y habituer.

Cédric l'a presque habillé, Mélanie a entrepris de ranger la maison « pour qu'il commence bien la nouvelle année ». Puis ils l'ont traîné chez eux et l'ont forcé à rester jusqu'après minuit. Antoine était désolé de ne pas avoir le cœur à la fête et de casser l'ambiance. Il avait le moral en berne et se donnait l'impression d'avoir jeté un voile noir sur la soirée. « Mais non… » l'ont encouragé ses amis. Cependant l'alcool l'a rendu encore plus triste et quand le décompte a retenti pour le passage à la nouvelle année et que chacun a embrassé sa chacune, il s'est effondré en larmes.

Il était seul même dans la foule. Au fond, il aurait préféré être seul chez lui, sans spectateur ayant vue sur sa vie anéantie.

Ce passage à la nouvelle année se fait donc, évidemment, dans la douleur. Il passe la journée du 1er janvier assis dans un fauteuil du salon, à regarder le portrait de Raph. Dans le plus grand silence. Il a perdu deux kilos depuis que Lou n'est plus là. Il s'étonne de faire ce constat. Peut-être que finalement sa fille lui apporte quelque chose… Peut-être que sa présence le maintient malgré lui dans une certaine vie. Son absence fait retentir le silence, et il se surprend à souhaiter son retour. Malgré toutes les contraintes que cela implique. Au moins elles ont l'avantage de l'occuper. Et puis, il y a Rose… Quand sa fille est là, elle est souvent là aussi. Il n'est plus seul. Il se rend compte que c'est sa fille qui rythme son quotidien, à présent, que c'est elle qui donne la pulsation du cœur de la maison, que son absence n'attire que le vide, que sans elle il est désespérément seul. Étrangement, il souhaite sa présence sans avoir l'envie de partager quelque chose avec elle. C'est qu'il n'est pas question d'amour, ici. Il attend qu'elle revienne simplement pour la savoir là et c'est tout. Car il est certain de ne pas l'aimer. Il lui en veut sans doute encore. De quoi, au fond ? Il l'ignore. Elle a pris la place de Raph, et c'est sans doute un grief suffisant.

22

Reprendre le travail

Rose revient chez Antoine le 2 janvier avec une hâte certaine et un petit cadeau. L'impatience et la joie de retrouver Lou l'ont même empêchée de dormir cette nuit. La petite va bientôt avoir quatre mois ; elle a dû changer pendant ces quelques jours. Durant ses vacances, Rose a pensé à elle, s'inquiétant notamment du climat délétère autour de son premier Noël. D'ailleurs, quand Antoine lui ouvre la porte et qu'elle le découvre les joues creusées ornées d'une barbe, elle suppose vite que les jours sans son aide ont été difficiles pour le père démuni.

— Bonne année à vous, Rose, lâche-t-il sans enthousiasme.

Elle bafouille quelque chose qui ressemble à des vœux, mais son malaise est perceptible. De le savoir malheureux et de le voir plus abîmé qu'avant les fêtes la touche profondément au point que les larmes lui montent aux yeux.

Heureusement, Lou est là, dans son transat. Elle l'accueille avec un large sourire en agitant les bras et en poussant de petits cris. Un élan d'émotion se produit dans le cœur de Rose, qui la prend dans ses bras et dépose des baisers sur sa tête, où les cheveux sont encore rares.

— Elle vient de se réveiller, l'informe-t-il sans sourire.

— Très bien, je vais lui préparer son biberon.

Pour toute réponse, il s'enferme dans sa chambre. Il en ressort rasé de près et veste sur le dos. Il enfile son manteau et attrape son attaché-case.

— Bonne journée.

— À vous aussi, lui répond-elle avec un sourire qu'elle espère contagieux.

Il va pour sortir de la maison, mais revient sur ses pas.

— Ah oui, au fait… Je pars en voyage lundi, pour toute la semaine. Je peux compter sur vous ?

Rose marque un léger temps de réflexion, dû à la surprise (Antoine s'est arrangé pour ne pas partir depuis la naissance de Lou et ce sera donc la première fois qu'il la laissera seule), mais répond « Bien sûr » avec chaleur. Sur quoi, il s'enfuit.

« Enfin seules », soupire intérieurement Rose qui pose Lou sur son tapis d'éveil dans le parc tout nouveau, vraisemblablement apporté par le Père Noël. Le bébé n'a que faire de ses peluches et se tortille de faim ; alors elle s'empresse de préparer le biberon.

Pendant qu'elle le lui donne, son esprit s'évade vers les quelques jours de vacances qu'elle vient de vivre. Elle en est ressortie avec une impression ambivalente, à la fois heureuse des bons moments avec sa famille et perplexe quant à l'évolution de sa relation avec Julian.

Elle a passé Noël chez ses parents, à Fécamp, avec sa sœur Fanny et son frère Bastien. C'est toujours une fête de se retrouver ainsi en famille pour quelques jours. Quand elle était jeune, Rose habitait à Saint-Germain-en-Laye. Son père, Yann, d'origine bretonne comme son prénom l'indique, rêvait de vivre au bord de la mer, et il a pu concrétiser son envie assez récemment, à la faveur d'un changement professionnel. La mère de Rose, Anne-Marie, qui était attachée à sa vie en banlieue parisienne et à ses amies, a eu du mal à se faire à ce nouveau départ. Néanmoins, elle a appris à apprécier la proximité de la mer (surtout l'été) ; en outre elle aime sa maison et cultiver son jardin. Et puis, Paris n'est pas si loin… donc ses amies non plus, qui ont trouvé là un prétexte pour profiter des joies de la mer en bonne compagnie et la rejoignent souvent pour des week-ends. Ils ont toujours eu plaisir à fêter Noël en famille restreinte, tous les cinq avec la marraine de Rose, Marie-Cécile, son mari et leurs enfants. Marie-Cécile est la sœur d'Anne-Marie, mais lui est opposée en tous points. Elle est aussi exubérante et fantasque que sa sœur est calme et mesurée. Rose l'adore depuis toujours, ce qu'elle lui rend bien. C'est elle qui lui a transmis, entre autres, le plaisir de danser sur des musiques qui ne sont pas de sa génération (le disco, ABBA et les seventies en général, Bowie et Michael Jackson entre autres légendes) et qui lui a donné un goût prononcé pour les comédies romantiques dont elle connaît les répliques par cœur à force de les avoir regardées plus de trente fois chacune… Quand Rose était enfant, Marie-Cécile était plus qu'une tante pour elle. Et, tout en donnant le biberon à Lou, Rose ne peut s'empêcher de sourire au souvenir de leur danse endiablée le soir du réveillon de Noël.

Elle est rentrée à Paris le 30 décembre, ressourcée par son séjour au bord de la mer, qu'elle a arpenté chaque jour, quel que soit le temps, pressée de retrouver ses amis, et surtout Julian. Lui, était logiquement parti passer quelques jours à Londres. Elle n'avait pas eu beaucoup de nouvelles et avait trouvé cela étonnant. Il soufflait décidément le chaud et le froid. Dans les moments qui avaient suivi son retour surprise, il s'était montré passionné et fiévreux. C'était à la fois bien, et trop. Elle se sentait étouffée, et parfois *chosifiée*. À côté de cela, il lui arrivait d'être distant et froid, sans qu'elle comprenne pourquoi. Il était difficile à suivre... peut-être même difficile à cerner. Parfois, elle se demandait qui il était vraiment, ou s'il jouait... Son attitude changeante correspondait assez à l'image qu'il voulait donner de lui : un mec un peu torturé, né dans un milieu aisé puis élevé dans le coton, mais se voulant rebelle... Un mec pétri de contradictions. C'était sans doute son côté sombre qui l'avait attirée, conformément au célèbre dicton qui dit que « les opposés s'attirent ». Il était mystérieux, donc forcément séduisant. Envoûtant, même. Seulement, des mois plus tard, il se montrait toujours aussi déroutant, imprévisible, et Rose a le sentiment de ne pas le connaître, ce qui ne la rassure pas. Ils ont passé la nuit de la Saint-Sylvestre avec toute la petite bande, chez Vincent à qui les parents ont gracieusement laissé l'usage de leur appartement. Il vit toujours chez eux, dans le confort et comme à l'hôtel. Les amis s'étaient donné un thème pour déjouer le côté attendu de la soirée du 31 : les filles devaient se déguiser en mecs et vice-versa. Ce n'était pas de la plus grande originalité, mais ils ne l'avaient encore jamais fait et le résultat est toujours drôle. C'était en effet très réussi. Les filles étaient hilares de découvrir les garçons en robe moulante et collants. Maxime a osé une mini-jupe plissée de collégienne avec un chemisier au décolleté grand ouvert et des bas, mais a passé la soirée à se plaindre qu'ils tiraient sur ses poils. Vincent a opté pour un look années 1920, avec robe à franges, boa et porte-cigarette. Julian a préféré une robe fourreau rouge, longue mais très près du corps, dans laquelle il a eu du mal à se mouvoir toute la soirée. Ils ont assorti leur tenue d'un maquillage criard et très exagéré. Les quatre filles n'ont pas fait preuve d'une grande originalité, mais ont rendu hommage à leurs camarades en leur empruntant à chacun leur look et leurs attitudes. Il y avait deux Maxime, pour qui l'effet miroir était encore plus saisissant. Rose s'est fondue dans le rôle de Julian, ce qui s'est avéré plus dangereux que prévu : il a moyennement goûté son mime et trouvé son double caricatural. Disons que la soirée, réussie pour le groupe, aurait pu mieux se passer pour leur couple. Elle a été à l'image de leur relation actuelle : tendue. Julian boudait à moitié, elle était désarçonnée par sa capacité à gâcher ce moment et se demandait comment les autres réussissaient à faire abstraction du côté taciturne du rockeur anglais. Elle a tenté de le divertir, et de lui redonner le sourire ; elle l'a même aguiché, en vain, il ne s'est pas laissé séduire par son double masculin.

À minuit, ils se sont tous souhaité une bonne

année. Rose a enlacé et embrassé Julian, mais il est resté de marbre, et ce qu'elle a lu dans son regard ne lui a pas plu. Au point qu'elle a quitté prématurément la soirée avec Manon. Au point qu'elle s'est demandé si quelque chose s'était passé pendant son séjour en Angleterre. Au point qu'elle a passé sa journée du 1er janvier chez son amie, sans voir Julian.

Et elle est là, à donner le biberon à Lou, pensive, mais étonnamment heureuse de compter au moins pour quelqu'un… fût-il un bébé de quatre mois à peine.

23

Pallier l'absence

La semaine de travail n'a duré qu'une journée puisque ce 2 janvier est un vendredi. Rose est déjà en week-end. Ses amis étudiants n'ont pas encore repris le chemin de la fac, mais Manon est retournée au travail ce matin, comme elle.

Ils sont au *Welsh*. Tous, sauf Julian. Rose n'a toujours pas de nouvelles ; les autres non plus. Bizarre...

— Alors, comment va la petite ? demande Charlotte pour chasser les inquiétudes qu'elle devine chez son amie.

— Très bien, dit Rose avec un sourire qui illumine immédiatement son visage.

— Et son père, il va mieux ? demande Vincent avec un sérieux qui ne lui ressemble pas.

— Eh bien non, en fait. Je dirais même que ça va moins bien qu'avant. Ce soir, il avait l'air mal en rentrant du travail... Je n'étais pas tranquille à l'idée qu'il passe le week-end seul avec Lou, mais j'ai reçu tout à l'heure un message de sa mère...

— De sa mère ? coupe Maxime. Mais je croyais que…

— Mais qu'il est bête ! rit Manon. C'est sûr que la mère de Lou n'envoie pas des SMS depuis le ciel, hein ! De la mère de son patron, banane… Tu es vraiment perché, non ?

Maxime la fusille du regard.

— Et donc ? s'impatiente Charlotte.

— Simone m'a dit qu'ils passaient le week-end ensemble chez lui, avec son mari, pour fêter Noël en décalé. Lou était chez ses autres grands-parents pendant mes congés… Je ne le savais pas, c'est Simone qui me l'a appris.

— Heureusement qu'elle est là, Simone, parce que tu serais au courant de quoi, sinon ?

— En même temps, elle n'a pas besoin de tout savoir, rétorque Vincent.

— Il ne s'agit pas de ça, mais quand même, c'est important qu'elle sache ce que vit Lou… tu vois ?

— Charlotte a raison. Entre tout savoir et avoir quelques bribes qui ont leur importance, j'ai de la marge. M. Dussac ne me dit rien ! À part « Bonjour », « Au revoir », « J'ai besoin de vous la semaine prochaine »… Nous sommes vraiment au degré zéro de la communication. Le soir, je lui fais un rapport sur la journée, sur comment elle a mangé, comment elle a dormi, si elle a fait un nouveau truc… Il écoute mais ne dit rien, à part « C'est bien ».

— En même temps, c'est ton patron… À part un salaire, il ne te doit rien.

— Mais qu'est-ce que tu es terre à terre et simpliste, Vincent ! s'exclame Manon. Même les clients de

Maxime sont plus soucieux, enthousiastes et bavards au sujet de leurs chiens, que ce monsieur Dussac !

— *Ce monsieur Dussac*, comme tu dis, a quand même de gros soucis à gérer… corrige Rose. Mais c'est vrai que ce serait plus simple pour moi s'il était plus… ouvert. La semaine prochaine, je serai toute seule avec Lou jour et nuit, j'espère qu'il ne me laissera pas sans nouvelles !

— Comment ça ? demande Maxime, incrédule.

— Le père de Lou part en voyage d'affaires. Ce cas de figure était prévu dans mon contrat, explique Rose.

— Donc, si je comprends bien, tu vas rester cinq jours chez lui, mais sans qu'il soit là ? demande Maxime comme pour lui-même.

— Tu comprends bien, Maxou, le félicite Manon.

Il lui adresse une grimace en guise de réponse.

— Je suis pas idiot, mais c'est que je trouve ça étonnant, tu vois… de laisser sa fille à une quasi inconnue…

— Rose a fait ses preuves, plaide Charlotte avec ferveur.

— C'est vrai ça… C'est quand même *THE* baby-sitter, notre Rose. Elle s'investit à fond dans son travail…

— … Trop, à mon sens, complète Vincent.

— Tu parles en ton nom, ou en celui de Julian ? enquête Manon, soupçonneuse.

— Pas besoin d'être en couple avec Rose pour savoir qu'elle travaille trop et qu'elle en FAIT trop, surtout.

— Ah bon, alors explique-moi comment elle est supposée faire autrement ? Dès lors qu'elle a accepté son contrat…

— Justement, elle n'aurait peut-être pas dû, développe Vincent. C'était couru d'avance qu'elle allait se faire exploiter…

— Je ne suis pas exploitée ! s'écrie Rose. Et puis j'aime mon travail.

— OK, mais tu devrais te méfier un peu… Je dis ça, je dis rien…

— Tu en as déjà bien assez dit. Qu'entends-tu par-là, exactement ? demande Manon pour Rose.

— Je crois que tu prends ton travail trop à cœur, ça se voit… Tu y passes beaucoup de temps, et tu risques de t'attacher à la petite… Ce n'est pas bon, sermonne Vincent.

— Tant que ce n'est pas au grand ! rit Maxime.

— Vraiment très drôle… soupire Manon avec ironie.

— Tu vas me lâcher la grappe, toi, ce soir ? s'énerve-t-il, sous les yeux médusés des autres, peu habitués à un coup de sang de sa part.

Manon s'enfonce dans son siège et fait signe qu'elle se taira.

— Vincent a raison, tente Charlotte en rougissant un peu. Je pense que tu dois rester prudente. Tu t'investis beaucoup, tu donnes de ton temps… Tu dois trouver la juste distance. Ça reste un travail avant tout.

— Mais qu'est-ce que vous croyez ? rétorque Rose. Vous pensez que j'en fais trop ? J'aimerais bien vous y voir. J'essaie juste d'apporter à Lou ce dont elle a besoin.

— Oui… mais n'oublie pas que ça aurait dû être le rôle de sa mère, et que tu n'es là que pour un temps défini…

— D'ailleurs il se termine quand, ton contrat ? demande Maxime.

— Fin août, mais il est reconductible.

Les autres se regardent, d'un air entendu : Rose serait capable d'en reprendre pour un an. Heureusement que Julian n'est pas là pour entendre ça !

*

Ce lundi matin de bonne heure, Rose se présente chez Antoine avec sa valise. Il l'accueille avec un peu plus d'allure que trois jours auparavant. Son avion est à 9 heures. Il l'appellera tous les soirs pour prendre des nouvelles (Rose sourit intérieurement, en se remémorant la conversation au *Welsh*). En cas de besoin, et si elle n'arrive pas à le joindre, elle pourra évidemment appeler sa mère, mais elle pourra aussi s'adresser à ses voisins (il montre la maison en question). « Ce sont des amis », glisse-t-il comme une confidence, et elle se demande quel genre d'ami il peut être.

Antoine ne tarde pas à s'en aller. Il n'est même pas allé voir Lou pour lui dire au revoir. Rose réprime un frisson. Il doit se dire que ce n'est qu'un bébé, qu'il ne lui doit aucune explication, qu'elle est de toute façon trop petite pour comprendre. Elle le lui dira, elle, que son papa est parti pour son travail, quelques jours seulement, et qu'elle va s'occuper d'elle… qu'elle n'est pas toute seule. Elle se dit d'ailleurs que Lou est sans doute moins seule avec elle qu'avec son père. Les choses sont ainsi… pour l'instant.

La semaine se passe au mieux. Rose s'habitue peu

à peu à l'idée qu'elle est seule avec Lou, et entièrement responsable d'elle. Parfois, la nuit, elle va vérifier qu'elle respire toujours… Elle craint, comme tous les parents, la mort subite du nourrisson, mais se dit que la vie ne pourrait infliger un deuxième drame à Antoine. Simone est toujours disponible au téléphone, et cette présence lointaine rassure Rose.

Le temps, froid et sec, permet d'aller se balader. Rose emmène Lou dans de grandes promenades, et il lui semble que la petite est moins indifférente à ce qui l'entoure. Rose lui parle ; elle, babille. Durant ses déambulations, elle se tait aussi, et pense… à Julian. Ils se sont retrouvés un peu ce week-end, finalement. Il avait l'air calmé et a plutôt bien accepté la nouvelle de son absence de quelques jours. Après tout, il en avait pris l'habitude à l'automne, et ce n'était que pour une semaine, cette fois. Il suffisait d'être un peu patient. Devenait-il philosophe ? Elle lui savait gré de ne pas la culpabiliser, cette fois. D'autant que tous les autres s'y étaient mis le vendredi soir… Cela aurait fait trop à supporter. Malgré une fin de week-end plutôt douce, Rose ne parvient pas à se rasséréner au sujet du couple qu'elle forme avec Julian, que Manon elle-même qualifie d'*improbable*. Plus le temps passe, plus elle se demande où cela va les mener. Leur entente en dents de scie la fatigue. Et si Manon avait raison ?

24

Choisir de ne pas renoncer

Rose est chez Julian. Ils partagent un moment tendre sous la couette. C'est suffisamment rare pour qu'elle apprécie. Elle a passé sa journée avec Lou, et se réjouit de passer à présent la nuit avec lui, dans sa chambre de bonne sous les toits de Paris, où ils sont à l'étroit. Mais deux amoureux n'ont que faire des mètres carrés. Il passe sa main dans son dos avec douceur, et elle se laisse aller au bien-être. Ils ont passé un week-end presque parfait. À croire que Julian a décidé de prendre son parti de la situation professionnelle de Rose. Il évite d'ailleurs le sujet et semble même ne pas y penser, comme s'il se concentrait enfin sur ce qu'ils avaient pour eux et non sur ce qu'il estimait perdre.

— *Tomorrow…* commence-t-il presque timidement.

Et il s'arrête, comme s'il n'était pas sûr de la formulation. Devant les yeux étonnés de Rose, il opte pour une annonce directe et sans fioritures :

— J'ai réservé une table dans un restaurant pour demain soir… à 20 h 30.

Incrédule, Rose se redresse sur le lit.

— *Really?* demande-t-elle avec un large sourire.

Il acquiesce en silence. Elle se met debout sur le lit et entreprend une danse improvisée, ce qui le fait rire. Après quoi, elle s'allonge à nouveau contre lui et chuchote :

— Il y a quelque chose à fêter ?

— *Maybe*… lui glisse-t-il à l'oreille en prenant un ton énigmatique.

Rose n'en revient pas. Il ne lui a jamais proposé ce genre de programme. Ses yeux pétillent et elle rit de surprise. Se pourrait-il qu'il soit vraiment amoureux, alors ? Elle n'ose y croire…

*

Rose est en train de donner le bain à Lou quand la sonnerie de son portable retentit dans le salon. Tant pis… Elle verra plus tard. Elle laisse Lou profiter de ce moment qu'elle apprécie beaucoup. Elle bat des jambes et des bras en riant des éclaboussures. Rose est trempée, mais c'est le jeu… Elle finit par la sortir de l'eau et l'emmitoufle dans la sortie de bain à capuche ; Lou proteste par de petits cris. Rose la sèche soigneusement, puis l'habille chaudement. Le froid est vif, dehors. Il est 10 heures, et elles vont aller se promener au parc. Rose jette avant un coup d'œil sur son portable. C'est M. Dussac qui a tenté de la joindre. Il lui a laissé un SMS : *Rappelez-moi.* Sobre et efficace. Elle s'exécute, un peu surprise par cet appel à un horaire inhabituel. Il ne tarde pas à décrocher.

— Ah, Rose. Merci de me rappeler. Voilà, j'ai une demande à vous faire…

Rose tend le dos. Pourvu qu'il n'ait pas besoin d'elle ce soir…

— Vous m'entendez ?

— Oui, bien… répond-elle, crispée par l'attente. Dites-moi en quoi je peux vous être utile.

— Eh bien voilà : ce n'était pas prévu si rapidement, mais j'ai un dîner d'affaires… ce soir. C'est très important. Le client a avancé sa venue, il est très pressé, et mon patron a la pression. Il souhaite que je sois là aussi… Je suis désolé de vous prévenir si tard…

Rose n'a pas la force de répondre. Elle se faisait une joie de la soirée à venir avec Julian. Son initiative la touchait tellement ! Comment allait-elle pouvoir lui annoncer ? Elle sent les larmes lui monter aux yeux et se met à trembler.

— Rose ? Vous êtes toujours là ? Vous avez entendu ?

— Oui, oui… Je… C'est-à-dire que j'avais quelque chose de prévu… Vous n'avez aucune autre solution… ? tente-t-elle, tout en s'en voulant de le faire.

— Je suis vraiment navré, mais… je pensais que je pourrais compter sur vous. J'ai dit que je pourrais m'arranger… c'est sans doute un tort, et égoïste de ma part. Je vous en demande beaucoup, ces temps-ci, j'en ai conscience. Mais c'est un gros client. C'est vraiment important, vous comprenez ? Et… je n'ai personne à qui je pourrais faire confiance… à part vous…

Ces paroles vont droit au cœur de Rose, qui se jette dans une réponse un peu trop rapide :

— Je vais m'arranger…

— Merci, Rose… Vraiment ! Je vais voir comment je pourrai vous « dédommager »…

— C'est inutile, s'entend-elle lui dire, consternée.

Il clôt la conversation alors qu'elle prend vaguement conscience qu'elle n'a pas su lui refuser une demande qui la dérangeait… Elle va devoir rester chez lui au lieu de passer une douce soirée à deux, à Paris. Et surtout… elle va devoir essuyer la déception et la colère, justifiées, de Julian. Elle en est mortifiée.

*

Rose et Julian sont assis sur un banc du jardin du Luxembourg, chacun enfermé dans son mutisme. Elle observe les pigeons, sans savoir quoi dire, et comment le dire. Il ne décolère pas depuis le vilain coup qu'elle lui a fait dans la semaine. Elle repense à leur conversation téléphonique de mardi, quand elle l'a appelé pour lui annoncer qu'elle ne pourrait pas venir le soir. Il lui a hurlé dessus, en anglais d'abord, puis en français. Il a dit à quel point elle le décevait, à quel point il ne se sentait pas écouté, à quel point il avait l'impression d'être la dernière roue du carrosse dans sa vie, et qu'il en avait assez, vraiment assez.

Depuis, il s'est muré dans le silence, n'a répondu à aucun de ses appels ou de ses messages… jusqu'à ce dimanche matin où il lui a envoyé un SMS sec : *Rendez-vous au JDL à 14 heures. Il faut qu'on parle.*

Elle s'attend à ce qu'il la quitte. Se demande pourquoi il ne l'a pas fait plus tôt, d'ailleurs… ne sait décidément pas quoi penser à son sujet ou comment évaluer la force de son attachement. Il est un grand mystère, et là, fermé comme une huître, c'est encore pire. Le fossé entre eux s'élargit chaque semaine un peu plus.

— Je veux que tu arrêtes ce job, finit-il par lâcher.

— *I beg your pardon ?*

Sa réponse a fusé, sous le coup de la stupeur. Elle n'en revient pas qu'il lui demande une chose pareille, et le lui dit.

— Rose, tu ne veux pas comprendre ! Tout le monde te le dit, les autres sont d'accord avec moi : tu en fais trop pour cette petite. Ton monsieur Dussac t'en demande trop, et tu dis oui à tout…

Sur ce point, elle est secrètement d'accord : elle s'en est donné la preuve mardi dernier.

— Tu y passes trop de temps et tu y mets trop de toi ! *Emotionaly… it's too much !* Ce n'est pas normal, Rose ! Et moi ? Moi ? Je suis qui pour toi ? *Who I am, for you,* Rose ?

Elle l'écoute, inerte. Elle comprend son point de vue, mais il nie le sien et ses envies à elle. Quant à qui il est pour elle, elle ne saurait le dire… Tout ce qu'elle sait, c'est qu'elle ne veut pas rompre son contrat, renoncer à son travail et à ses rêves… et ne plus voir Lou. Quoi qu'il en pense, elle gardera ce travail.

Elle le lui dit. Il la regarde, les yeux sombres.

— OK.

Il se lève et part, la laissant plantée là.

25

Prendre une claque

Décidément, la semaine commence mal, pour Rose. En plus de ses problèmes avec Julian dont elle ne sait quoi penser (sont-ils toujours ensemble ? se demande-t-elle), elle retrouve Lou visiblement malade. Ce n'est pas la première fois qu'elle est enrhumée ; elle l'était déjà avant le week-end, mais cette fois elle a visiblement de la fièvre. Elle appelle M. Dussac, qui est bloqué à son travail. Elle appelle Simone, qui lui demande de prendre la température de la petite, ce que Rose fait, sans avoir raccroché. La grand-mère lui demande d'administrer une dose de Doliprane correspondant au poids du bébé. Ce n'est pas difficile, en soi : Lou adore, semble-t-il, le goût du produit rose à la fraise chimique. Rose procède ensuite à un lavage de nez avec du sérum physiologique. Elle va répéter ces gestes plusieurs fois dans la journée, mais l'état de Lou ne s'arrange pas. Elle rappelle son patron pour lui dire qu'elle est persuadée qu'un rendez-vous chez le médecin est nécessaire. Il s'en charge et en obtient un pour le lendemain matin. Il ira au travail plus tard. Rose est soulagée de constater qu'il a su prendre ses responsabilités de père. Évidemment, il a déjà emmené Lou chez le pédiatre, des samedis matin, ne serait-ce que pour les visites mensuelles. Mais c'est la première fois que Lou, en dehors des fièvres liées aux poussées dentaires, est malade au point que cela nécessite un rendez-vous médical d'urgence.

Le soir, Rose quitte la maison, l'esprit peu tranquille. Elle espère qu'il va gérer la nuit comme il le faut. Elle a appris par Simone que c'est elle qui a insisté pour qu'il prenne le rendez-vous…

Demain elle ne commence qu'à 9 heures, et elle a prévu quelque chose pour ce soir.

*

Avant même de poser un pied chez elle, Rose passe au *Welsh*, où elle ne trouve que Manon et Maxime. Non, ils ne savent pas où est Julian. Elle appelle Sue, qui n'en sait pas plus, et se décide à prendre le métro pour gagner la capitale. Elle a passé la journée à lui envoyer des textos auxquels il n'a pas répondu. Elle lui a même posé la question qui la taraude depuis hier : « Alors c'est fini ? » Il n'a pas daigné lui répondre. C'est pour cette raison qu'elle a décidé de le voir ce soir. Il faut qu'ils se parlent, qu'ils remettent les choses à plat, qu'au moins ils éclaircissent leur situation, qu'elle sache où ils en sont, où elle en est.

Elle l'espère chez lui. Comme d'habitude, sa porte est ouverte, il ne ferme jamais à clef… Elle se permet d'entrer. Heureusement, elle ne le trouve pas au lit avec une autre. Cependant, son soulagement est de courte durée : de l'autre côté du lit, elle découvre, atterrée, des sous-vêtements féminins qui ne laissent aucune place au doute. Elle se demande comment il a pu… si vite… et pourquoi il laisse des indices aussi grossiers en sachant qu'elle pouvait tomber dessus… Une façon de lui montrer qu'il se contrefout de ce qu'elle peut penser et éprouver ? Une façon de lui dire « C'est fini », sans les mots, sans le face-à-face, sans le courage d'assumer ? Peut-être même qu'il a deviné qu'elle viendrait et qu'il a arrangé cette mise en scène on ne peut plus explicite. Pour lui faire passer un message, plus violemment que de répondre « Oui » à son « Alors, c'est fini ? ». Pour lui faire du mal. Pour qu'elle se sente blessée et niée, nulle et déjà remisée au placard parce que déjà remplacée. Elle se demande surtout qui est cette fille, si c'est une rencontre du jour ou de la veille au soir, ou s'il la connaissait avant. Pire, s'il la baisait déjà avant… Car finalement, qu'est-ce qui lui prouve que cela date des dernières heures ? Et s'il la trompait depuis plusieurs jours, semaines… mois ? Lui qui se sentait si seul, abandonné…

Rose s'apprête à quitter la pièce, et jette un dernier regard amer sur le lit. Elle marque un temps d'hésitation en songeant à lui laisser un petit mot, puis se ravise et sort de la chambre, descend les escaliers lentement, aveuglée par les larmes. Dans le métro qui la ramène chez elle, elle s'interroge sur ce qu'elle ressent. Blessure d'amour ou d'amour-propre ? Pleure-t-elle sur la perte de Julian ou sur son statut de fille trompée ? Est-ce déjà la nostalgie des bons moments passés ensemble qui ne seront plus ? Est-elle déçue ou malheureuse ? Triste ou en colère ? Tout se mélange, mais sa propension à tout analyser lui prouve à quel point ce n'est pas son cœur qui est meurtri. Elle savait au fond d'elle, et plus encore ces derniers mois, qu'ils n'avaient pas d'avenir ensemble et que ce n'était pas l'homme de sa vie (d'ailleurs, il n'était sans doute pas « fait pour elle »). C'était avant tout son petit copain, avec lequel elle aimait partager de bons moments. Et avec lui, elle n'était pas seule. C'était une pensée réconfortante.

Rose rentre chez elle et trouve Sue griffonnant sur son éternel carnet de croquis. Elle part en quête d'une tasse dans le placard et met la bouilloire à chauffer. Une tisane suffira. Elle n'a pas faim. Sue a déjà mangé, et n'a peut-être pas remarqué ses yeux rouges tant elle garde les siens rivés sur son carnet. Saurait-elle déjà quelque chose ? Se pourrait-il qu'elle ait su avant elle que c'était terminé ou qu'il avait trouvé quelqu'un d'autre ? Rose sait bien que Julian se livre à elle plus qu'à quiconque, alors...

— C'est fini, avec Julian, lui annonce-t-elle en s'asseyant sur son lit.

Sue lève les yeux.

— Ah... fait-elle, et dans son *ah*, il y a le ton de celle qui n'ignore pas le fait du jour...

— Tu le savais déjà, non ? demande Rose sans détour.

— Il m'a dit qu'il t'avait parlé hier... avance-t-elle, comme sur des œufs.

— Parlé ? Trois phrases ! Il m'a demandé de quitter mon travail. À aucun moment il ne m'a dit que si je ne le faisais pas, c'était fini entre nous ! s'écrie-t-elle. Et d'ailleurs, il ne m'a pas dit que c'était fini ! Il aurait pu, non ?

Sue ne dit rien. Visiblement, elle n'est pas à l'aise et ne compte pas prendre parti… du moins pas pour elle.

— Apparemment, tu cautionnes. Et tu valides aussi le fait qu'il m'ait trompée ? Parce que, quand on couche avec une autre sans avoir dit « C'est fini », c'est tromper, ça, non ? Non ? répète Rose avec colère.

— Ce ne sont pas mes histoires. Je n'ai rien à voir là-dedans.

— Ça, c'est sûr… et avoir un peu d'empathie pour ta coloc, c'est trop te demander ? Je ne sais pas, moi, tu pourrais quand même avoir un petit mot de réconfort…

— Tu sais bien que je ne suis pas très douée pour ces choses-là…

En effet, Sue n'a ni la spontanéité ni la chaleur nécessaires pour accueillir la joie ou la peine des autres. Elle garde toujours une certaine distance, même avec les gens qu'elle apprécie. Rose sait qu'elle en fait partie, mais c'est visiblement au-dessus des capacités de Sue.

En dehors de cette déception, Rose pressent qu'il va être difficile dorénavant de vivre avec elle, ne serait-ce que parce que celle-ci est proche de Julian. Malgré le froid, elle quitte l'appartement pour appeler Manon. Elle au moins saura trouver les mots…

— C'est vraiment *THE* connard ! explose-t-elle.

Ce n'étaient pas vraiment ceux que Rose attendait, mais au moins ils sont plus réconfortants que ceux de Sue.

26

Avoir peur

Antoine a emmené Lou chez le médecin qui, suspectant un début de bronchiolite, a prescrit des séances de kinésithérapie respiratoire et prodigué des conseils de soins afin d'éviter toute aggravation. Il a prévenu le cabinet du kiné que sa fille serait amenée par la personne qui s'en occupe, il a signé une décharge et confié sa carte Vitale. Il n'a pas pu prendre sa journée et part au travail confiant : tout ira bien. Il sait que Rose va faire le maximum pour soigner Lou et se repose sur elle.

Elle l'appelle plusieurs fois dans la journée et il sent qu'elle n'est pas rassurée, car Lou ne respire pas bien. La séance chez le kiné l'a traumatisée. Antoine se dit qu'elle exagère… et ses appels intempestifs le gênent dans son travail.

Quand il rentre chez lui le soir, il trouve Rose les yeux rougis. Elle ne semble pas pressée de s'en aller, et pourtant il est presque 20 heures.

— Monsieur Dussac… Verriez-vous un inconvénient à ce que je reste, ce soir ? Je pourrais veiller sur Lou cette nuit, si vous voulez ?

Il semble étonné, mais ne pose pas de questions et accepte. Après tout c'est pour lui le gage d'une nuit meilleure… Comme elle n'a rien à manger en bas, il lui propose, pour une fois, de dîner avec lui. Il est passé chez le traiteur indien, et il y en a bien assez pour deux.

Lou n'arrive pas à trouver le sommeil. Rose a mis un oreiller sous son matelas, pour faciliter ainsi sa respiration… mais en vain. Elle pleure, et ses sanglots sont empreints d'un râle sifflant. Rose la prend dans ses bras à plusieurs reprises, la berce, lui chantonne des chansons, jusqu'à ce que le bébé s'endorme enfin.

Ils se mettent à table dans la cuisine pour leur premier repas à deux en quatre mois.

— Merci, Rose, commence-t-il par dire. J'aurais sans doute dû vous le dire plus tôt. Vous vous occupez si bien de Lou…

Sa voix s'étrangle à la pensée de celle qui devrait être là.

— Ce n'est pas parce que je ne vous l'ai pas dit avant que je n'ai pas conscience de vos compétences. Je dirais même que c'est au-delà de la technique. Vous semblez attachée à elle.

Rose ignore s'il est bon d'approuver. Dans quelle mesure ne pourrait-il pas estimer qu'elle aime « trop » Lou ?

— C'est naturel, je crois, concède Rose. Lou est adorable, et puis j'ai à cœur de faire le maximum.

— C'est pour cette raison que vous êtes restée ce soir ?

— Entre autres…

Rose ne peut pas lui dire qu'elle n'a aucune envie de rentrer chez elle parce que son petit copain l'a quittée et que sa colocataire lui donne raison. Il l'interroge du regard et elle avoue, sans préciser :

— Je n'avais pas envie de rentrer. Ça me faisait donc deux bonnes raisons de rester.

Ils commencent à manger en silence. Elle n'a pas très faim, mais les plats sont délicieux, aussi n'a-t-elle aucun mal à se forcer pour faire honneur à ce dîner imprévu.

Elle aimerait, s'il n'était pas son patron, s'enquérir de sa journée, de son travail…, car au fond elle ne sait rien de lui et de ce qui occupe ses journées. Il semble s'évader dans ses pensées et ne plus être vraiment avec elle. Peut-être se dit-il qu'en face de lui ce devrait être la mère de Lou et qu'elle n'a rien à faire là. Elle n'est que son employée. Elle le regarde discrètement et s'aperçoit qu'il s'est complètement assombri, comme s'il se renfermait sur sa douleur et qu'il n'y avait eu que quelques minutes de sursis, comme s'il était sorti de sa dépression pour mieux y replonger.

Rose se hâte de finir son assiette, se lève, débarrasse, lui souhaite bonne nuit, lui dit qu'elle prend le babyphone, et le laisse seul. Il ne réagit pas.

Elle s'installe dans sa chambre au rez-de-chaussée. Il y fait froid, le radiateur n'était pas allumé. Elle prend un livre qu'elle parcourt sans le lire vraiment, remuée par des pensées variées parasitées par les grésillements qui proviennent de la chambre du bébé. Elle restera sur le qui-vive toute la nuit. Elle sait déjà qu'elle ne dormira pas bien, voire pas du tout.

*

3 h 17. Rose est dans la chambre de Lou. Elle a passé les dernières heures par terre, emmitouflée dans une couette, ne pouvant se résoudre à rester en bas, si loin de la petite. Elle craignait trop pour sa santé. Bien lui en a pris : il lui semble que l'état de Lou se dégrade d'un seul coup. Au point qu'il lui paraît évident de devoir réveiller son père. Ne faudrait-il pas appeler les secours ? Ce sera à lui d'en juger.

Rose sort de la chambre du bébé et se plante devant la porte de son patron. Elle n'est pas à l'aise avec l'idée de le réveiller et de le découvrir autrement qu'en costume chic. Elle frappe, légèrement. Il ne semble pas entendre. Elle recommence, plus fort ; attend.

— Monsieur Dussac ? risque-t-elle timidement.

Pas de réaction.

— Monsieur Dussac ? répète-t-elle plus fort. S'il vous plaît ? C'est Rose… Je suis désolée de vous réveiller, mais il y a une urgence. Lou a vraiment du mal à respirer, son état empire… Monsieur Dussac ? Il faut faire quelque chose…

Avec la fatigue, l'inquiétude et le sentiment d'impuissance qu'elle éprouve, les larmes lui montent aux yeux..

— Monsieur Dussac ? appelle-t-elle encore une fois, pas loin du désespoir.

L'idée qu'il prenne des somnifères lui traverse l'esprit, mais elle ne se voit décemment pas ouvrir et glisser sa tête à l'intérieur. Elle tambourine à la porte, tant pis… Il y a urgence, elle en est sûre.

Il ouvre enfin, en robe de chambre, les cheveux

ébouriffés, les yeux ensommeillés. Elle n'attend pas ses questions ou une remontrance :

— Monsieur Dussac, venez. Lou ne va pas bien du tout. Il faut appeler le 15 ou l'emmener aux urgences. Enfin, je crois.

Il la suit dans la chambre de la petite qui respire en effet assez difficilement, décide de s'en remettre à l'avis du Samu, qu'il appelle sans tarder. La conversation est rapide.

— Vous pouvez préparer Lou ? Je vais l'emmener aux urgences. Ils m'ont dit de ne pas paniquer, c'est assez fréquent qu'une bronchiolite dégénère chez les nourrissons et qu'il faille les hospitaliser, mais vous avez réagi à temps. Merci, Rose.

— Pardonnez-moi, mais vous êtes sûr que vous pouvez conduire… ?

— Ne vous inquiétez pas, je suis bien réveillé. Et l'hôpital n'est pas loin.

— Je peux venir avec vous ? ose proposer Rose avant même de se poser la question de la bienséance de sa demande.

Il marque une pause dans son mouvement.

— Bien sûr, Rose.

Ils s'affairent, chacun de son côté. Rose a gardé son jean et son pull ; elle a dormi comme ça. Lui va enfiler une tenue pour sortir. Pendant ce temps-là, elle prépare Lou, lui met sa combinaison à capuche, son bonnet et ses moufles. La petite, malgré son état et l'heure incongrue, a l'air de trouver tout cela fort amusant.

27

Sortir de sa torpeur

Lou a été hospitalisée plusieurs jours.

Antoine a eu du mal à revenir à l'hôpital où il a perdu sa femme. Il n'a pas aimé non plus franchir à nouveau les portes du service pédiatrie. Trop de mauvais souvenirs. Comme un retour en arrière plus vrai que nature.

Il a fallu qu'il explique également que non, la jeune femme qui l'accompagne n'est pas la mère de Lou… Le simple fait qu'on puisse le penser l'a interloqué. Quand même… Rose est presque encore une enfant !

Le mercredi, il est resté près de Lou toute la journée. C'est ce jour-là que beaucoup de choses ont changé. Quand il a attendu avec fébrilité le verdict du pédiatre, quand il a lu le sérieux dans les yeux des soignants, quand il a éprouvé un sentiment nouveau : la peur de perdre sa fille. Pour la première fois, non seulement il ne s'est pas senti indifférent à son sort (l'avait-il en réalité jamais été ?), mais en plus il a senti poindre dans son cœur de l'inquiétude et… de l'attachement. Il a eu peur pour elle, a même craint pour sa vie, malgré les paroles réconfortantes des médecins. Lou avait simplement besoin d'être soignée à l'hôpital, elle n'était pas en danger.

Il a eu mal, aussi, pour elle, quand sous les massages de la kiné respiratoire, Lou s'est tordue de pleurs et de douleurs. Il a ressenti un pincement au fond de lui. Une empathie forte, solidaire, et sincère. C'était tout nouveau. C'était plus que la prise de conscience d'un fait réel : une révélation.

Le jeudi et le vendredi, Antoine n'a pas pu prendre ses journées, mais il est passé la voir avant de commencer, et il est rentré plus tôt le soir. Rose était là, aux côtés de Lou, pour pallier son absence. D'ailleurs, Lou était sans doute plus rassurée encore par la présence de la baby-sitter que par celle de son propre père. Pour la première fois, cela l'a touché, il en a ressenti de la honte ; et presque un peu de jalousie.

C'est à la suite de ces trois jours qu'il a pris deux grandes décisions : consulter un psy pour aller mieux, et se rapprocher de sa fille. Pour la première, ce n'était pas difficile, d'autant qu'il n'avait pas jeté la carte que lui avait donnée le psychologue de l'hôpital. Pour la seconde, il se sentait plus démuni, ne sachant ni comment s'y prendre ni par où commencer. Mais il avait sa petite idée pour trouver la solution.

*

M. Varton est un psychologue qui parle, et cela arrange Antoine qui n'aurait pas aimé s'allonger sur un divan et discuter seul, pour simplement entendre son interlocuteur aligner des « Mmmh ». M. Varton est assis en face de lui et lui pose des questions. M. Varton est sans doute un bon psychologue.

Il commence par lui demander pourquoi il a pris le chemin de son cabinet, ce à quoi Antoine répond du tac au tac :

— Ma femme est morte il y a quatre mois et demi. Je vais mal, et je n'y arrive pas, avec ma petite fille.

— Quel âge a votre fille ?

— Quatre mois et demi.

Antoine perçoit un éclat de stupeur dans l'œil du praticien. Il ne se départ pas de son professionnalisme, mais le jeune père devine une sorte d'empathie et sent que le psychologue a à cœur de l'aider.

M. Varton invite Antoine à lui exposer les faits. Il s'exécute, non sans pleurer. La séance se termine (une heure, ça passe vite !), et il repart sans réponses, mais avec un étrange sentiment d'allègement. Sur la route du retour, il se rend compte qu'il n'a encore jamais raconté les *événements.* Au fond, depuis le début il a toujours évité d'en parler, il a tout gardé pour lui. Et là, maintenant, il faut que cela sorte, il lui faut déposer le fardeau qui pèse bien trop lourd sur ses épaules et sur son cœur.

*

Les *White socks* sont en concert, et Manon a réussi à traîner Rose dans la petite salle où ils jouent. Presque deux semaines après leur rupture, c'est la première fois qu'elle revoit Julian. Mais lui ne la voit pas : elle se terre dans la pénombre du fond de la salle. Elle a prévenu Manon : « Je ne veux pas lui parler. » Charlotte est là aussi, mais pas Sue, qui travaille comme tous les samedis soir. C'est une chance : depuis bientôt quinze jours, Rose s'arrange pour l'éviter. Elle est passée prendre quelques affaires chez elle, à une heure où elle était sûre de ne pas l'y trouver. Depuis, Rose alterne nuits chez M. Dussac et nuits sur le canapé de Manon. Elle sait déjà qu'elle ne veut plus vivre en colocation avec Sue. Elle se sent trop mal à l'aise, et surtout elle est très déçue par celle qu'elle croyait être une amie. Manon et Charlotte, heureusement, font bloc autour d'elle et la soutiennent quand elle pleure sur la fin de son histoire et sur la trahison de Julian. Depuis, elle ne fréquente plus le *Welsh* non plus. La petite bande s'en trouve scindée en deux, même s'ils continuent de se retrouver quand elle n'est pas là. Visiblement, Julian va bien et se porte comme un charme, et c'est d'autant plus difficile à encaisser pour Rose. Sa nouvelle copine est comédienne et joue dans la même pièce que lui. Évidemment… Rose craint déjà le jour où il va l'amener au *Welsh* pour la présenter aux autres… En quelques jours, elle a l'impression d'avoir été catapultée hors du groupe. Des deux autres garçons, seul Maxime lui a apporté les marques d'une amitié sincère.

Rose regarde Julian jouer de la guitare et se plaît à observer ses bras nus et musclés en action. Elle se les rappelle quand ils la serraient fort. Elle a souvent des élans de nostalgie, et de le voir ainsi, alors qu'avant il était *sien*… ça n'était pas l'idée du siècle. Elle se demande ce qu'elle fait là, elle n'a qu'une envie : partir. Ce qu'elle fait, suivie de ses deux amies. Elles vont toutes les trois dans un pub voisin, et commandent une bière au serveur, que Manon trouve de suite très à son goût. C'est la première fois qu'elles se retrouvent ainsi et qu'elles peuvent enfin discuter sans témoin.

Rose ressort ravie de sa soirée, mais consciente qu'il ne reste plus grand-chose de sa vie d'avant. Elle doit donc revoir ses priorités, réorganiser sa vie et se remettre vraiment à la danse, qui lui manque terriblement…

28

Réorganiser sa vie

Déjà trois mois que Rose s'est installée chez Antoine à demeure, en tant que jeune fille au pair. Quand il lui a proposé de modifier son contrat, elle a immédiatement accepté. Cela tombait à pic : elle ne pouvait plus vivre avec Sue. Elle a donc retiré ses affaires du studio et les a réparties entre sa chambre et un coin du garage de son patron.

Rose vit maintenant chez lui, et a organisé son quotidien en fonction de ses obligations, mais aussi de ses envies. Elle a renoué avec le sport, et à présent que les jours rallongent, elle court presque tous les matins avant qu'il parte au travail. Elle s'est surtout inscrite dans un centre de danse, à quelques stations de bus de chez lui, et peut enfin pratiquer régulièrement sa passion, certains soirs de la semaine après son retour, et tous les samedis matin. Une vraie routine… dont l'intérêt et l'aspect vital échappent totalement à Antoine.

Antoine, lui, va un peu mieux. Depuis la bronchiolite de Lou et grâce aux séances avec M. Varton, il se relève petit à petit. Après avoir touché le fond, il a tapé du pied, et il commence à remonter la pente. Ce sont de petits signes qui, mis bout à bout, le prouvent : il a diminué la dose de somnifères, il est moins à cran, il arrive même à sourire, parfois. Il travaille toujours autant, mais pas dans le même état d'esprit : par obligation bien sûr, mais aussi par goût, pas pour fuir sa maison et sa fille.

Lou grandit. Elle se tient assise, joue volontiers, s'éveille à tout ce qui l'entoure. Grâce à Rose, et comme il l'escomptait, Antoine réussit peu à peu à prendre sa place de père. Avant, il effectuait les gestes nécessaires du quotidien, mais sans âme ; aujourd'hui, il a plaisir à s'occuper de sa fille, même s'il est parfois maladroit. C'est Rose qui, petit à petit, l'a obligé à s'impliquer davantage. Elle tenait, par exemple, à ce que ce soit lui qui lui donne sa première purée. Les grimaces de Lou les ont fait rire. C'était la première fois qu'il riait depuis la mort de Raph. Cela n'a échappé à personne, ni à lui, ni à Rose, ni sans doute à Lou. La petite a gagné un père… ou l'a retrouvé. Il lui parle, il la porte dans ses bras et il passe de vrais moments avec elle. Grande nouveauté également, il la prend en photo. Avant, ça ne lui venait même pas à l'esprit. Il a avoué son regret à Rose… Presque cinq mois gâchés, envolés, perdus… C'est alors qu'elle lui a donné une clef USB… Il y avait dedans des centaines de photos qu'elle avait prises sans qu'il le sache. Il aurait pu en être froissé, mais il l'a remerciée. Elle a su tout de suite et bien avant lui qu'un jour il regretterait de ne pas l'avoir fait… Il a regardé, une par une, toutes ces photos tels des trésors. Il lui semblait par instants découvrir sa fille, comme s'il ne l'avait pas vraiment vue pendant plusieurs mois…

Il avait nié son existence même.

À présent, c'est différent. Évidemment, tout n'est pas réglé. Antoine se lève encore parfois difficilement, pleure en regardant le portrait de sa Rapha ou à l'évocation de leurs souvenirs, craint pour son avenir…

La présence de Rose l'aide énormément, et c'est très confortable, bien sûr. En plus de s'occuper de Lou, elle fait le ménage, quelques courses, prépare les repas… qu'ils partagent ensemble, ou pas. Souvent, ils mangent en décalé, parce qu'elle va au sport ; parfois, elle mange en bas le plat qu'elle a préparé pour eux deux. Elle n'empiète jamais sur son espace vital, pressent et respecte son besoin de solitude ou son envie d'être seul avec sa fille. Elle n'est jamais bien loin en cas de besoin… Cela le rassure.

En début de week-end, elle est souvent là, puis elle s'absente ensuite. Elle va retrouver ses amis, ou part en Normandie voir ses parents. Avec l'accès direct de sa chambre vers l'extérieur, Rose peut mener sa vie librement, et il arrive qu'il ne la croise pas des deux jours. Peu à peu, Antoine retrouve une vie sociale. Il a revu Vanessa, la meilleure amie de Raph, qui, elle aussi, se relève petit à petit de cette perte immense. Il voit surtout ses voisins, Cédric et Mélanie, qu'il invite régulièrement le vendredi soir. Rose prépare le repas, puis s'éclipse pour les laisser seuls. Ils se sont déjà croisés, bien sûr, mais elle ne s'immisce jamais dans sa vie privée. Cédric taquine Antoine au sujet de « sa domestique ». Mélanie, même si elle ne comprend pas toujours tout, se réjouit de constater qu'Antoine a retrouvé un certain équilibre… au moins temporaire.

29

Discuter et partir

Une agréable odeur de tarte aux pommes parvient à Antoine dès son entrée dans la maison. Rose ne cuisine pas souvent les desserts, et il est content de constater qu'elle a fait une exception. Et quelle exception ! Il adore la tarte aux pommes…

Lou l'a entendu arriver et vient vers lui à quatre pattes en babillant. Il la prend dans ses bras et la soulève au-dessus de sa tête. Elle agite ses jambes frénétiquement en éclatant de rire. C'est devenu leur premier rituel du soir.

Antoine découvre Rose dans la cuisine. La table est mise pour lui et la chaise haute est prête à accueillir Lou.

— Vous ne mangez pas avec nous ?

— Non… Je vais vous laisser.

— Vous allez à la danse ? demande-t-il, comme certain de la réponse.

— Non, non, je vais descendre…

— Ah, non ! la coupe-t-il. Vous nous avez visiblement préparé un dessert de haute volée, je souhaite que nous partagions cette tarte.

— Ce n'est qu'une tarte aux pommes, glisse-t-elle, amusée.

— Je suis un spécialiste de la tarte aux pommes, croyez-moi, donc je vous dirai ce que j'en pense. Il faut que vous soyez là. Dînons ensemble et nous prendrons le dessert après que Lou sera couchée.

Rose ne rechigne pas, et dresse un couvert supplémentaire.

Lou dort déjà, et ils s'apprêtent à goûter le fameux dessert... Antoine se charge de couper la tarte et les sert tous les deux. Chacun entame sa part en silence. Rose constate à quel point Antoine est absorbé par sa dégustation, mais n'ose s'en étonner à voix haute.

— Elle est bonne, annonce-t-il avec autant de sérieux qu'un juge culinaire. Vous avez fait la pâte vous-même ?

— Oui, mais ce n'est qu'une pâte sablée toute simple...

— Ne vous sous-estimez pas. La tarte aux pommes, c'est tout un art, j'en sais quelque chose, et vous n'avez pas à rougir de la vôtre. Réussir une tarte aux pommes est bien moins simple qu'il n'y paraît. Il faut que la pâte soit cuite juste comme il faut, dorée mais pas trop, que les pommes soient fondantes mais pas en purée et que le sucre soit justement dosé.

— Vous parlez comme un scientifique...

— Je vais vous révéler un secret : la tarte aux pommes, c'est ma madeleine de Proust à moi, celle que faisait ma grand-mère, plus précisément... J'adorais la regarder cuisiner, et comme elle y passait des heures...

Il semble plongé dans de vieux souvenirs, puis poursuit :

— J'en parle comme si elle n'était plus de ce monde, c'est idiot ! Elle cuisine sans doute toujours…

— Vous n'en êtes pas sûr ?

— Non, c'est une simple supposition. Je ne l'ai pas vue depuis plusieurs années… au moins cinq ans.

— Mais… pourquoi ? Si je puis me permettre cette question indiscrète…

— Je ne peux même pas répondre à votre question… C'est comme ça, c'est la vie, je serais tenté de dire. C'est idiot, peut-être même égoïste, mais elle est trop âgée pour faire le trajet, et moi-même, enfin nous, nous n'y sommes pas allés depuis… longtemps. Pas le temps…

— Pas le temps ? Vraiment ?

Il la regarde fixement durant une microseconde et la quitte des yeux pour réfléchir.

— Nous travaillions énormément… presque tout le temps.

— Et vous n'aviez pas de week-end ? Pas de vacances ? demande-t-elle presque naïvement.

— Nous avions des semaines tellement chargées… que deux jours n'étaient pas de trop pour se reposer. Et puis elle n'habite pas à côté…

— Où est-elle ?

— Elle vit dans un chalet, près du Grand-Bornand.

— Dans un chalet à la montagne ? Quelle chance…

Et les yeux de Rose se mettent à pétiller.

— Et même en vacances…

— … Nous n'y allions pas, termine Antoine. Nous allions ailleurs… à l'étranger, au soleil… Et puis Raphaëlle n'aimait pas trop la montagne…

C'est la première fois que Rose l'entend prononcer le prénom de sa femme.

— Ah, fait-elle avec un peu d'étonnement.

Un vague silence tombe sur eux quelques instants et elle reprend :

— Mais… pourquoi n'iriez-vous pas voir votre grand-mère, là ?

— Quand, *là* ? Vous êtes drôle, Rose… je n'ai pas de vacances…

Elle réfléchit une poignée de secondes.

— Vendredi est férié, c'est le 1er mai… Vous pourriez y aller trois jours…

— Et Lou ? Cela ferait trop de route en trop peu de temps…

— Je n'ai rien de prévu de mon côté. Je peux rester avec elle.

— Vraiment ? demande-t-il interloqué. Je ne sais pas… Ça me gêne pour vous, et puis…

— Ne soyez pas gêné. Vous savez que tout se passera très bien. Et surtout… Votre grand-mère, je suppose, n'est pas toute jeune… On ne sait jamais ce qui peut se passer… si vous attendez plus longtemps… Vous pourriez le regretter, non ? Si votre grand-mère comptait pour vous…

— Elle comptait, oui, énormément.

— Alors allez-y… Il faut profiter des gens qu'on aime tant qu'ils sont là.

Rose, en plus de se permettre de donner un conseil sous forme de leçon à son patron, vient de s'aventurer sur un chemin glissant sans même s'en rendre compte… son côté spontané, sans doute. Il la regarde un instant comme si elle était transparente et déclare :

— Vous avez raison. Si je ne le fais pas maintenant, je risque de ne jamais le faire, et surtout il pourrait être trop tard… Merci, Rose.

*

C'est ainsi qu'Antoine prend la route au petit matin du 1er mai, après cinq courtes heures de sommeil. Pour s'épargner une éventuelle mauvaise surprise, il a appelé Hermance afin de savoir comment elle allait et s'il pouvait venir. Elle a pleuré de joie au téléphone. Elle avait su son malheur par son fils, et surtout par sa bru, plus encline à parler, mais n'avait pas osé l'appeler.

Pendant le trajet, il réfléchit… La dernière fois qu'il a fait cette route, c'était avec Rapha, il doit y avoir six ans. C'était en hiver. Sa femme détestait le froid, la neige, le verglas… Elle n'aimait pas skier ni marcher avec des raquettes (elle n'aimait pas marcher tout court). Bref, elle n'aimait pas la montagne, encore moins en hiver. Elle faisait l'effort de suivre son *montagnard de mari…* comme elle l'appelait quand elle voulait le taquiner, en référence à ses origines grenobloises. Il rétorquait en lui disant que lui bravait le climat breton (brestois !) pour lui plaire. Ils étaient quittes… Heureusement, Rapha aimait beaucoup Hermance, mais qui ne l'aurait pas aimée ? Antoine a les yeux qui s'embuent de honte. Quel petit-fils négligent il a été ces dernières années… Il se demande qui et quoi d'autre il a négligé, presque sacrifié sur l'autel de sa carrière… et se dit qu'il lui faudra dorénavant trouver du temps… pour sa fille, au moins.

Le séjour chez Hermance se passe admirablement bien. Elle l'a accueilli gentiment, sans une once de rancœur. Elle était si heureuse de le voir ! Et lui est ravi de constater qu'elle est encore en bonne santé. Le climat montagnard l'a conservée en forme, malgré ses quatre-vingts ans passés, et elle n'a rien perdu de sa malice et de sa générosité.

Dans le chalet, rien n'a changé. Tout est resté à la même place. Seul le chien est différent du précédent, et le chat a vieilli. Sa chambre est restée telle que dans son souvenir.

Pour Antoine, c'est un retour aux sources. Il aide sa grand-mère à préparer les repas, comme avant, et retrouve le plaisir de converser avec elle. Ils parlent de tout, y compris du pire. Il répond même aux questions qu'elle n'a pas osé poser. Ils rattrapent le temps perdu.

C'est comme si rien n'avait changé. Il a vraiment l'impression de l'avoir quittée deux mois plus tôt et que ces années perdues ne le sont pas vraiment.

Antoine repart le dimanche matin revigoré par ce week-end au grand air, le premier depuis des mois… heureux d'avoir renoué tous les liens avec sa chère grand-mère. Il lui a promis de revenir très vite.

— Tu m'avais dit la même chose la dernière fois ! rit-elle malicieusement.

— Oui, mais cette fois c'est vrai ! affirme-t-il avec un clin d'œil.

Il quitte la montagne sans en avoir profité. Elle n'a été que le décor, en arrière-plan, d'heureuses retrouvailles, et c'est très bien ainsi.

30

Se promener

Rose a retrouvé un M. Dussac légèrement différent de celui qu'il était avant le week-end chez Hermance. Dès son retour, le dimanche, elle a pu constater que son front était moins tendu, son visage moins crispé. Il semblait très content d'y être allé. Il l'a remerciée de lui en avoir donné l'idée… et de lui avoir insufflé le sursaut de volonté dont il manquait. Rose a souri, elle n'aime rien tant que de voir les gens qui l'entourent heureux, même pour quelques minutes furtives, et si elle peut les y aider, c'est toujours une satisfaction pour elle.

La semaine a été courte et routinière. Un week-end de trois jours s'annonce encore. Rose n'a rien prévu de particulier. Antoine non plus, ce qui l'a amené à accepter sa proposition de passer la journée du vendredi à Paris tous les trois. Il a trouvé l'idée originale et bonne. Elle lui a demandé, le jeudi soir, s'il connaissait le musée de l'Orangerie et il a secoué la tête, un peu consterné par le fait qu'une fille de vingt ans ait plus de culture que lui et connaisse visiblement mieux Paris.

Rose a donc conçu un programme sur mesure : musée, pique-nique et promenade dans le jardin des Tuileries. Le temps était magnifique et étonnamment chaud pour ce début du mois de mai. Elle a préparé le panier-repas pour eux trois, et ils sont partis en voiture. Il a tenté, tout au long du trajet pendant lequel il a gardé le silence, de ne pas se dire que c'était typiquement le genre de scène qu'il aurait pu vivre, dû vivre, avec Raph sur le siège passager… Ce tableau quasi idyllique fait un peu trop « famille » à son goût…, mais après tout, quelle importance ? Et puis il n'en est rien. Rose n'a rien de Raph, elle est beaucoup trop jeune, il la vouvoie… et il la paye ! Il sourit presque à cette idée. Surtout qu'au fond il est persuadé qu'ils ne seraient pas allés au musée pour leur première vraie sortie en famille.

— Merci, Rose, d'avoir pris cette initiative sympathique, finit-il par dire. Je suis sûr que nous allons passer une bonne journée. N'est-ce pas, Lou ?

La petite s'est endormie.

Ils visitent le musée qu'aucun des deux ne connaît. Devant les immenses *Nymphéas* de Monet qui trônent dans les deux grandes salles ovales, Antoine reste sans voix. Saisi par la grandeur des toiles qui envahissent littéralement les pièces, il prend le temps de s'asseoir et, semble-t-il, de se recueillir. Ils passent un temps indéterminé dans les deux salles, gagnés par une certaine émotion qu'ils partagent. « C'est pour ces toiles que je voulais venir », confesse Rose comme s'il s'agissait d'un aveu. Antoine approuve son idée. Lou, pas vraiment… Elle dort dans le porte-bébé ventral, visiblement hermétique à l'art, ce qui les fait rire tous les deux.

À la sortie, un chaud soleil de printemps, qu'on dirait d'été, leur éclate au visage. Le jardin des Tuileries est lumineux et se montre sous ses plus beaux atours, avec ses arbres bien taillés et ses fleurs généreuses, tout juste écloses et odorantes. Rose ne peut s'empêcher de promener son nez de parterre en parterre. Elle inspire et ferme les yeux, glisse parfois sa main sur une feuille ou un pétale. Antoine, de loin, l'observe. Cette fille est étonnante. Elle semble à la fois émerveillée et heureuse de tout ce qu'elle voit. Pour lui, ce ne sont que des fleurs que des paysagistes ont mises en valeur… Il se rend compte qu'elle ne porte pas le même regard que lui sur les choses. Déjà, face aux tableaux du musée, que lui regardait de loin (ou parfois, furtivement, de près), elle n'avait pas la même attitude. Elle prenait le temps d'étudier la technique, d'analyser les traces de pinceau, de contempler les détails qu'il ne voyait pas. Il discernait le tout, l'ensemble, elle accédait visiblement à l'infiniment petit, peut-être à l'invisible.

Ils s'installent sur un banc pour manger, face à un jet d'eau qui amuse beaucoup Lou. Elle s'agite dans sa poussette. Rose parvient néanmoins sans peine à porter son attention sur sa purée…, car la petite aime manger.

— Je me demande depuis combien de temps je n'étais pas venu ici… fait-il comme en lui-même.

— Si longtemps que ça ? Cela ne remonte quand même pas à votre enfance ? sourit Rose qui, décidément, semble le trouver très vieux.

— Je ne suis pas né à Paris. J'ai passé mon enfance à Grenoble, puis mes parents ont déménagé à Bordeaux pour les affaires de mon père.

— Dans quoi travaillait-il ?

— Dans l'immobilier. Il a toujours son agence, d'ailleurs. Il s'est spécialisé dans le haut de gamme, les belles propriétés, les domaines viticoles... c'est son truc.

— Grenoblois, puis bordelais, et maintenant parisien, résume Rose.

— Je suis monté à Paris pour mes études. Après la prépa, j'ai intégré une école de commerce.

— Vos parents devaient être fiers !

— J'imagine, je n'en sais trop rien. Mon père ne me l'a jamais dit... En revanche, si j'avais suivi la voie qui me tentait, alors là, j'en aurais entendu parler...

— Que vouliez-vous faire ? demande Rose, amusée.

— Je voulais être skieur pro-fe-ssion-nel, articule-t-il pour ménager son petit effet.

C'est la première fois que Rose lui trouve de l'humour. Elle éclate de rire.

— Non ? Skieur professionnel, carrément ?

— Ne riez pas, j'étais très sérieux. Je ne rêvais que de ça, mais contrairement à mes copains qui voulaient devenir footballeurs, moi je savais que j'aurais pu acquérir le niveau. Mon père aussi le savait. C'est d'ailleurs pour ça qu'il m'a éloigné de la montagne... L'immobilier avait bon dos. Après dix hivers sur les skis, je peux vous dire que j'assurais... J'étais fait pour ça... Il a brisé mon rêve. Il voulait que je fasse *quelque chose* de ma vie, que je *réussisse*, vous comprenez...

dans *un vrai métier*... explique-t-il en appuyant avec ironie sur les mots.

Rose accueille les confidences d'Antoine avec respect et profite de ce flot de paroles inhabituel pour en savoir un peu plus.

— Et votre mère, qu'en pensait-elle ?

— Elle n'en pensait rien. Elle était toujours d'accord avec mon père. C'est un couple un peu *à l'ancienne*, vous voyez ce que je veux dire ? Le patriarche décide, la mère suit. Aucune autonomie, aucune indépendance d'esprit, c'est malheureux...

— Elle est gentille, votre mère.

— Vous trouvez ? lui demande-t-il, surpris.

— Oui. Je l'ai souvent au téléphone, vous savez...

— Je m'en doute ! s'écrie-t-il en souriant avec un air moqueur.

Ils s'interrompent et la conversation semble vouloir s'achever pour les ramener à une réalité plus superficielle, mais Antoine demande tout à coup :

— Que diriez-vous de m'accompagner cet été chez Hermance pour une semaine de vacances avec Lou ?

31

Se retrouver pour un anniversaire

Manon a tenu à reformer la petite bande d'amis à l'occasion de son anniversaire. Personne n'a osé refuser son invitation et ils sont tous là : Rose, la fidèle entre tous, Charlotte, Maxime, Vincent, Sue, et même Julian. De l'eau a coulé sous les ponts depuis leur rupture, a dit Manon à Rose, et c'est vrai. D'ailleurs, quatre mois après, Rose n'éprouve plus rien de particulier pour lui. Juste, peut-être, une once de rancœur pour sa lâcheté. Elle passe au-dessus de ça. Au mieux, ils pourraient devenir amis, au pire n'être que deux jeunes adultes qui vivent une relation cordiale quand ils ont l'occasion de se croiser. Rose n'attend rien de lui. Quand il arrive, après tous les autres, et qu'il la voit, elle sent derrière son assurance affichée une envie de se faire petit et discret. *La penaude attitude*, dirait Manon.

Ils sont assis autour de la table basse, un peu serrés sur le canapé ou en équilibre instable sur les deux poufs. Manon apporte des coupes en plastique et du faux champagne. Elle aurait aimé sortir le grand jeu, elle qui a un vrai salaire, mais elle boucle les fins de mois avec difficulté. Ils portent un toast en l'honneur de ses vingt-deux ans, elle les remercie d'être tous là.

Comme à chaque fois qu'elle est mise en lumière, et cette fois plus encore, Manon est survoltée, ce qui agace Sue, mais ravit Maxime. Il ne lui trouve jamais autant de charme que lorsqu'elle rit et pétille. Il l'appelle *Champagne* et elle lui adresse un sourire enjôleur. Personne n'est dupe : ces deux-là vont renouer un jour, ou bien passer la nuit prochaine ensemble si ça continue comme ça…

Julian regarde Rose avec un peu trop d'insistance pour que cela n'ait pas de sens. Peut-être qu'il la trouve plus jolie, plus détendue, plus libre… Elle est dégagée de toute contrainte, de tout rôle à jouer, de toute contenance ; finalement, elle est elle-même, à cette soirée. D'ailleurs, elle se sent particulièrement bien. La présence de Julian ne lui fait rien du tout. C'est peut-être pour cela qu'il la dévore des yeux et qu'il tente une approche, un peu plus tard. Il amorce une caresse dans son dos, elle s'écarte vivement.

— À quoi joues-tu, Julian ?

— *Nothing… You're beautiful, tonight*, glisse-t-il avec malice.

Rose ne compte pas se laisser faire et le toise d'un air froid.

— Je ne crois pas avoir changé… C'est formidable que tu t'en rendes compte maintenant, mais… j'ai une question : où est ta copine ?

Il paraît outré qu'elle l'attaque ainsi et se rembrunit.

— Manon ne l'a pas invitée.

— Sans blague ? Et son absence te donne le droit d'être ambigu avec ton ex ?

— *Ambigu* ? répète-t-il, simulant une incompréhension du mot.

— Tu as très bien compris. Julian, stop. Ne joue pas avec moi. Tu peux exercer tes talents de comédien avec qui tu veux, mais pas avec moi. Et si tu crois que je pourrais replonger, tu te trompes lourdement !

— OK… Et… Comment va ton boulot ? demande-t-il pour changer de sujet.

— Formidablement bien, merci de t'en soucier, répond-elle non sans ironie. Ne te fatigue pas, Julian… Nous ne sommes pas obligés de nous parler… Tu peux discuter avec Max, ou partir…

Il se trouve bête, et s'éloigne maladroitement vers le balcon, où se retrouvent les fumeurs.

— Il voulait quoi ? demande Manon à Rose juste après.

— Me mettre dans son lit, je pense, sourit Rose.

— Mais nan ? Genre, il a même pas honte, quoi ?

— C'est ça.

— Pfff… lâche-t-elle en s'éloignant pour préparer le gâteau.

Un peu plus tard, la discussion du groupe se porte sur les vacances à venir. Certains ont prévu de partir ensemble dans la maison de vacances des parents de Maxime, sur l'île de Ré. Manon se tourne vers Rose pour lui demander si elle aimerait se joindre à eux.

— Je ne pourrai pas à cette date. Je pars en vacances avec Antoine et Lou.

— C'est vrai ? s'étonne Maxime.

— Non, c'est faux… Elle dit juste ça pour blaguer, s'esclaffe Vincent.

— Tu pars en vacances avec ton boss ? demande Julian, piqué.

— Et alors ? Ma sœur aussi, quand elle était étudiante, elle partait avec une famille en vacances pour s'occuper des enfants… C'est juste le prolongement de mon travail.

— Oui, mais il n'a qu'une fille… glisse Vincent.

— Il vous faut des justifications à tout ?

— Et tu l'appelles Antoine ? demande Charlotte, surprise.

— Euh… non, et, rassurez-vous, je le vouvoie toujours. Et alors ? C'est quoi le problème ? C'est quoi, VOTRE problème avec MON boulot ?

— Ne te fâche pas, murmure Charlotte.

— Et ton contrat… Il se termine quand ? interroge Sue.

— Il peut se terminer fin août, ou être renouvelé pour un an, répond Rose un peu calmée.

— Et tu vas faire quoi ?

— Je ne sais pas, là, ça vous va comme réponse ?

— Calme-toi, ma chérie, fait Manon en posant une main sur l'épaule de son amie. Tu es assez grande pour savoir ce que tu dois faire. Et sinon… On peut fêter mon anniv ? Je peux ouvrir mes cadeaux ? s'esclaffe-t-elle pour faire diversion.

Les bougies ont coulé sur le gâteau, ce qui amuse la petite assemblée. Ils entonnent un *Joyeux anniversaire*, et la bonne humeur revient comme par enchantement.

Ma Rapha…

Je suis tenté de t'écrire « J'espère que tu vas bien », mais cela n'a aucun sens.

Je suis tenté de te souhaiter un « Joyeux anniversaire », mais ça n'en a pas plus… juste parce que c'est aujourd'hui et que j'aurais voulu que tu sois là pour souffler tes bougies. Mais tu n'es pas là, et il n'y a rien de joyeux dans cette date… Je me sens horriblement seul, plus qu'hier en tout cas.

Je ne sais pas si tu m'as vu aller sur ta tombe… Au cas où ce ne serait pas le cas, je te le dis : je suis venu te voir. J'ai déposé un bouquet de roses blanches… tes préférées. La fleuriste m'a demandé : « C'est pour une occasion particulière ? », j'ai dit que c'était pour un anniversaire ; elle a collé un petit autocollant doré sur le papier cristal.

La seule chose que j'ai envie d'ajouter, c'est que, comme je te l'avais promis, j'essaie de faire ce qu'il faut pour aller mieux et pour Lou… Je fais des efforts…

J'espère que de là où tu es, tu es (un peu) fière de moi.

Ton mari qui t'aime à l'infini.

32

Partir en vacances

Le drôle de trio roule vers les Alpes. Antoine conduit, Rose lit et Lou dort.

Ils ont quitté Bordeaux il y a quelques heures et traversent à présent la France d'ouest en est, après un petit séjour dans la maison des parents d'Antoine. Simone les a bien accueillis, Jacques un peu moins. Il avait soi-disant du travail et n'a pas été très présent. « Ça doit l'arranger », a dit Antoine à sa mère et sans gêne devant Rose. Simone a rétorqué qu'il était comme son père, à surinvestir sa carrière aux dépens de sa famille, et c'était assez bien trouvé... Antoine n'a rien répondu. Malgré lui, il se rend compte qu'il ressemble sans doute bien plus à son père que ce qu'il aurait cru ou voulu. Finalement, il a peut-être pris goût au travail acharné, à la réussite et au salaire qui lui sont associés... car même si Antoine ne fuit plus sa maison ni sa fille, il a continué ces derniers mois à travailler comme un forçat, se permettant davantage de dîners ou de voyages d'affaires... Après tout, Rose est là, toujours, et il aime se reposer sur elle. Parfois il se demande comment il ferait sans elle. D'ailleurs, c'est pour cette raison qu'il a souhaité qu'elle l'accompagne pour ces vacances. M. Varton lui a aussi conseillé de prendre enfin un peu de temps pour lui. Il lui a expliqué que c'était important, qu'il ne devait pas s'oublier totalement et qu'il devait aussi s'autoriser des activités seul. Ça arrange Antoine de penser que Rose est nécessaire à ce programme. En vérité, il a quand même encore du mal à rester seul avec Lou. Il se sent gauche, peu inspiré... et seul.

À Bordeaux, il a revu quelques amis du lycée avec qui il a gardé contact. Ils ont passé une journée à la mer. Il a laissé Lou avec Rose et sa mère, et il a apprécié cette journée de vacances, sans enfant, en liberté. Il n'a eu aucun scrupule à le faire, d'autant qu'il sait que sa mère et Rose s'entendent bien. Il était surpris, au début, surtout au vu des appréciations initiales de Simone. Il faut croire que Rose a su mériter la confiance de l'aïeule autant qu'elle a su se rendre indispensable auprès de lui. Parfois il repense à son contrat... Il se demande si Rose acceptera de prolonger d'un an... ou plus... jusqu'à ce que Lou aille à l'école, ce serait l'idéal. Bizarrement, il n'ose pas lui poser la question... de peur de la réponse, sans doute. Il sait l'attachement de Rose pour Lou, mais il ignore l'évolution de son plan de carrière. Finalement, il ne sait pas grand-chose d'elle. Il sait qu'elle veut intégrer une école de danse privée à Londres, très chère, mais c'est tout. Est-ce que, en un an, elle aura mis assez d'argent de côté pour s'inscrire ? Et d'ailleurs, elle s'est peut-être déjà inscrite pour la rentrée de septembre ? Il a plein de questions qu'il ne formule pas.

Il en aurait bien encore une ou deux autres, comme lui demander qu'elle cesse de lui servir des « monsieur Dussac » à tout bout de champ (il en a assez)… ou si elle verrait un inconvénient à ce qu'il la tutoie, car il s'oblige à la vouvoyer alors qu'elle est jeune et qu'elle partage son quotidien. Il trouve cela un peu stupide, cette distance très vieille France. Et en même temps, cela lui paraît bien de conserver une sorte de barrière professionnelle entre eux.

Ils sont arrivés chez Hermance, qui immédiatement n'a pas tari d'éloges sur la merveille qu'est son arrière-petite-fille. Rose a été vite adoptée elle aussi. Hermance n'a pas la langue dans sa poche, et Antoine a su tout de suite que le courant allait bien passer entre ces deux-là. Il s'en doutait, et le « Elle est bien, cette petite ! » enthousiaste de sa grand-mère dès l'après-repas a corroboré ses hypothèses initiales.

Alors que Lou a entamé sa sieste dans son lit parapluie à l'étage et qu'Hermance se repose dans son fauteuil au salon, Antoine retrouve Rose devant le chalet. Elle est assise sur le vieux banc de bois et lui tourne le dos. Elle lève la tête vers le soleil, ou les sommets… et il ignore si ses yeux sont ouverts ou fermés. Devant eux, la chaîne des Aravis se dresse tel un rempart grandiose et se détache sur le ciel bleu. Quelques nuages projettent des taches d'ombre mouvantes sur la roche. On entend au loin, ou pas si loin, les cloches des vaches et Antoine sourit de ces retrouvailles avec la bande-son qui berçait les vacances de son enfance. Il passait ses étés ici. Ses vacances d'hiver aussi. Il allait skier tous les jours à la station du Chinaillon.

Souvent, il accompagnait sa grand-mère se promener à ski de fond. Ils descendaient parfois la vallée du Bouchet jusqu'au village du Grand-Bornand, à cinq kilomètres de là. C'étaient des moments privilégiés, faits d'insouciance et de bonheur. Ils lui paraissent loin, au point de douter de leur existence.

— Tu trouves ça beau ? demande-t-il.

Sa question est ridicule, et elle sourit qu'il soit passé au tutoiement, mais il ne peut pas le voir.

— C'est plus que ça... C'est magnifique. Et tellement reposant ! s'exclame-t-elle.

Il s'approche près du banc, mais reste debout.

— Je dois être blasé. Je connais ce paysage comme nul autre, mais je m'y suis tellement habitué que je ne le vois plus vraiment. Je suppose que mes yeux se sont habitués à la beauté et qu'elle est devenue ordinaire.

— Vous croyez ? Moi je ne pense pas qu'on puisse se lasser d'un tel spectacle. Ce n'est qu'une question d'état d'esprit. Il faut se poser et lâcher prise pour s'ouvrir.

— Vous avez peut-être raison. À courir tout le temps, je ne prends plus le temps de rien... Je passe sans doute à côté de beaucoup de choses.

— Vous devriez profiter de votre séjour...

— C'est ce que m'a dit mon psy.

— Votre psy ? sourit-elle.

— Ça vous embête si je te tutoie ? demande-t-il du tac au tac.

Elle rit de cette formulation qui maltraite la syntaxe.

— Non, bien sûr... C'est d'ailleurs assez gênant pour moi. J'ai l'impression d'être vieille !

Et elle éclate de rire. Depuis le début des vacances, il trouve qu'elle est plus spontanée, qu'elle s'autorise sans doute à être plus naturelle, plus conforme à la légèreté de son âge. Il suppose qu'elle a dû adopter une attitude plus sérieuse qu'elle n'a en réalité... La faute à son statut d'employée, à la tâche qui lui incombe, et peut-être aussi à son chagrin à lui.

*

La semaine se passe agréablement. Le temps est beau. Hermance a dévoilé le secret de sa tarte aux pommes à Rose, à la demande d'Antoine. « C'est un grand honneur que je vous fais, chère Rose ! » a-t-elle dit en tapotant les joues de la jeune femme, dans un geste d'une familiarité tendre.

Lou semble apprécier l'air de la montagne, elle aussi. Elle fait ses premiers pas sur la route devant le chalet, une main dans celle d'Antoine, l'autre dans celle de Rose. Elle sait dire *papa* depuis quelques semaines, et le *O* qui désignait Rose devient un *Yo*.

Antoine a écouté les conseils de M. Varton : il a pris du temps pour lui. Il s'est notamment baladé jusqu'au village, par la vallée où coule le Borne, sur les chemins qui sont des pistes de ski, l'hiver. Il en a profité pour réfléchir et faire le point, tout en regrettant de n'avoir pas partagé ce genre de moments avec sa femme.

Ils ont passé une magnifique journée tous les quatre, à Annecy, profitant du charme des ruelles et des canaux, déjeunant en terrasse, flânant sur les bords du lac aux eaux turquoise cristallines. Ils ont passé la fin de l'après-midi sur une plage, où Lou s'est baignée avec son père, sous les yeux attendris des deux femmes.

La veille du dernier jour, Hermance leur a proposé de garder Lou le lendemain pour « profiter ». Antoine a demandé à Rose ce qu'elle souhaitait faire. Comme elle avait ressenti depuis le début de la semaine l'appel des grands espaces, des sommets, et l'envie de bouger, elle lui a parlé de randonnée. Il a regardé la carte, s'est rappelé une marche qu'il faisait souvent avec ses parents, pas très loin, avec lac, bouquetins et vue sur le mont Blanc… Les yeux de Rose pétillaient déjà. Il l'a trouvée attachante, à ce moment-là précisément.

33

Contempler

À peine ont-ils entamé leur marche qu'ils tombent sur des bouquetins. Antoine aurait bien continué (ils viennent juste de partir et ils s'arrêtent déjà !), mais Rose est immédiatement enchantée par le spectacle de ces quadrupèdes agiles et peu farouches. Elle parvient à s'en approcher, jusqu'à n'être qu'à un mètre de certains d'entre eux. Elle prend des photos avec son téléphone, et se met en quête d'un selfie improbable, sous les yeux mi-amusés mi-agacés d'Antoine, qui trouve le temps un peu trop long… Lui qui commençait tout juste à s'échauffer et à renouer avec certaines sensations de son corps, il se sent coupé dans son élan. À s'extasier ainsi pour rien ou presque, Rose lui paraît puérile tout à coup. Ce n'est qu'une gamine, après tout… Parfois, et sans doute parce qu'à côté de cela elle semble mature, il a tendance à l'oublier.

Il ne s'entend pas soupirer, mais elle s'écrie :

— Allez-y, je vous rejoins !

Il hésite et finalement poursuit la montée du sentier. Après tout, s'il prend un peu d'avance, ce n'est peut-être pas si mal, pour lui qui ne fait plus de sport depuis une bonne dizaine d'années… D'ailleurs son corps fait déjà des siennes. Ses muscles sont douloureux, son souffle se fait court. Il est obligé de s'arrêter de temps en temps. De loin, il aperçoit Rose qui a repris la marche. C'est qu'elle monte vite ! Il a déjà honte du peu de temps qu'elle va mettre à le rattraper… En effet, elle parvient vite à sa hauteur, fraîche et presque sautillante. Les heures de sport qu'elle pratique assidûment reviennent en mémoire à Antoine. Loin de fanfaronner, Rose se met dans ses pas, et le suit sans un mot. Il est trop essoufflé pour parler. Parfois, elle s'arrête pour saisir un paysage en photo, puis elle le rattrape en sautant de rocher en rocher comme un cabri. Elle est légère et tonique, sûrement souple aussi. Ne danse-t-elle pas ? Antoine se sent nul et se demande s'il ne devrait pas reprendre le sport.

Parvenus là-haut, sur la crête, le panorama est superbe. Elle reste sans voix. Il la regarde, assez content de son petit effet : il connaissait bien cette vue sur le massif du Mont-Blanc. Ils retirent leur sac à dos et s'assoient pour pique-niquer.

— Merci, monsieur Dussac.

— Par pitié, Rose, pourrais-tu arrêter de m'appeler *monsieur Dussac* ? Je vais dire comme toi, je me sens vieux !

— Vous l'êtes ! rit-elle. Enfin… plus que moi, se reprend-elle.

Il est surpris. Se demande quel âge elle lui donne. Ne lui posera pas la question pour autant.

— Devant ce panorama aussi, vous êtes blasé ?

— Pourquoi dis-tu cela ? demande-t-il, étonné.

— Vous ne regardez pas…

— Je le connais par cœur.

— Ah oui ? Mais ces nuages en troupeau, là-bas, par lesquels le soleil fuse difficilement, ils n'étaient pas là la dernière fois que vous êtes venu, si ?

Il trouve sa remarque étonnante plus qu'insolente, et regarde ce qu'elle lui désigne avec son doigt.

— Et ces oiseaux qui tournoient ? Et ce tapis de fleurs violettes ? Est-ce que ça sentait la même odeur ? Est-ce que vous entendiez aussi siffler les marmottes ?

Antoine n'a même pas prêté attention à tout cela.

— Vous qui n'avez jamais le temps… Pourquoi ne le prendriez-vous pas maintenant pour apprécier ce qui vous entoure comme il se doit ? Demain, nous rentrons à Paris, vous allez reprendre le travail pour quelque temps… Profitez de ce moment… Moi, en tout cas, j'ai très envie de profiter de cette chance que vous m'avez donnée de vivre ça.

Il la regarde, mais ne dit rien, trop frappé par sa leçon. Elle s'allonge dans l'herbe et ferme les yeux. Il l'observe un instant et se dit qu'il pourrait essayer… Après tout, pourquoi pas ? C'est vrai, il sera bientôt trop tard. Il s'allonge en utilisant son sac à dos comme oreiller, puis ferme les yeux pour prêter attention à tous les sons de leur environnement. Il entend les marmottes, les cris de quelques rapaces, les cloches des vaches, très loin, et puis le vent… et les voitures qui franchissent le col de la Colombière, en contrebas. Il se détend, il se laisse aller… Pour un peu, il s'endormirait. Quand il se redresse, il aperçoit Rose qui a fait quelques pas et qui a le nez sur une fleur sauvage. Il se lève pour mieux profiter de la vue à trois cent soixante degrés, prend le temps de regarder chaque parcelle de paysage, la variété des couleurs, les différences d'éclairage. Il essaie aussi de se rappeler le nom des sommets environnants. Et il inspire profondément. Il ressent alors pour la première fois une espèce de sérénité dans son cœur, qui le surprend. Il pense à Raph et culpabilise. Ne va-t-il pas trop bien, tout à coup ? A-t-il le droit de se sentir mieux ? A-t-il le droit d'aimer cette montagne qu'elle n'aimait pas ? Ces questions le troublent suffisamment pour qu'il interrompe cette parenthèse et veuille redescendre.

— On y va ? demande-t-il à Rose par politesse.

— D'accord, dit-elle avec enthousiasme.

— Vous... Tu as eu assez de temps ?

— Oui, c'était parfait. J'ai fait le plein.

— *Le plein...* ?

— Oui, le plein d'images, le plein d'oxygène, le plein de bonheur. Tous ces pleins-là. Ça fait tellement de bien !

— Et ça vous rend heureuse ?

— Mais oui...

Elle se retient d'ajouter « Pas vous ? », parce qu'il se relève à peine d'un malheur trop grand pour être heureux si vite avec si peu...

— Ça vous suffit ? demande-t-il, perplexe.

— Oui !

Et le sourire qu'elle affiche est d'une telle sincérité qu'il en reste interdit. Il n'imaginait pas que le bonheur puisse se loger dans quelque chose d'aussi simple, d'aussi « intérieur » et gratuit. Peut-être qu'avant il mettait la barre trop haut... Or depuis que le malheur est son quotidien, il sait que s'il voulait bien le lâcher un peu, ce serait peut-être déjà le début du bonheur...

34

Être en vacances

Après une courte semaine de travail chez Antoine, pendant laquelle il a repris temporairement le chemin de son entreprise, Rose est enfin officiellement en congés pour une semaine.

Naturellement, elle a choisi de passer ces quelques jours de repos dans la maison de ses parents, à Fécamp. Sa mère l'accueille en l'embrassant fort. Sa tante est là pour le week-end du 15 août, ce qui est une splendide surprise pour Rose. Elles passent ensemble des heures à se promener et à discuter, prennent un goûter dans le meilleur salon de thé de la ville, font leur virée traditionnelle à la librairie que Rose adore, profitent du soleil sur la plage de galets en contemplant les gens, les cerfs-volants, les goélands… La mer est froide, mais Rose s'y baigne quelle qu'en soit la température… non sans pousser des cris à chaque vague qui s'aventure un peu trop haut sur son corps. Elle nage très loin, puis revient, au rythme des rouleaux qui la projettent en avant, se laissant aller au gré des flots et admirant le scintillement du soleil à la surface de l'eau. Rose regagne sa serviette de plage, sous les yeux attendris de sa marraine.

— Tu es un vrai poisson ! s'exclame-t-elle. Toi et moi, on se ressemble beaucoup, mais pas pour ça…

— J'adore l'eau. C'est mon élément.

— Je me demande ce qui n'est pas ton élément… Tu es aussi à l'aise sur le sol que sur la glace, ou dans l'eau… et tu as la grâce, tu le sais ça, n'est-ce pas ?

— C'est mieux, pour une danseuse ! s'esclaffe Rose, gênée par les compliments de Marie-Cécile.

— Où en es-tu de tes projets ?

— Je suis sur liste d'attente pour l'école de danse de Londres, alors… eh bien, j'attends. Ce n'est pas grave si ça n'est pas pour cette année, de toute façon.

— Tu vas continuer ton travail ?

— Je pense, oui. J'attends qu'il me le demande.

— Tu penses qu'il va le faire ?

— Oui, je crois. Il a besoin de quelqu'un et je pense qu'il est content de mon travail.

— Et cette semaine, il n'avait pas besoin de toi ?

— Eh bien… il faut tout de même que je prenne quelques jours de congés ! Je crois qu'il a prévu de rester un peu seul avec Lou. C'est une bonne chose…

Marie-Cécile sourit.

— Et les amours ? s'enquiert-elle.

— Le calme plat, rit Rose.

— Tu as tout le temps…

— Ou pas ! Disons que dans mon emploi du temps actuel, il n'y a pas de place pour être avec quelqu'un, et tu sais quoi ? Je ne m'en porte pas plus mal.

— De toute façon, ton Julian ne t'apportait pas

ce dont tu avais besoin… Tu sais ce qu'on dit : mieux vaut être seule que mal accompagnée.

— Tu as raison… mais il m'a fait grandir un peu, ce qui n'est pas plus mal. Souffrir, ça fait grandir… il le faut, parfois, non ?

— Sacrée toi, Rose… Tu es bien assez grande comme ça. Avec ce que tu as vécu quand tu étais petite… tu as pris quelques années d'avance. Quand j'y repense… Tu nous as donné une belle leçon à nous, les adultes.

— J'ai toujours la carte que tu m'avais donnée à la sortie de l'hôpital. Je la relis souvent, tu sais ?

— C'est vrai ?

La voix de Marie-Cécile s'étrangle au souvenir douloureux de cette période qu'elle a vécue presque aussi fortement que les parents de Rose. Marie-Cécile se saisit de la main de Rose et la serre fort, les yeux humides.

Il est temps de rentrer et elles prennent le chemin de la maison. C'est dimanche soir, et Marie-Cécile doit rentrer chez elle retrouver les siens qui reviennent d'un week-end de concours hippique.

*

La semaine qui suit est en demi-teinte pour Rose. Elle se sent étrangement vide. Est-ce l'incertitude qui entoure sa rentrée ? Lou lui manque. Cette prise de conscience n'est pas sans inquiétudes. Elle craint qu'Antoine ne renouvelle pas son contrat tout en se disant qu'un an de plus auprès d'eux ne facilitera pas la coupure qui s'ensuivra nécessairement un jour…

Et puis il y a la danse… Cette école, elle en rêve. Admettons qu'ils l'appellent, serait-il raisonnable d'y renoncer pour s'occuper d'un bébé ? Comment Lou pourrait-elle peser autant dans la balance, si adorable soit-elle ? Rose doit penser à sa carrière, à sa passion, tout faire pour la concrétiser. Elle veut devenir une danseuse professionnelle, danser dans une troupe, donner des cours, pouvoir chorégraphier un spectacle… Cette école londonienne peut lui apporter tout cela. Lou n'a rien à lui apporter d'un point de vue professionnel… Sa mission est temporaire, mais vaine quelque part…

Rose se sent perdue. Il lui faut savoir vite. Et s'il y avait un choix à faire, elle y repensera le moment venu.

35

Être seul avec sa fille

Antoine a décidé de ne pas choisir la facilité : au lieu de demander à sa mère ou à ses ex-beaux-parents, il a préféré relever le défi de passer une semaine complète seul avec Lou.

Comme il ne se voyait quand même pas partir en vacances avec elle, il s'est dit qu'ils resteraient tous les deux à la maison. En cas de souci, il pourrait toujours faire appel à Rose.

Tout au long de la semaine, il se remémore les gestes et les conseils, et finalement trouve qu'il s'en sort plutôt bien. Lou va avoir un an, elle aime marcher, parler, bouger… Il n'y a pas de quoi s'ennuyer. Au-delà des aspects techniques et organisationnels qu'il assume haut la main, Antoine profite de cette semaine pour se rapprocher plus encore de sa fille. Physiquement, d'abord, il se montre plus câlin avec elle. Mais surtout, il sent petit à petit que Lou prend de plus en plus de place dans son cœur. Au moins autant que dans sa vie. Avant d'être père, il ne savait pas à quoi pouvait ressembler l'amour paternel. C'était d'ailleurs un questionnement récurrent qui l'avait obnubilé pendant la grossesse de sa femme. À présent, il en a une vague idée, mais de moins en moins floue, à vrai dire. Cela a commencé avec l'épisode de bronchiolite aiguë, puis ça s'est amplifié peu à peu, sans doute grâce à Rose. Elle a su le guider dans son rôle de père, le conseiller, et a facilité, par son attitude justement dosée et par sa discrétion (voire son retrait) dans certains moments adéquats, le lien entre lui et sa fille. Ils revenaient de loin…

Antoine éprouve une grande gratitude pour Rose et se demande souvent si elle serait prête à signer pour une année supplémentaire. Il compte bien cette fois ne pas tourner autour du pot et lui poser la question à son retour de vacances.

En attendant, il passe du temps avec Lou, l'emmène à la piscine ou au parc voisin, la divertit en lançant des cailloux dans l'eau du bassin ou en imitant les canards avec lesquels il se lance dans de grandes conversations… Lou est bon public et rit de tout son cœur. Parfois, cela lui tire des larmes. Surtout quand il pense à tout ce que rate Raphaëlle. Comme ils auraient été heureux tous les trois ! Il lui arrive de se demander quel père il aurait été si elle avait été là… Il imagine, lucidement, qu'il aurait été moins présent, qu'il se serait reposé sur Raph, qu'il aurait attendu que Lou ait trois ans pour jouer avec elle… Il aurait été maladroit, et sans doute peu impliqué. Là, il n'a pas le choix… Il pense alors à cet étrange paradoxe qui fera peut-être de lui un meilleur père qu'il l'aurait été si sa mère avait été là. Mais après tout, ce ne sont que des suppositions. Il ne saura jamais ce qui se serait passé si…

*

Rose retrouve sa chambre de jeune fille au pair avec un sentiment ambivalent, ne sachant si elle y sera encore dix jours plus tard. Elle dépose ses sacs sur le lit et monte sans tarder. Elle frappe quelques petits coups à la porte en haut de l'escalier. À sa grande surprise, Antoine lui ouvre directement, la petite dans les bras et le sourire chaleureux.

— Lou et moi sommes ravis de te voir, Rose.

Elle sourit, très surprise.

— La semaine a été difficile à ce point-là ? plaisante-t-elle. C'est pour ça que vous êtes content !

— J'ai géré comme un chef.

— Je n'en doute pas, dit Rose en découvrant deux coupes de champagne sur la table de la cuisine. Je suppose que vous allez m'expliquer…

— Assieds-toi, Rose. Nous devons parler. Le champagne, c'est seulement si tu dis *oui.*

Son ton est à la fois sérieux et drôle, mais Rose aimerait savoir de quoi il retourne… même si elle a sa petite idée. Elle s'assoit. Antoine place Lou sur ses genoux. Le stratagème la fait sourire. Elle a un peu le sentiment qu'il avance tous les arguments pour qu'elle dise effectivement *oui.*

— Rose, tu n'es pas sans savoir que ton contrat expire le 31… Nous sommes le 23. J'ai besoin de savoir, et je n'irai donc pas par quatre chemins : serais-tu prête à accepter un renouvellement d'un an ?

Elle marque un temps d'hésitation qui inquiète Antoine.

— J'aurais envie de vous dire oui, évidemment, mais c'est que… je suis sur la liste d'attente pour l'école que je visais, et… enfin… je me suis posé la question toute la semaine, et je n'ai toujours pas la réponse… Vous savez comme je suis ravie de ce que je fais ici, pour Lou, et pour vous aider… D'ailleurs, je ne sais pas si je devrais dire ça… mais Lou m'a manqué, cette semaine.

— Je comprends. Tu sais que j'ai suivi une voie qui n'était pas la mienne, alors je serais bien mal placé pour te pousser à faire quelque chose qui serait contraire à ton souhait le plus profond. Je veux que tu te sentes libre de refuser… Si ton destin est ailleurs, je le comprendrai, évidemment…

— C'est vrai… La danse, c'est tout pour moi, mais… Argh, c'est cornélien.

Rose marque une pause durant laquelle elle s'imagine quelqu'un d'autre qu'elle s'occuper de Lou. Une sorte de poussée de jalousie enfle en elle. Non, c'est inconcevable. Elle a tant fait pour la petite qu'elle ne peut pas l'abandonner ainsi !

— Je vous dis oui.

— Non ? C'est vrai ? Mais… et si l'école a une place pour toi…

— Je la prendrai dans un an. Comme ça, je pourrai étudier par correspondance l'histoire de la danse cette année et prendre un peu d'avance. Et puis… Vous seriez d'accord pour que je continue à pratiquer certains soirs de la semaine et le samedi matin ?

— Évidemment. Rose, merci du fond du cœur. Champagne ?

Elle lève sa coupe vide et s'écrie : « Champagne ! »

Il emplit les verres en expliquant à Lou que Rose va rester avec eux et ils trinquent.

— À Lou !

36

Redouter un anniversaire

Est-ce la fin des vacances, le retour au travail, l'approche du 7 septembre ou tout cela à la fois ? Depuis la signature du contrat, Antoine se referme et se rembrunit. Il a à nouveau perdu le sourire, les facéties de Lou ne l'amusent plus. Il est redevenu sérieux, figé, autocentré, replié sur ses soucis, ses obligations professionnelles. Il allait mieux, il semble replonger dans les affres de son malheur. C'est une vraie régression, qui n'échappe pas à Rose, et sans doute pas à sa fille non plus.

Rapha lui manque à nouveau cruellement. Dans quelques jours, cela fera un an... Un an sans elle, comment y croire ? Ce sera la fin d'un cycle. Il aura vécu pour la première fois sans elle les quatre saisons, Noël, son anniversaire à lui, le sien à elle, les vacances et l'anniversaire de Lou... Et il faudra revivre tout ceci tous les ans. Peut-être que ce sera plus facile, mais parfois il en doute. La nostalgie et les regrets seront toujours là.

La nuit, il se réveille souvent parce qu'il l'a vue en

rêve et qu'elle était étrangement présente. Il espère parfois encore qu'il va se réveiller d'un long cauchemar, il a encore du mal à croire que tout cela soit vrai. Pourquoi elle, pourquoi lui ? Il ne se lasse pas de se poser cette question sans fin. C'est comme une litanie qui empoisonne sa vie. Elle lui manque tant… Seul dans son lit, il divague parfois dans des rêveries tendres ou érotiques. Il souffre de l'absence de sa peau et de son odeur. Il aimait tellement se lover contre elle et la respirer.

Imaginer *fêter* l'anniversaire de Lou, alors qu'il coïncide avec l'anniversaire de la mort de sa femme… C'est trop dur. Et le pire, c'est que ce sera ainsi tous les ans. Pauvre enfant… Ses passages à l'âge supérieur, censés être des moments de joie, seront toujours entachés par la perte immense qui lui est liée à jamais. Ces deux événements sont accrochés l'un à l'autre comme deux anneaux, et aucun illusionniste ne pourra les séparer…

Parfois Antoine se dit que Lou a peut-être la chance de ne pas connaître la nostalgie que lui éprouve tous les jours. C'est peut-être mieux pour elle. Après tout, même si c'est horriblement triste, sa mère est finalement une inconnue… la grande absente de son début de vie, dont elle n'a sans doute pas conscience. Peut-être que le manque lui sautera à la figure quand elle fréquentera d'autres enfants à l'école qui, eux, auront une maman.

Pour l'instant, elle a Rose, c'est déjà ça. Antoine préfère ignorer la peine que sa fille pourrait avoir le jour où elle ne travaillera plus chez eux… Mais comme elle a à nouveau signé pour un an, il a encore bien le temps de se poser la question ou de s'en inquiéter.

Ce qui pour l'instant lui mord le cœur, là, c'est ce double anniversaire funeste.

*

Rose a évidemment noté le changement d'état et d'attitude chez Antoine depuis le renouvellement de son contrat. La légèreté s'est envolée et elle se doute bien du pourquoi…

Aussi n'a-t-elle qu'un désir : faire de ce triste anniversaire un moment aussi beau et joyeux que possible. Cela fait des jours qu'elle s'interroge sur ce qu'elle pourrait préparer. Elle a pris son courage à deux mains pour demander à Antoine s'il a prévu quelque chose pour l'anniversaire de Lou. Il a dit non, un *non* fermé. Elle a proposé de s'en occuper, il a dit : « Si tu veux », sans joie, sans rien.

Rose cherche des idées, mais elles se heurtent toujours soit à une impossibilité de concrétisation (aller chez Hermance un lundi soir et revenir), soit à un risque d'indécence (elle ne se voit pas sortir les cotillons). Il faudrait trouver un moyen de fêter avec un peu de joie l'anniversaire de Lou tout en n'omettant pas de rendre hommage à celle qui lui a donné la vie. Rose souhaiterait « associer » Raphaëlle, d'une manière ou d'une autre, à l'anniversaire de sa fille… Mais elle a peur de commettre une maladresse ou un acte qui rendrait Antoine furieux… Elle est traversée par des idées tragicomiques… comme d'aller sur la tombe de Raph avec Lou et le gâteau d'anniversaire.

Trop fantaisiste, et surtout morbide. C'est tellement difficile de rendre hommage à quelqu'un qu'on ne connaît pas… Même si parfois Rose a l'impression du contraire, tant Raph reste présente dans les murs de cette maison. Mais comment trouver LA solution, sobre et sincère, mais suffisante et qui fasse plaisir aux deux ? Organiser cet anniversaire est comme résoudre un casse-tête chinois.

*

Rose a demandé à Antoine de rentrer tôt du travail… pour Lou, pour qu'ils aient du temps avant qu'elle ne tombe de fatigue et devienne ronchon. Elle a fait en sorte de décaler un peu la sieste de l'après-midi pour espérer gagner sur le début de soirée.

Antoine arrive à 18 heures. Un effort louable, dont Rose le remercie. La table est dressée pour trois et joliment décorée dans la salle à manger. Il y a des ballons, mais pas trop. Antoine esquisse un petit sourire. Cela veut sans doute dire *merci*… Il prend sa fille dans ses bras et lui souhaite un bon anniversaire. Il n'arrive pas à dire *joyeux*, et les larmes ne sont pas loin. Rose les regarde avec une sorte de tendresse. La scène est touchante. Il lui reste à poser la question fatidique… Elle ne veut pas lui imposer l'idée qu'elle a eue.

— Antoine… Avant de dîner, j'avais pensé…

Elle marche à pas de loup sur un terrain plus que glissant. En bientôt un an, ils n'ont pas souvent évoqué la mère de Lou. C'est un sujet tabou.

— Euh… Comme… Vous savez…

— Oui, je sais. Dis-moi à quoi tu avais pensé…

— Seriez-vous d'accord pour que je vous emmène avec Lou au cimetière ? demande-t-elle en grimaçant, d'un air qui craint la réponse.

Il la regarde avec étonnement. Il n'y a jamais emmené Lou, et lui-même n'y va pas très souvent. Il n'a pas besoin de ça… La dernière fois, c'était pour l'anniversaire de Raph. Est-ce qu'ils vont y souhaiter tous les anniversaires ? Et puis il se dit que ça a du sens, oui… Que c'est peut-être le bon moment pour les réunir aujourd'hui. Il craint juste de s'écrouler en larmes devant sa fille. « D'accord », dit-il finalement.

Rose gare sa voiture devant le cimetière, et prend le panier qu'elle avait mis dans le coffre. Antoine, lui, se dirige déjà à pas lents vers la tombe de sa femme, en tenant la main de la petite Lou qui vacille toujours un peu. Rose les suit de loin, puis reste en retrait. Elle les laisse seuls. Il a sans doute quelque chose à dire à Lou et à Raphaëlle et cela ne la regarde pas. Ils reviennent vers elle, Lou dans les bras de son père, visiblement ému.

— J'ai quelque chose pour vous… murmure Rose, en fouillant dans le panier. Elle leur tend deux roses blanches et un petit paquet.

Antoine pose Lou par terre, saisit les fleurs et s'étonne du choix… comme si Rose savait. Dans le paquet qu'il ouvre en tremblant, il découvre deux petits cadres identiques. Sur l'un, il y a Lou en noir et blanc. C'est visiblement un cliché très récent. Sur l'autre, il y a Raphaëlle. C'est le portrait du salon que Rose a dû prendre en photo. Antoine n'en revient pas. Il tient les cadres, un dans chaque main. Ses deux amours… Il rebrousse chemin avec Lou, les roses et les deux cadres, et fait ce que Rose avait imaginé : il dépose une rose sur la tombe et dit à Lou de faire comme lui. La petite fille jette la fleur à côté de l'autre, et Antoine pose ensuite les deux cadres. L'émotion l'étreint un peu plus quand il regarde la mise en scène ainsi réalisée. Il prend sa fille dans ses bras et enfouit son visage dans son cou pour mieux y cacher son chagrin. Un an… et ils sont là tous les trois. C'est un moment à la fois triste et intense. Un moment de communion, qu'il n'aurait jamais imaginé ou cru possible. Au bout d'un certain temps, il repart vers la sortie du cimetière où Rose les attend. Le regard qu'il lui lance est indéniablement un *merci*.

Rose sourit. Il semblerait qu'elle ait accompli la mission qu'elle s'était donnée.

Ils rentrent à la maison et s'attablent pour fêter comme il se doit la première année de Lou. Rose s'est surpassée, au regard de ses capacités culinaires… et pour le dessert, elle a tenté la tarte aux pommes d'Hermance, délicate attention qui n'échappe pas à Antoine. Il ne lui dit pas qu'elle est moins réussie que l'originale.

Il aide Lou à souffler sa bougie, sous l'œil de Rose qui continue sa collecte de photos. D'ailleurs, en plus d'un lot de cubes en bois gigognes, elle offre à Lou un album. À l'intérieur, rangées en ordre chronologique et joliment présentées, il y a une centaine de photos de l'année écoulée. Un cadeau autant pour Lou plus tard que pour Antoine aujourd'hui. Il ne sait pas quoi dire, a du mal à articuler un *merci*.

C'était sans aucun doute un anniversaire réussi… en tout point.

37

Recevoir ses beaux-parents

Le lendemain de l'anniversaire de Lou, Pierre et Marie, les parents de Raphaëlle, ont téléphoné à Antoine. Ils voulaient passer pour l'anniversaire, et il les a invités, s'y sentant obligé. Il ne les a pas vus depuis les vacances de Noël, et les coups de fil se font assez rares depuis. Néanmoins, ce sont les grands-parents de sa fille, et il se doit de les accueillir, même si son envie à lui est très mesurée.

Le samedi suivant, ils sont donc là. Antoine a convenu avec Rose qu'elle devrait rester « dans ses appartements » et se sentir libre de profiter de son temps à l'extérieur.

Marie ne manque pas de faire remarquer dès son arrivée qu'elle trouve la maison moins bien rangée qu'avant. On peut en effet déplorer la présence de quelques livres traînant sur la table du salon et de jouets de Lou un peu partout. Antoine préfère ne pas relever. Il compte bien éviter les ennuis avec eux, mais il suppose que sa patience risque d'être quelque peu mise à mal… Il ne faudrait pas trop le titiller.

Après le repas de midi, ses ex-beaux-parents se rendent au cimetière. Ils en reviennent les yeux humides et rougis. Antoine éprouve de la pitié pour eux, mais elle est vite relayée par une forme de colère quand Marie lui dit :

— Nous avons refleuri la tombe. J'avais apporté des bouquets. J'ai jeté deux roses fanées, au passage. Elles ne ressemblaient plus à rien et elles dénotaient trop. Ah, et puis… c'est quoi ces cadres ? Que vient faire Lou sur la tombe de Raphaëlle ? Quelle drôle d'idée… Tiens, je te le rends. J'ai laissé l'autre.

Antoine se crispe et serre les mâchoires. De quel droit… Mais il ne dit rien, attrape le cadre qu'elle lui tend et le pose sur le buffet. Il appréhende déjà la suite du week-end et n'a plus qu'un souhait : qu'ils s'en aillent. Ils ont soufflé la première bougie de Lou, offert leur cadeau, sont allés se recueillir sur la tombe de leur fille… Pourquoi prolonger leur séjour ? Antoine voudrait être tranquille, ne pas avoir à leur parler, à cuisiner pour eux, à faire bonne figure. Et puis Marie en fait trop, avec Lou. Les « ma chérie » à tout va, cela l'insupporte.

*

Dimanche matin. Ils prennent le petit déjeuner. Ils n'ont déjà plus grand-chose à se dire, visiblement. C'est alors que Lou s'approche de la porte qui donne sur l'escalier, en criant :

— Yo, Yo !

— Qu'est-ce qu'elle dit ? demande Marie, amusée.

— Elle appelle Rose, explique Antoine.

— Rose ? Ta baby-sitter ? Tu la caches dans le garage ! se moque-t-elle gentiment.

— Rose est jeune fille au pair. Elle loge dans le studio, voilà tout.

Marie plisse les yeux comme s'il y avait anguille sous roche, alors que Lou continue d'appeler Rose.

— Vous vivez ensemble ?

— On ne vit pas ensemble, elle vit ici, au rez-de-chaussée, ce n'est pas pareil. Cela facilite mon quotidien… Enfin, Marie, vous savez bien que je travaille énormément…

— À qui le dis-tu… Combien de fois Raphaëlle s'est plainte de tes absences… lâche-t-elle avec un ton de reproche.

Antoine ouvre de grands yeux. Cette attaque *post-mortem* visant à le culpabiliser n'a aucun fond de vérité : sa femme aussi travaillait avec acharnement. La mauvaise foi de son ex-belle-mère commence à l'irriter sérieusement. D'autant qu'il sait déjà qu'elle ne va pas lâcher si vite le morceau « Rose »…

— Et Lou la réclame comme ça ?

— C'est normal… Elle passe beaucoup de temps avec elle et elle y est attachée. Un enfant a forcément un lien particulier avec la personne qui s'en occupe, que ce soit sa nourrice, ou…

— Sa mère ! Lou risque de croire que Rose est sa mère…

— Mais pas du tout ! Vous dites n'importe quoi…

— Qu'elle la remplace, alors… C'est presque pareil, rugit la grand-mère. Que va-t-il se passer quand elle ne sera plus là ? Elle va vivre un second abandon… Et puis c'est malsain…

— Malsain ? Vous plaisantez… Que voulez-vous insinuer ?

— Antoine, tu es aveugle ou quoi ? Vous avez une vie de famille, tous les trois, alors que vous n'en êtes pas une ! Cette Rose a pris la place de ma fille, et tu ne t'en rends même pas compte !

— C'est faux… Vous ne savez même pas de quoi vous parlez.

— Ah oui ? C'est peut-être très clair pour toi, encore que… mais pour Lou ? Que veux-tu qu'elle comprenne ?

— Et que me suggérez-vous ? rétorque Antoine.

— Tu devrais la mettre à la crèche. Il y en a qui ont des horaires très élargis…

— Ah oui ? Admettons. Et quand je pars en voyage d'affaires ?

— Ah, parce que tu laisses Lou à cette fille plusieurs jours d'affilée, ici, seule chez toi ? Mais c'est insensé ! explose Marie.

— Je crois que vous allez devoir rentrer chez vous plus vite que prévu, Pierre. Je ne laisserai pas votre femme me parler sur ce ton et me faire la morale. Je vis comme je l'entends et je n'ai aucune raison de me justifier.

— Tu salis la mémoire de Raphaëlle… murmure Marie, les yeux rageurs.

— Je vous interdis de dire ça ! Et maintenant, vous sortez de chez moi. Vous entendez ? Dehors ! hurle-t-il en leur indiquant le chemin d'un grand geste autoritaire.

Sa belle-mère paraît offusquée d'être traitée ainsi, son beau-père demeure neutre et docile, sans expression. Ils se lèvent, disent au revoir à Lou et quittent la maison sans un au revoir pour Antoine, qui reste sur sa chaise, abasourdi.

Il est si énervé qu'il ressent un besoin de grand air et de courir. Mais Rose n'est pas là… Il frappe à la porte de ses voisins, qui sont encore en pyjama, demande à Mélanie s'il peut lui confier Lou une petite heure, ce qu'elle accepte volontiers.

Il rentre chez lui, trouve avec beaucoup de peine une tenue de sport (jogging défraîchi, T-shirt délavé et vieilles baskets), et part vers le parc municipal pour tenter un footing autour du lac. Il risque d'en baver, mais il a besoin d'évacuer sa rage.

« C'est n'importe quoi… » se répète-t-il en boucle.

38

Aimer sa vie

Cela fait pile un an que Rose est au service d'Antoine et veille sur Lou. Elle s'en fait la réflexion. Comme le temps passe vite ! Il lui semble qu'elle a vécu une année riche… mais riche de quoi ? Il lui semble surtout qu'elle croyait perdre et qu'elle a plutôt gagné… Perdre Julian, s'éloigner de ses propres projets en s'écartant du chemin qu'elle s'était tracé… Et finalement, elle se sent mieux, presque comblée. Sereine, et surtout utile. Elle compte dans la vie d'une petite fille et de son papa. C'est comme si elle faisait une bonne action tous les jours. D'ailleurs, après l'anniversaire de Lou, Antoine lui a dit quelque chose qu'on ne lui avait jamais dit : qu'elle est une fée. Il était vraiment très touché de ce qu'elle avait organisé. Elle avait mis dans le mille, elle avait réussi à faire de ce moment doux-amer un joli moment malgré tout, qui resterait un souvenir émouvant à garder.

Rose a rempilé pour un an. Parfois, elle se dit qu'elle ferait bien une année supplémentaire ensuite, pour accompagner Lou jusqu'à son entrée à l'école.

Elle pourrait repousser encore d'un an sa propre entrée à la *Dance School*. Après tout, qu'est-ce qu'un an dans une vie ? À vrai dire, elle appréhende déjà le jour où elle devra dire au revoir à Lou, le jour où elle ne vivra plus ici, en tout cas.

Elle a aussi bien aménagé son studio que son emploi du temps. Elle continue de courir régulièrement, et sourit de constater qu'Antoine s'y est mis aussi… C'est elle qui lui montre l'exemple, qui le conseille. Mais il a du mal… La reprise est difficile. Une seule fois, ils se sont offert le luxe d'aller courir ensemble, en laissant Lou chez Cédric et Mélanie, qui semblent d'ailleurs très sympathiques à Rose. Antoine a souffert le martyre, mais elle l'a encouragé et il a réussi à faire le tour du parc en bas de chez lui. Il était dans un tel état après qu'elle n'a pas pu s'empêcher de rire. Elle aurait pu faire trois tours de plus, elle était encore en pleine forme. Il semblait consterné, elle l'a rassuré : il n'y a que l'entraînement qui compte, plus il courra, plus ce sera facile et plus il aura plaisir à le faire… Un cercle vertueux.

Et puis, il y a la danse… Cela fait environ six mois que Rose pratique près de chez Antoine dans un centre de danse et de fitness. Elle assiste à tous les cours qu'elle peut : modern jazz, hip hop, jam, mais surtout danse contemporaine. Quelle que soit la discipline, elle éprouve le plaisir du mouvement, la symbiose avec la musique, la joie de danser avec les autres et de former un ensemble énergique et gracieux, esthétique si possible. Quand tous exécutent les mêmes mouvements avec l'exactitude et la précision attendues, il y a toujours un moment où l'on frise la magie. Rose aime intensément danser. Quand elle était toute petite, elle faisait de la danse classique. Ensuite, elle s'est tournée vers le patin à glace. Allier la danse et la glisse, c'était merveilleux. Elle aimait prendre de la vitesse, sentir le souffle glacé sur ses joues et s'élancer pour tenter un saut, quitter le sol et tourner en l'air. Elle passait des heures à regarder les compétitions de danse et de patinage artistique, et rêvait... Un jour, elle pourrait être une de ces danseuses magnifiques dans une tenue scintillante. Le rêve a pris fin quand il a fallu fréquenter les hôpitaux plus que les patinoires.

Elle a rechaussé les patins par la suite, mais ce n'était plus pareil. Il restait le plaisir seul, totalement dénué d'espoir de gloire. Depuis son entrée au lycée, elle n'a plus patiné. Bizarrement... Tout ne s'explique pas toujours.

Elle s'est mise au modern jazz en terminale et y a pris goût. Marie-Cécile, qui en faisait quand elle était plus jeune, lui en avait parlé, un soir où elles étaient allées en discothèque toutes les deux.

Pendant ses études de lettres, Rose est souvent allée voir des spectacles de danse dans des salles parisiennes ou en banlieue, des ballets classiques aussi bien que contemporains, et même du hip hop. Cela a été une révélation et, à force de fréquenter ces endroits et de regarder ces danseurs de talent, elle a ressenti le besoin de changer de voie et de se tourner vers un métier en lien avec la danse. Elle a cherché des écoles, et son choix s'est tourné vers celle de Londres. Elle devait d'abord terminer sa licence, mais après... ce serait une nouvelle aventure à commencer.

Elle rêvait de danser avec une troupe et, un jour, de devenir chorégraphe. Elle laissait à Charlotte le soin de continuer sur la voie des lettres et devenir professeur de français. Finalement, Rose n'en avait plus envie. Ce qu'elle voulait, c'était DANSER.

39

Arbitrer

C'est un soir de semaine comme un autre. Un soir d'automne humide. Rose descend dans son studio pour y finir la soirée après le dîner. Elle a prévu de lire. Quand elle jette un coup d'œil à son portable, il apparaît surchargé d'appels manqués et de messages de Manon. « Qu'est-ce qu'il se passe encore… » songe aussitôt Rose. Manon insiste rarement autant, elle a forcément quelque chose d'important à lui dire.

Rose l'appelle.

— Oh, Rose, tu en as mis du temps !

— Excuse-moi d'avoir une vie ! s'exclame-t-elle. Tu sais bien que je laisse mon téléphone dans ma chambre quand mon patron est là… Qu'est-ce qui se passe ?

— J'ai fait une big connerie…

— Vas-y, raconte. Je suis tout ouïe.

— Hier soir, on était au *Welsh*, avec Vincent. On pensait qu'on serait rejoints par au moins quelqu'un de la bande. Mais non, personne ! Tu sais comme je ne suis pas toujours à l'aise, avec lui… avec son air pas commode, genre intello qui fait semblant de pas l'être, tu vois… Moi, avec mes complexes d'infériorité à la con, je ne me sentais pas hyper bien, alors bah… J'ai bu un peu trop de bière, quoi. Comme ça, je n'étais pas inintéressante pour rien…

— Arrête, Manon… Bon, et alors ?

— Alors, je lui ai fait mon petit numéro de charme, enfin tu vois… J'avais un peu oublié qui j'avais en face… et puis… ça reste un mec… Bref, on a fini chez moi.

— Et ?

— Mais tu le fais exprès, ou quoi ? On a couché ensemble, voilà… Évidemment…

— Évidemment ?

— Il est pas venu pour enfiler des perles, et je t'ai dit que j'avais fait une connerie… donc tu te doutes bien !

— Sacrée Manon ! Avec tous les mecs que tu croises tous les jours, il a fallu que tu choisisses celui-ci…

— Je ne l'ai pas choisi, se défend Manon.

Un silence passe, pendant que Rose réfléchit.

— Mais… c'était hier soir ? demande-t-elle tout à coup.

— Oui…

— Pourquoi tu ne m'as pas prévenue juste après ?

— Bonne question ! Tu es vachement perspicace. Parce que… euh… En fait, ça a duré toute la nuit, et…

— Il ne faudrait pas que Charlotte l'apprenne… glisse Rose.

— Oui, eh bien, justement… C'est là que ça part en cacahouètes…

— Explique, dit Rose que tout cela fatigue un peu.

— En fait, on s'est endormis au petit matin, et du coup, il n'est pas allé à la fac… et moi, pas au travail… Je te passe les détails sur le numéro que m'a fait ma patronne cet aprèm, mais bon… Charlotte a appelé Vincent quand il était chez moi.

— Elle ne pouvait pas savoir qu'il était chez toi…

— Euh, non… Mais disons que, euh… quand je suis allée ce soir au *Welsh* lui rendre son portable (parce que, cet idiot, il l'avait oublié), elle était là… Et faut pas avoir fait l'ENA pour comprendre…

— Je vois que tu as été d'une parfaite discrétion…

— M'en parle pas… non, mais je sais, je suis un boulet. En même temps, ça fait plus de deux ans qu'elle est secrètement amoureuse de lui, et il ne se passe rien, alors…

— C'est une raison ?

— Non, concède-t-elle.

— Manon, je t'aime beaucoup, mais tu abuses, parfois… Ce n'est vraiment pas délicat ce que tu as fait…

— Je crois que j'avais trop bu…

— Ce n'est pas une excuse. Ne me dis pas que tu ne savais pas ce que tu faisais ! C'est trop facile…

— Je sais, pardon.

— Ce n'est pas à moi que tu dois le dire ! s'exclame Rose avec fermeté.

— Oui…

— Appelle-la, et ne te défile pas !

Sur ce, Rose raccroche. Cette nouvelle improbable lui fait de la peine. Depuis leur deuxième année de fac, le cœur timide de Charlotte vibre pour l'ambivalent Vincent dans le plus grand secret… Lui ne s'en doute pas du tout, en tout cas, et il ne vaudrait mieux pas qu'il le sache – cela risquerait d'être très gênant pour Charlotte.

*

Depuis cette affaire, et malgré les efforts de Rose, le groupe a volé en éclats. Déjà mis à mal depuis sa rupture avec Julian, ce qui avait sabordé quelques fondations, il n'a pas résisté à la trahison de Manon envers Charlotte, qui non seulement n'a plus voulu voir cette dernière, mais s'est sentie également affreusement mal sur les bancs de la fac à seulement quelques places de Vincent. Cela fait donc des semaines que le *Welsh* n'est plus leur QG et que Rose doit se partager le week-end entre ses deux amies.

« Décidément, tout change… » se dit Rose tout en se demandant ce que lui réserve l'avenir.

40

Se laisser porter

Antoine passe les mois d'automne avec un moral en dents de scie. Parfois, il se sent plutôt bien, parfois il sent qu'il trébuche et qu'il tombe. Alors il renoue pour un temps avec les somnifères qui lui épargnent les cauchemars. La course à pied lui apporte un bien-être étonnant, mais de trop courte durée. Il avait oublié ce que le sport procure au corps et à la tête. Il profite de la saison des feuilles qui tombent pour s'entraîner régulièrement, deux à trois fois par semaine. Il a investi dans une vraie tenue de coureur, avec bandes fluorescentes, et même une lampe « phare » pour courir de nuit, après le travail. Rose salue ses progrès. Il s'est promis qu'un jour, au printemps peut-être, il courrait plus vite et plus longtemps qu'elle.

Leur vie est rythmée par son travail, Lou et leurs activités sportives respectives. Ils sont dans un certain train-train pas déplaisant. Ils ont trouvé une sorte d'équilibre, enfin Rose plus que lui, visiblement. Tout glisse sur elle, elle semble n'avoir jamais de peine ou de soucis, ou bien ne le fait pas voir. D'humeur égale, elle est aussi souriante que reposante. Cela apaise Antoine, qui sait pouvoir compter sur elle, plus que jamais. Il se moque bien de savoir s'ils vivent trop comme une « famille », comme a dit sa belle-mère. Il reste sans nouvelles depuis leur conflit ouvert et ne s'en porte pas plus mal. Il n'a pas du tout envie que ses beaux-parents se mêlent de sa vie, et il sait qu'il n'ira pas chez eux à Noël. D'ailleurs, comme un pied de nez à leur égard, il souhaite trouver un moment pour fêter dignement Noël tous les trois, lui, Lou et Rose.

Il aimerait rendre visite à Hermance, mais cela fera un peu court, alors il projette avec celle-ci et dans le plus grand secret d'y passer une semaine entière aux vacances d'hiver. Sa grand-mère en est enchantée. Et lui aussi… Quand il repense à la semaine passée chez elle l'été dernier, il se dit qu'il a vécu là-bas les meilleurs moments de l'année écoulée.

*

Le soir du réveillon de Noël, ils sont tous les trois dans le salon, autour du sapin qui pétille et que Lou ne cesse de regarder avec des yeux émerveillés. C'est jeudi soir. Demain matin, Antoine partira à Bordeaux pour fêter Noël chez ses parents, où il retrouvera son frère qui est de passage après deux ans d'absence. Antoine a prévu d'y passer trois jours avant de laisser Lou, qui prolongera son séjour avec sa grand-mère. Quant à Rose, elle prendra la route pour Fécamp, où elle passera une semaine de vacances avec toute sa famille. Au début, Antoine ne pensait pas réveillonner ainsi à trois chez lui le 24 décembre, mais c'était plus pratique de faire ainsi. Rose ne reviendra que le 3 janvier…. un peu tard pour les cadeaux.

Ils sont là, au pied du sapin. Peu importe que le Père Noël ne passe officiellement que cette nuit, Lou est bien trop petite pour comprendre la supercherie. Ce qu'elle voit, ce qu'elle veut, ce sont tous ces cadeaux, dont elle déchire avec énergie les papiers bariolés. Il y en a partout. Son père la gâte énormément, Rose lui offre aussi un magnifique ours polaire presque plus grand qu'elle. Après tous ces déballages, il reste deux petits cadeaux. Rose et Antoine s'interrogent du regard. Ce doit être le cadeau qu'ils ont choisi l'un pour l'autre sans se le dire. Intriguée, Rose ouvre le sien. C'est un collier, simple et élégant. Antoine découvre une écharpe douce et colorée. Ils se remercient, vite interrompus par Lou qui veut s'amuser avec ses nouveaux jouets.

*

Antoine passe la soirée du 31 avec Cédric et Mélanie. Même lieu, mêmes personnes que l'année précédente, mais état d'esprit différent. Peut-être même a-t-il pris la bonne résolution de cesser de déprimer… En tout cas, pour la première fois depuis très longtemps, il ressent au fond de lui une once d'optimisme. L'année à venir sera meilleure, à n'en pas douter.

Il profite donc de la fête, sous les yeux rassurés de ses amis.

— Que peut-on te souhaiter pour cette nouvelle année ? lui demande Mélanie peu après minuit.

— Oh… pas grand-chose… D'aller mieux ? demande-t-il.

— Mais ça va, là, tu gères ? Enfin, il me semble que tu es en voie de guérison… non ?

— Oui, oui, on peut dire ça.

— Peut-être même que tu serais prêt à rencontrer quelqu'un… glisse-t-elle sur le ton de la confidence.

— Alors là, non, je t'arrête tout de suite… Je ne suis pas du tout prêt. Elle est encore là, tu vois… dit-il en montrant son cœur, et elle va y rester encore un moment, crois-moi…

— Si tu le dis…

— Et moi, qu'est-ce que je peux vous souhaiter ? demande-t-il pour changer de sujet.

— Que la FIV fonctionne ? Oui, ça, ce serait bien…

— Alors je lève mon verre à la réussite de votre FIV et pour un beau bébé dans l'année.

— Merci, Antoine. Ça ferait un copain pour Lou…

Il acquiesce et va vérifier dans la chambre de ses amis que la petite dort bien. Il en profite pour déposer un baiser sur la joue de sa fille et lui murmurer un tendre « Bonne année, ma chérie ».

*

Rose passe la Saint-Sylvestre dans sa famille. Comme son groupe d'amis a éclaté, elle n'est pas rentrée à Paris pour célébrer le passage à la nouvelle année avec eux comme l'an dernier. La fête bat son plein. Marie-Cécile enflamme la piste de danse sur ABBA, et exhorte les autres à l'imiter pour créer une chorégraphie. Avant de les rejoindre sur *Lay all your love on me*, Rose jette un œil à son portable pour découvrir ses derniers textos. Parmi ceux qu'elle découvre, il y en a un qui la surprend et qui lui fait plus plaisir que les autres : *Bonne année, Rose, et merci d'être là*. Elle sourit avec un brin de mélancolie. En vérité, elle se languit de rentrer à Paris. Elle hésite sur la formulation de sa réponse et finit par opter pour *Je vous souhaite une aussi belle année que possible*. Puis elle rejoint parents, oncles, tantes et cousins sur la piste de danse, le sourire aux lèvres. La danse, il n'y a que ça de vrai.

41

Profiter des sports d'hiver

Antoine et Rose sont dans le salon, auprès de la cheminée. Il n'est pas très tard, mais Hermance les a abandonnés pour aller se coucher. Cela fait déjà quatre jours qu'ils sont arrivés chez elle. Quatre jours qu'ils profitent du grand air, enfin surtout lui. Rose s'occupe avant tout de Lou pendant qu'il renoue avec les joies du ski.

— C'est incroyable à quel point je n'ai pas trop perdu... Bon, je suis sans doute plus prudent et je vais moins vite, mais je me débrouille. Et puis retrouver ces sensations... C'est divin.

— À ce point ? le taquine-t-elle.

— Oui, d'ailleurs, je me demande comment j'ai pu m'en priver toutes ces années...

— C'est donc le début d'un retour aux sources...

— Pour être honnête, je crois que j'avais perdu le contact avec tout ça. Sans même m'en rendre compte, c'est idiot. Parfois, j'y pensais, bien sûr, mais comme à de vieux souvenirs révolus, comme si j'avais tourné la page, qu'elle appartenait au passé. Alors qu'au fond...

je suis sûr qu'inconsciemment ça me manquait. J'en ai même la preuve: il m'arrivait de temps en temps d'en rêver la nuit!

Rose sourit. Antoine est différent ici, comme l'été dernier. Il s'ouvre et paraît beaucoup plus épanoui. Est-ce dû au lieu lui-même, chargé de souvenirs, ou bien au simple fait d'être en vacances loin du quotidien?

— Hermance m'a proposé, tout à l'heure, de garder Lou... au moins demain. Elle m'a dit: «Il faut que Rose en profite aussi.»

— J'adore votre grand-mère...

— Je crois que c'est réciproque, concède-t-il. Mais elle a raison: à part ta petite balade en raquettes dans la vallée, tu n'as pas beaucoup profité. Tu n'aimes pas skier?

— Si, mais je ne suis pas experte, s'esclaffe-t-elle. À vrai dire, je n'en ai fait qu'une fois dans ma vie, je vais vous retarder...

— Pas grave. Il y a aussi de gentilles pistes là-haut, au Chinaillon. À moins que tu ne préfères le ski de fond? Toi qui aimes marcher... c'est de la rando à ski.

— Pourquoi pas, ce sera peut-être plus dans mes cordes pour commencer...

— Alors on fait comme ça: demain matin, ski de fond, et demain après-midi, ski alpin. Et puis... ce serait bien aussi de faire un tour à la patinoire de La Clusaz avant la fin de la semaine... qu'en dis-tu? On aura presque tout fait, comme ça.

— C'est un très bon programme. Merci, Antoine.

Il lui sourit. Il est content de lui faire plaisir, et puis ce n'est pas tout: faire du ski tout seul, c'est vite lassant… Il a envie de partager les joies de la neige avec elle.

*

Ils ont dégoté au fond d'une armoire ancestrale dans la cave d'Hermance une vieille combinaison de ski, voyante et très démodée qui les a beaucoup amusés, et plusieurs paires de skis de fond.

Le matin, ils ont fait l'aller-retour jusqu'au village. Environ dix kilomètres presque plats. Il faisait froid et la neige tombait un peu. Rose a trouvé cela féérique. Ses yeux pétillaient comme ceux d'une enfant qui découvre les flocons pour la première fois. Elle en avait aussi l'espièglerie, et n'a pas résisté à la tentation de provoquer Antoine en lui lançant une boule de neige, signal d'un combat acharné, dans lequel elle a fini à genoux, terrassée par les boulets blancs qu'Antoine, également retombé en enfance l'espace de quelques instants, lui tirait à bout portant.

*

Le téléski les a ensuite déposés en haut d'une petite piste verte que Rose s'apprête à présent à descendre, sous le regard attentif d'Antoine, qui lui suggère quelques conseils avisés. Mais difficile de rivaliser avec son aisance. Il a fière allure sur ses skis. Cela change du costume-attaché case. Il est clairement dans son élément… si loin des bureaux et des affaires…

Rose peine au début et chute régulièrement, mais elle s'accroche et peu à peu gagne en assurance. Ils finissent la journée sur une piste plus difficile, sur laquelle Antoine ne peut s'empêcher de frimer, sous les yeux amusés de Rose. Il descend à toute vitesse, reprend le télésiège pour la doubler tout schuss, ce qui fait éclater de rire celle qui s'arrête régulièrement pour calculer l'angle de son virage et sa trajectoire, pour admirer le paysage ou chercher un chamois sur les rochers surplombant la piste.

Ils reviennent chez Hermance rincés, mais heureux et plus complices que jamais, expliquant par le menu leurs aventures à la grand-mère d'Antoine, qui rit à chaque anecdote. Dans ces moments, on ne saurait croire qu'il est son patron et elle son employée.

*

Antoine et Rose arrivent sur la patinoire de La Clusaz. Il y a du monde, mais pas trop.

— Au moins, là, je pense que nous allons être sur un pied d'égalité. Je sais patiner, comme tout le monde…

— Ah, oui, peut-être… fait-elle en souriant, songeant en son for intérieur que l'occasion est trop belle de lui montrer ce dont elle est capable sur des patins.

Ils commencent à glisser tranquillement. Antoine est plutôt à l'aise, et gagne petit à petit en vitesse, mais semble étonné qu'elle le suive encore. Une lueur interrogative brille dans ses yeux. Rose lui répond par un sourire qui dit en substance « Ah ! tu ne t'attendais pas à ça, et encore… tu n'as pas tout vu… ».

Elle le laisse filer devant, pour entamer un tour en marche arrière. Elle le voit au loin qui se retourne et le devine plus étonné encore. Finalement, il s'arrête près de la rambarde pour mieux la regarder. Elle enchaîne glisse avant et glisse arrière, transitions légères et variations de mouvements, élève les bras légèrement pour s'équilibrer et maîtriser sa vitesse, tente par moments de petits tours sur elle-même et de petits sauts. Toujours soucieuse de la sécurité des autres, elle parvient à patiner comme si elle était seule sur la glace, avec une aisance et une grâce qui subjuguent littéralement Antoine. S'il s'attendait à ça… Il se demande bien qui est cette fille qui patine. Il y a tant de choses qu'elle ne lui a pas dites, par pudeur, discrétion ou respect hiérarchique, et parce qu'il n'est que son patron, sans doute. Il s'arrache à ses pensées quand elle déboule devant lui avec un dérapage contrôlé et un sourire triomphal aux lèvres qu'il ne lui connaît pas. Oui, elle paraît fière de son coup…

— Je ne te connaissais pas ce talent…

— Je ne savais pas que je l'avais encore, s'excuse-t-elle. Je faisais du patin quand j'étais petite. J'ai arrêté… Maintenant, je danse, mais plus sur la glace.

— Impressionnant.

— On y retourne ?

Ils font quelques tours avant de quitter la patinoire. Il imprime le rythme, Rose reste sobrement à ses côtés. Elle a eu son moment à elle. C'était intensément plaisant de retrouver la joie de glisser harmonieusement sur la glace, et surprendre Antoine a ajouté un petit plus non négligeable.

*

Lorsqu'ils reprennent la route vers Paris, ils sont tous les deux regonflés à bloc. Ou plutôt tous les trois. Lou n'arrête pas de babiller jusqu'à ce que le sommeil finisse par l'emporter. Quand elle dort, rien ne pouvant la réveiller, Antoine s'autorise à allumer la radio. Dès les premières notes de *Modern love*, Rose se met à agiter la tête ; très vite, c'est comme si le génie de la danse prenait possession d'elle : elle se met à bouger en rythme sur son siège, laissant ses bras créer une chorégraphie toute personnelle. Antoine croit halluciner, il n'a jamais vu quelqu'un danser dans une voiture. En tout cas pas comme cela. Il y a chez Rose quelque chose de profondément vivant. Il se demande d'où lui viennent sa fantaisie et son appétit de vie. Il la trouve différente de la plupart des gens. Il ne s'agit pas seulement de l'insouciance de la jeunesse, c'est plus profond…

Parfois il envie sa liberté, son grain de folie. Rose semble avoir des ailes et devant elle tout le champ des possibles, alors que lui se sent cerné, enfermé dans une vie qu'il n'a qu'en partie choisie. Avant, il ne se posait pas toutes ces questions, il avançait sur les rails de son existence. Tout simplement. Bizarrement, il ne s'est jamais autant interrogé sur son avenir que durant cette semaine à la montagne. Quelle est sa marge de liberté à présent ? A-t-il encore prise sur les événements futurs, ou bien va-t-il se contenter de subir et enterrer définitivement ses rêves de jeunesse ? Dans quelques petites années, il aura quarante ans… Un jour viendra où il sera trop tard…

42

Être troublé

Le calendrier a beau n'indiquer que le début du mois de mars, la nature se croit déjà au printemps. Les arbres se sont parés de fleurs et partout des explosions de blanc, de rose, de jaune régalent les yeux des promeneurs.

En ce samedi soir, Antoine a invité Mélanie et Cédric à dîner chez lui. Il leur a demandé si cela les ennuyait que Rose se joigne à eux. Ils ont répondu « Non, quelle question ! ». En tout cas, ils n'ont pas eu l'air surpris. Ils ont certes déjà croisé Rose à plusieurs reprises, le temps d'échanger quelques banalités, mais ils ne la connaissent pas vraiment. C'est l'occasion.

Ils passent une excellente soirée. Lou, dans une forme divine, s'est chargée de l'animation avant le repas ; à présent qu'elle dort, ils s'attablent enfin et discutent dans le calme. Rose est soudain intimidée par les questions qu'on lui pose. Ils s'intéressent à elle, mais cela la met mal à l'aise. Une quinzaine d'années la séparent d'eux, et elle le ressent. Tous travaillent, et leurs préoccupations ou leurs centres d'intérêt ne sont clairement pas les siens. En début de soirée, c'était plus facile grâce aux pitreries de Lou... Cependant, elle trouve intéressant de découvrir son patron dans un contexte amical. Il est différent, plus ouvert et plus souriant qu'en famille. Plus vivant. Depuis les vacances à la neige, il y a un mois, il semble aller beaucoup mieux. Les jours avec sont désormais plus nombreux que les jours sans. Il paraît sur la bonne voie. Comme si la vie lui paraissait enfin plus facile.

Mélanie se lève, verre à la main, pour une grande annonce : elle est enceinte. Antoine la félicite chaleureusement avant de la prendre dans ses bras, sincèrement heureux pour elle, pour eux. Cédric a les larmes aux yeux. Rose comprend que ça n'a pas dû être simple, tant l'émotion autour de la table est palpable. Elle réalise à cet instant que ce soir, en un sens, elle occupe la place de Raphaëlle, et que cela doit leur paraître étrange. Visiblement, ils devaient former ce genre de quatuor d'amis complices qui vivent en parallèle des vies assez semblables et partagent ensemble les événements de l'existence, bon an mal an. Au fil de la soirée, et aidée par un Antoine plus sociable que jamais, Rose parvient néanmoins à se détendre et à profiter du moment. Elle se surprend même après le repas à trouver tout naturel de passer au salon pour continuer la soirée en buvant du champagne (si ses amis la voyaient !). La conversation s'oriente vers les vacances, et Cédric et Mélanie en viennent à questionner Antoine et Rose sur leur séjour dans les Alpes. Tous deux s'animent à l'évocation de leurs souvenirs.

— Rose est incroyable ! Si vous la voyiez patiner...

Et Antoine de décrire la scène de la patinoire. Mélanie et Cédric ne peuvent la voir évoluer sur la glace, mais ce qui leur saute aux yeux et dont ils reparleront de retour chez eux avec un tendre amusement, c'est la complicité qu'il y a entre ces deux-là.

*

Antoine a prévu de déjeuner avec un ami qui travaille comme lui dans une société de cosmétique. Ils ont pour habitude, quand leurs emplois du temps le leur permettent, de se retrouver dans un petit restaurant à mi-chemin de leurs deux bureaux. Ils doivent discuter d'un prochain voyage commun aux Pays-Bas. Antoine est déjà attablé quand arrive Sébastien, en galante compagnie.

— Antoine, je suis désolé de te prendre de court, mais ma direction m'a attribué aujourd'hui une nouvelle collaboratrice et me voilà condamné à l'inviter à se joindre à nous ! feint-il de s'excuser, manifestement ravi de cette « condamnation ». Je te présente Jeanne Chambert.

Antoine se lève pour serrer la main qu'elle lui tend. Sébastien et sa collaboratrice s'assoient en face de lui. Sans qu'il se l'explique, Jeanne le trouble instantanément. Il faut dire que c'est une belle femme. Sourire charmeur, silhouette élancée, allure chic en jupe tailleur, chemisier cintré et talons hauts qu'elle maîtrise avec un art consommé. Une parfaite *working girl.* Antoine se sent gauche, presque bête, se met à bafouiller… Un vrai crétin. Heureusement, la conversation prend rapidement une tournure professionnelle et les sujets très sérieux qu'ils abordent lui permettent de se ressaisir.

Ils attendent leurs cafés quand Sébastien, contraint de répondre à un appel urgent – le boulot, désolé –, doit quitter la table. Antoine est soudain à nouveau très mal à l'aise et près de suffoquer. De l'air… Il boit un verre d'eau pour dissiper son malaise, manque de s'étrangler. Que lui arrive-t-il ? Il ne se souvient pas d'avoir déjà vécu quelque chose de similaire… Enfin… non, c'est impossible… Quand il avait rencontré Raphaëlle à une soirée chez des amis communs, elle lui avait instantanément tapé dans l'œil, mais elle ne lui avait pas fait perdre tous ses moyens… Pas comme ce midi…. Il lui avait fait une cour assidue pendant des semaines… La belle voulait des preuves de son sérieux. Mais cela avait été différent, plus progressif.

Est-ce le fait du charme érotique de Jeanne, de sa propre abstinence ces derniers mois ? Un effet conjoint des deux facteurs ? Toujours est-il qu'Antoine est profondément troublé. Jeanne lui sourit, il peut lire dans ses yeux une disponibilité totale. Elle ne porte pas d'alliance, coule un regard à l'annulaire gauche d'Antoine comme pour vérifier aussi. La bouche sèche, il déglutit artificiellement et s'entend dire :

— Ce n'est pas ce que vous croyez.

— Si vous le dites…

Mais elle a ce regard réprobateur qui signifie à n'en pas douter « Alors il ne se passera rien du tout entre vous et moi ».

Antoine se dégoûte d'avoir renié Rapha en une phrase. Comme s'il n'était plus amoureux d'elle alors qu'il sait l'être toujours... Pourtant il a suffi d'un regard brûlant et d'une paire de jambes à leur avantage... Cette fille a du chien, certes, mais cela n'explique pas son émotion. Il se sent victime d'un coup du sort plus que d'un coup de foudre.

Le retour à table de Sébastien ne parvient pas à dissiper son trouble, et c'est d'une façon toute mécanique qu'il participe aux derniers échanges durant le café qui heureusement ne traîne pas en longueur. Avant de se séparer, et tout en se sermonnant, Antoine tend sa carte à Jeanne. Au cas où...

*

Les jours qui suivent sont éprouvants. Outre l'attente fébrile d'un signe de Jeanne et l'angoisse qui en découle, Antoine est déchiré entre désir et morale. Il ne saurait être question de sentiments pour Jeanne, mais il est si obsédé par elle qu'il en perd l'appétit et le sommeil. Et en éprouve une réelle culpabilité. Jusqu'à présent, il pensait (naïvement, sans doute) qu'il demeurerait éternellement fidèle à ses vœux de... fidélité. Il n'a jamais envisagé sérieusement de pouvoir tomber amoureux d'une autre. Encore moins si vite. Certes, il a vécu une parenthèse débridée de quelques semaines, mais il ne s'agissait que de son corps qui, telle une machine, avait agi malgré lui, malgré son cœur, sa souffrance... Aujourd'hui, il se déteste de se sentir peut-être prêt à franchir le pas, dix-huit mois seulement après la mort de Raph. Trop tôt...

43

Flirter

Antoine est en pleine réunion de travail, pour le futur lancement d'un nouveau parfum, quand son portable vibre sur la table. Encore un texto… Peut-être Rose… Mais non. Il s'agit d'un numéro de portable inconnu. Son cœur fait un bond. Et si c'était Jeanne, qu'il ne parvient pas à oublier depuis leur rencontre cinq jours plus tôt ? *Cher Antoine, je vous prie de m'excuser pour l'autre jour… Sébastien m'a expliqué… Je suis sincèrement désolée pour vous. Si vous vouliez me retrouver pour un café un de ces jours, j'en serais très heureuse.*

Une bouffée de chaleur envahit Antoine, en même temps qu'un sourire sur son visage. Il s'oblige néanmoins à garder son sang-froid et à attendre la fin de la réunion pour réfléchir à la situation. En toute honnêteté, il n'est plus vraiment à sa réunion avec ses confrères ; la discussion lui échappe en grande partie.

Une fois seul, il se trouve en proie à bien des questionnements sur le délai qu'il doit prendre pour envoyer une réponse et la formulation la plus adaptée.

Ni trop vite, ni trop lentement, ni trop enthousiaste, ni trop détaché… Cela fait bien longtemps qu'il ne s'est pas posé ce genre de question. Il n'est plus au fait des stratagèmes de séduction, se sent hors-jeu. Finalement, il opte pour : *Bonjour Jeanne, merci pour votre très gentil message… Que diriez-vous de nous tutoyer pour commencer ? Pour le reste, dites-moi quand vous seriez disponible pour boire ce café.* Il n'ajoute pas « bises », parce qu'ils ne jouent déjà plus dans la cour de l'amitié.

*

Ils se voient le surlendemain, un vendredi, et tous les jours de la semaine suivante, pour déjeuner ensemble. Ils apprennent à se connaître, sans se presser, mais aucun des deux n'est dupe de la suite : leurs yeux, leurs gestes sont bien plus éloquents que leurs mots.

Jeanne est célibataire depuis quelques mois. Elle a vécu une dizaine d'années avec un homme qui ne voulait pas d'enfant. Jusqu'à il y a peu de temps, cela ne la dérangeait pas : elle avait pu miser sur sa carrière. Mais quand le désir d'enfant s'est imposé à elle et qu'il est resté de marbre, leur belle entente a fini par voler en éclats. Jeanne ne comptant pas sacrifier son envie de devenir mère, ils se sont quittés. Elle n'a donc aucune envie de « s'amuser », elle cherche une relation sérieuse, l'amour, et une commune envie de fonder une famille. Enfin, à terme… Parce qu'elle se doute qu'Antoine n'en est pas là du tout. Une famille, il en a une, du moins il a déjà une fille. Mais Antoine lui plaît, et peut-être que… Sait-on jamais…

Antoine, lui, se laisse glisser, happer par son sourire enivrant, et tant pis si parfois certaines de ses paroles lui font peur… Il ne se projette dans aucun futur. Jeanne est belle, intéressante, elle le subjugue et il la désire. Il a envie de passer du temps avec elle et de lui faire l'amour. C'est tout.

Ils flirtent gentiment, d'abord. Comme deux adolescents, mais plutôt dégourdis. Elle sait y faire. Elle a un petit côté ensorcelant. Il est impatient d'aller plus loin…

Dix jours après leur rencontre, ils profitent de leur vendredi soir pour dîner ensemble dans un restaurant du Quartier latin. Elle l'emmène ensuite chez elle, dans le XIVe. Il lui a dit qu'il ne pourrait pas rester dormir, mais sans expliquer pourquoi. En réalité, il ne se voit pas découcher sans avoir prévenu Rose ni lui avoir annoncé qu'il « fréquente » quelqu'un. Jeanne ne semble pas plus déçue que ça, trop heureuse qu'il accepte son invitation, dont ils comprennent tous deux les sous-entendus.

Ils prennent leur temps pour se découvrir en des gestes aussi tendres qu'érotiques. L'impatience exacerbée d'Antoine se trouve récompensée : Jeanne est à l'aise, visiblement expérimentée et joueuse… Leurs corps se plaisent et s'accordent parfaitement. Elle est une amante délicieuse, il est un homme comblé.

Ils se quittent au tout petit matin sur la promesse de se revoir très vite. Antoine rentre chez lui, le sourire aux lèvres, mais avec un pincement au cœur quand, une fois la solitude retrouvée, Raph se rappelle à lui.

*

Le lendemain soir, Antoine est invité chez ses voisins. Rose garde Lou. Même s'il a peu dormi la nuit dernière et qu'il accuse la fatigue, il se sent bien. Avec Jeanne, ils ont passé la journée à s'envoyer des textos. Il perçoit bien qu'elle se réfrène, qu'elle ne veut pas aller trop vite, mais il y a tout de même matière à s'enflammer. Au beau milieu de l'apéritif, Mélanie, étonnée par la nervosité d'Antoine, met les pieds dans le plat en lui demandant si tout va bien.

— J'ai rencontré quelqu'un, avoue-t-il avec un grand sérieux.

— C'est pas vrai ?! s'exclame Mélanie, visiblement heureuse de la nouvelle.

— Rencontré… *rencontré* ? répète Cédric, surpris, pour être sûr qu'il a bien compris.

— Eh bien, oui, *rencontré*, insiste Antoine, interloqué. C'est un problème ?

— Il ne s'agit pas de quelqu'un que tu connais… depuis un certain temps ? complète Mélanie pour venir en aide à son mari.

— Euh, non, puisque je vous dis que je l'ai *rencontrée*… Où voulez-vous en venir, tous les deux ?

Mélanie et Cédric se regardent en hésitant, puis c'est elle qui se jette à l'eau :

— Non, c'est juste qu'on se disait… que peut-être… il s'agissait de Rose.

Antoine, les yeux ronds de stupeur, éclate de rire.

— Rose ? Mais vous rigolez ?

— À vous voir tous les deux si complices, il y a trois semaines, franchement, on s'est dit que… enfin… On aurait pu croire qu'il se passait quelque chose entre vous… avoue Cédric.

Antoine marque un temps d'arrêt, cherchant à se remémorer quel malentendu au cours de cette soirée a pu leur laisser entendre une absurdité pareille.

— Vous n'êtes pas sérieux… Je n'en reviens pas que vous ayez pu penser ça ! C'est une gamine !

— Une gamine de vingt-deux ans…

— À vingt-deux ans, on n'est pas adulte. Et je vous rappelle que c'est mon employée. Je ne suis pas un malade !

— Elle est un peu plus que ça, quand même, non ? demande Mélanie. Franchement…

— Franchement quoi ? Vous insinuez quoi, exactement ? Oui, Rose et moi passons du temps ensemble. Oui, elle a une vraie place dans mon quotidien. Oui, je lui suis infiniment reconnaissant de tout ce qu'elle fait pour Lou, pour nous… Mais enfin… De là à penser que je pourrais être tombé amoureux d'elle, vous délirez, là, non ? Elle est beaucoup trop jeune pour moi, en plus. Non mais vraiment, c'est LA blague de l'année.

— O.K. Bon, admettons… On s'est trompés. Alors qui est l'heureuse élue ?

Antoine finit son verre d'un trait pour reprendre ses esprits, chasser les idées saugrenues de ses amis, et choisir les mots les plus adaptés pour leur parler de Jeanne.

Il leur explique comment ils se sont rencontrés, comment elle est… Ils l'écoutent attentivement, étonnés de la lueur dans ses yeux lorsqu'il parle d'elle. Cette lueur-là ne ment pas. Ils ont en effet dû se tromper… Rendez-vous est pris pour un dîner de présentation sans tarder.

44

Rajuster

Rose a bien perçu quelques changements dans l'attitude d'Antoine. Cela fait plusieurs jours qu'il semble fébrile, étonnamment ailleurs, accroché à son téléphone... moins attentif à Lou. Elle n'est pas dupe et se demande si et quand Antoine lui parlera. Non qu'il ait des comptes à lui rendre, mais par simple souci de transparence... et parce que cela pourrait éventuellement avoir des répercussions sur son travail à elle, et sur leur quotidien à tous les trois. Lou vient de s'endormir, et Rose s'apprête à rejoindre son studio lorsque Antoine lui demande de rester quelques minutes pour parler. Elle sourit, elle a compris.

— Voilà. J'ai rencontré quelqu'un. Elle s'appelle Jeanne...

Rose trouve qu'il semble n'assumer qu'à moitié. Se sent-il coupable de « remplacer » sa femme ou bien d'avoir une faveur à lui demander, peut-être ?

— ... Il se pourrait donc que je rentre plus tard certains soirs... voire que je ne rentre pas du tout, avance-t-il en rougissant légèrement.

— Oui, bien sûr, je comprends, répond Rose avec autant de neutralité que possible pour ne pas le mettre plus mal à l'aise qu'il ne l'est déjà.

— Bon, de toute façon, tu as l'habitude… C'est un peu comme quand je pars en voyage…

— Oui. Je suis là pour ça, dit-elle d'un ton professionnel.

Nul besoin de s'étendre. Rose le laisse en lui souhaitant bonne nuit.

Elle regagne sa chambre et prend un livre. Fait le choix de ne pas s'inquiéter. C'est une évolution normale de la vie d'Antoine, qui nécessitera peut-être quelques ajustements. Tout est question d'équilibre.

*

Les jours qui suivent, Antoine est effectivement peu présent. Il profite… Un soir sur deux, il rentre tard ou pas du tout. Rose est contente pour lui. Au moins, il a l'air heureux. Aussi heureux qu'à la montagne. Quand elle le croise, elle ne peut s'empêcher de sourire en constatant ces petits riens qui trahissent son état d'esprit, comme fredonner, se parfumer, ou perdre ses clés. Ou sourire bêtement. Il a la tête ailleurs. Alors, ça fait ça, l'amour… Elle se dit qu'elle en était loin, avec Julian.

Si Rose se réjouit pour Antoine, elle se pose néanmoins de plus en plus de questions sur sa place dans cette maison, sur son avenir (compromis ?) aux côtés de Lou, sur les choix qu'elle devra tôt ou tard faire… ou subir. Elle tente cependant de se rassurer : jamais Antoine n'imposera une femme à Lou trop vite…

encore moins dans ses murs. Elle en est sûre. Il a beaucoup trop la tête sur les épaules, et Raphaëlle est encore si présente ! Malgré tout, il y a toujours un doute… Elle ne peut pas ne pas envisager de préparer la suite, au cas où son départ serait avancé. Après tout, son contrat s'arrête le 31 août… et pourrait ne pas être renouvelé, même si Antoine lui a déjà plusieurs fois fait comprendre qu'il la garderait jusqu'à l'entrée à l'école de Lou.

Sans plus attendre, elle envoie son dossier d'inscription à la *Dance School*. Elle est encore dans les temps, et forte de l'expérience de l'année dernière, elle a réuni les pièces nécessaires et l'a rempli rapidement. Ainsi, elle assure ses arrières : au moins, si jamais Antoine la congédiait (mais elle n'y croit pas), elle aurait sa porte de sortie… et quelle porte de sortie ! De celle qui est une entrée vers la vie qui l'attend. Vivre sa passion est son but premier. Malgré tout, elle préférerait rester chez Antoine une année de plus, et se rassure en se disant qu'elle ne pourrait pas devenir tout à coup « plus rien » pour Lou. Antoine ne balaierait pas tout ce qu'elle a fait pour lui, pour elle, pour eux.

45

Fonder un couple

Les jours passent. Antoine et Jeanne apprennent à se découvrir. Ils sortent ensemble, vont au cinéma, au théâtre, au restaurant… et passent aussi beaucoup de temps chez elle. Son appartement est devenu une sorte d'annexe pour Antoine. Il s'y sent bien. Les moments où il est avec elle, il en oublierait presque Lou. Sur son emploi du temps, elle semble être passée au second plan, même si dans son esprit ce n'est pas le cas du tout. Et il ne se donne pas le temps de culpabiliser. Pour la première fois depuis le décès de Raph, il se sent heureux et comblé ; *a priori*, Lou ne peut que s'en porter mieux puisqu'ils passent ensemble des moments de qualité.

Antoine et Jeanne se voient surtout en semaine, car il tient à consacrer ses week-ends à sa fille. De ce fait, Rose et lui ne font pratiquement plus que se croiser.

Un soir qu'il dîne chez Jeanne, ils sont interrompus par la meilleure amie de celle-ci, visiblement très curieuse de découvrir l'élu. Jeanne est si fière de le présenter et joue si bien la surprise qu'Antoine ose se demander si la scène n'a pas été préparée en amont. Une façon de le prendre au piège, et de le faire sortir de l'anonymat… Il en éprouve une certaine gêne. Il aurait préféré attendre encore un peu avant de devenir officiellement le petit ami de Jeanne. Ce qu'il est au demeurant. Mais il a parfois l'impression que leur relation va trop vite et qu'elle lui échappe.

*

Un mois après leurs débuts, Antoine et Jeanne sont attablés dans un excellent restaurant parisien. Il a souhaité la gâter pour son anniversaire. Elle jubile. Il lui tend une enveloppe dans laquelle elle découvre une carte d'invitation pour un magnifique week-end sur la Côte d'Azur. Jeanne est aux anges. Et impatiente.

— Quand voudrais-tu partir, mon amour ? demande-t-elle, galvanisée.

Antoine est surpris par les mots choisis ou trop spontanément sortis de sa bouche. C'est la première fois qu'elle l'appelle ainsi, et à aucun moment elle ne l'a encore *brusqué* en matière de sentiments. Ils ne se sont jamais dit « Je t'aime », et il est sûr de ne pas avoir envie de le lui dire avant… très longtemps. Peut-être en a-t-il trop fait…

— Je ne sais pas… J'avais pensé au week-end de l'Ascension. Tu serais libre ?

— Bien sûr. Et même si je ne l'avais pas été, je me serais arrangée. Un week-end rien que pour nous ! s'exclame-t-elle. De quatre jours !

— Bien, il faudra que je vérifie avec Rose… si elle disponible pour garder Lou.

— Ah, oui, bien sûr. Oh… j'espère…

Elle fait une pause et ajoute, les yeux suppliants, et les mains en prière :

— Tu ne pourrais pas lui demander maintenant par texto ? S'il te plaît…

Bien qu'étonné, Antoine s'exécute, non sans se demander pourquoi il cède ainsi aux caprices de Jeanne. Les yeux de celle-ci, rivés sur l'écran, guettent déjà une réponse. Une chance pour elle, Rose répond rapidement et favorablement à la demande, au moment même où les coupes de champagne arrivent. Ils lèvent leur verre :

— À nous ! s'écrie-t-elle.

— À nous, fait-il en écho. Et à Rose, sans qui nous ne pourrions partir…

Jeanne le regarde avec étonnement.

— Tu aurais pu demander à quelqu'un d'autre… à tes parents, par exemple, non ?

— Certes. Sauf qu'ils partent en week-end avec des amis tous les ans à cette date.

— Ah. Tu aimes la croire indispensable, je me trompe ? demande-t-elle en plissant les yeux d'un air soupçonneux.

— Que veux-tu dire ? Je te rappelle que c'est parce qu'elle vit chez moi que je peux te voir aussi souvent.

— Oui, convient-elle. Je devrais la remercier, alors. Quand nous nous verrons…

— Tu voudrais la rencontrer ? demande-t-il surpris.

— Eh bien, oui. Quand même… Elle s'occupe de ta fille, et elle vit chez toi. C'est normal que je voie qui est cette perle, non ?

Réalisant ce qui se joue, Antoine la taquine, une petite lueur malicieuse dans les yeux :

— Ne me dis pas que tu es jalouse…

— Jalouse, moi ? Mais non. Simplement… Je ne sais pas… Ce que tu m'as dit de votre fonctionnement avant que j'arrive dans ta vie me rend curieuse… Cette vie à trois, les vacances « en famille » chez ta grand-mère, Noël, tout ça… C'est étonnant.

— Mais qu'est-ce que vous avez tous, à la fin, c'est pourtant clair. Je t'ai déjà expliqué pourquoi… J'étais déprimé, démuni, seul… et j'avais besoin d'aide et de quelqu'un pour Lou, c'est aussi simple que ça.

— J'apprécie que tu en parles au passé.

— J'ai toujours besoin d'elle, évidemment, mais plus de la même façon. Elle m'offre de la liberté, et aussi une tranquillité d'esprit. Je sais que Lou est bien avec elle.

— Lou l'aime bien ?

— Lou l'adore ! s'exclame-t-il avec un enthousiasme sincère qui déplaît aussitôt à Jeanne.

— Alors si Lou l'adore… fait-elle en s'inclinant, un pli amer au coin de la bouche. Changeons de sujet, tu veux bien ? Je ne voudrais pas que Rose monopolise notre dîner.

Elle tente de rire, mais sa joie sonne faux.

*

Quelque temps après, Jeanne a demandé à Antoine si elle pourrait venir chez lui un soir, pour dîner. Elle veut faire connaissance avec Lou, en toute discrétion bien sûr. Cela fait six semaines qu'ils se fréquentent à présent. De toute façon, Lou est bien trop jeune pour comprendre la situation. Jeanne se présentera comme « une amie » de son papa. Et puis, elle aimerait tant voir où il vit !

Alors Antoine a pris son après-midi et s'est mis aux fourneaux pendant que Rose s'occupe de Lou. Cette première visite d'une autre femme chez lui le rend nerveux... et il est loin d'être un as de la cuisine... En outre, même s'il ne s'agit pas d'expliquer la nature de sa relation à sa fille, la situation le met mal à l'aise. Globalement, il trouve que c'est trop tôt. Il aurait aimé que cela se passe naturellement, plus tard. Là, il n'a pas eu le temps de se préparer, de s'habituer à tout ça, d'en avoir vraiment envie aussi... Un jour, ce serait devenu une évidence. Mais le moment n'est pas encore venu...

Quand Antoine et Jeanne arrivent dans le salon, Rose est en train de jouer à monter des cubes gigognes avec Lou. Antoine est si stressé qu'il ne s'aperçoit pas que sa compagne vit un triple événement : la rencontre avec ces deux-là, mais aussi le face-à-face avec le portrait géant de Raphaëlle, qui semble l'accueillir autant que Rose et Lou. Un choc. Sentant son malaise, qui lui rappelle le sien dix-huit mois plus tôt, Rose se lève pour venir lui serrer la main. Celle-ci la scanne rapidement. C'est donc elle, la fameuse Rose... De taille moyenne et de corpulence normale, elle est vêtue d'un jean et d'un T-shirt basique, avec des baskets aux pieds. Elle a tout d'une fille simple, mais elle dégage malheureusement un charme naturel qui loge dans des traits fins, de beaux yeux verts et des cheveux blonds mi-longs. Antoine s'était bien gardé de lui dire qu'elle était jolie. Tandis qu'il repart s'affairer en cuisine, elles échangent quelques paroles banales. Jeanne remercie Rose de se rendre disponible pour leur week-end en amoureux qui approche à grands pas ; ce à quoi la jeune femme répond par un sourire et un « de rien, c'est normal », avant de s'éclipser dans son studio pour les laisser seuls. En réalité, Rose a le cœur serré d'imaginer Lou dans les bras de sa potentielle belle-mère, et préfère ne pas assister à ce moment.

Dans le salon, Jeanne s'intéresse à la petite fille qui, farouche et intimidée, cherche les bras de son papa – lequel revient de la cuisine à point nommé – pour s'y réfugier. Bien que blessée, Jeanne n'en laisse rien montrer : la petite aura bien le temps de s'habituer à elle.

— Je te fais visiter ? lui propose Antoine pour se donner une contenance et ne pas s'appesantir sur ce premier contact manqué avec sa fille.

L'œil aux aguets, Jeanne n'en finit pas de découvrir combien la maison est un temple à la femme disparue. Elle qui cherchait à évaluer l'importance de Rose, réalise que son problème est tout autre... Elle va aussi (et avant tout ?) devoir rivaliser avec une morte...

46

Douter mais avancer

Antoine est bien avec Jeanne. Si bien qu'il a mis un terme à ses séances avec M. Varton. C'est un fait qui tient de l'évidence. Cela ne l'empêche pourtant pas de se poser mille questions et de connaître encore et toujours les affres de la culpabilité… vis-à-vis de Raph, qui sans être de ce monde, lui semble garder un œil sur sa vie, mais aussi de Lou, qu'il a peur de ne pas voir assez et dont il craint de rater trop de premières fois… et même vis-à-vis de Rose, dont il a conscience de profiter. Il est devenu si égoïste… à moins qu'il ne l'ait toujours été. Les désirs de Jeanne l'amènent à aller toujours plus loin dans le temps qu'il lui accorde. Leur relation va vite, mais cela est proportionnel au choc de leur rencontre. Pour autant, cette relation est-elle une histoire d'amour durable ? Cela y ressemble. Antoine est sans doute, malgré lui, amoureux de Jeanne. Il s'en veut tellement de trahir Raph. Si rapidement… Parfois, il se demande s'il existe un bon moment, un bon délai, autres que ceux qu'exige la bienséance morale ou l'idée qu'il s'en fait. Il a néanmoins officialisé sa relation auprès de ses parents, banalement, au détour d'une conversation téléphonique avec sa mère. Il a aussi présenté Jeanne à Cédric et à Mélanie, qui l'ont trouvée sympathique. Antoine avait presque besoin qu'ils valident son choix, c'est idiot.

Il porte toujours son alliance. Comme un témoin, comme une marque de son attachement éternel à celle qui restera toujours sa femme, comme une preuve tangible qu'il ne l'a pas oubliée, même si… comme un alibi qui le disculperait, finalement. Peu importe si cela déplaît à Jeanne. Elle ne l'a pas laissé entendre, en tout cas. Il pense même qu'il ne l'enlèvera jamais, mais il ne le lui a pas dit. Il s'en était ouvert à M. Varton, lors de leur dernière entrevue, et celui-ci lui avait expliqué que cela se ferait naturellement, un jour, sans doute.

*

Leur séjour de quatre jours sur la presqu'île de Giens est une parenthèse au paradis. Ils profitent du luxe de leur hôtel, des beaux paysages, des eaux couleur lagon, de repas gastronomiques aux saveurs provençales et de siestes charnelles. Ils commencent à parler avenir et projets. Toujours sous l'impulsion de Jeanne, qui ne semble plus cacher son empressement. Antoine lui manque trop, les moments sans lui sont difficiles à vivre, et elle n'ose imaginer comme il sera difficile de supporter son absence lors de son voyage professionnel au mois de juin. Ces mots le font sourire. Il est bon de se sentir aimé. Quand il l'écoute, ses doutes s'envolent.

Seuls au monde, sur une plage au fond d'une crique, ils contemplent la mer. Il la tient entre ses jambes ; et comme elle lui tourne le dos, elle se lance :

— On n'est pas bien, là, mon amour ?

— Mais bien sûr que si… Bien sûr que si…

Antoine est surtout troublé par des réminiscences. Il ne l'a pas dit à Jeanne, mais il est déjà venu ici avec Raph… Il aime cet endroit et voulait y revenir. À présent, il se sent rattrapé par la nostalgie. Ce n'était pas une bonne idée. Jeanne n'est pas Raph, elle ne le sera jamais, même si par certains côtés elle lui ressemble.

— Antoine, je ne veux plus me passer de toi.

Flatté, il sourit malgré son étonnement, et puisque certaines choses sont plus faciles à dire sans se regarder, il l'invite à développer :

— Toi, tu as une idée derrière la tête… Je commence à te connaître !

— Tu lis en moi comme dans un livre ouvert… s'amuse-t-elle. Et encore, je doute que tu aies pleinement conscience de l'ampleur de mon attachement… Je m'oblige à ne pas en faire trop, à ne pas t'en dire trop, parce que… je ne veux pas te brusquer, mais je suis certaine que nous sommes faits pour être ensemble, Antoine.

— Tu as sans doute raison. Alors dis-moi ce que tu voulais me dire…

— J'aimerais tellement qu'on puisse se voir tous les week-ends… Et pourquoi pas avec Lou ! Après tout, je l'ai déjà rencontrée, ça s'est bien passé. Quel mal y a-t-il à ce qu'elle te voie heureux avec une femme ?

Et puis, je pense sincèrement qu'il est important que nous créions du lien, elle et moi.

Antoine hésite. Cela fait à peine deux mois qu'ils sont ensemble... Ont-ils vraiment assez d'historique et d'avenir pour passer ce cap si important ?

— Nous pourrions partir un week-end tous les trois en guise de test... Tiens, le week-end prochain il y a trois jours... Nous pourrions partir au bord de la mer. Qu'en dis-tu, Antoine ?

Il reste silencieux, à l'écoute de toutes les pensées contradictoires qui bruissent dans son esprit. La perspective est tentante, mais...

Jeanne se contorsionne pour le regarder dans les yeux, sonder son âme. Elle réitère sa question de façon muette.

— Je ne sais pas... risque-t-il. J'ai peur que ce soit trop tôt...

Elle ne s'assombrit pas. Sa raison le comprend, même si sa passion lui en veut.

— Et si je me tiens sagement ? Si je ne te touche pas ? Si on fait comme l'autre soir, comme si je n'étais qu'une amie ? Cela nous permettrait de passer du temps ensemble tous les trois, et peut-être que tu seras agréablement surpris. Ça se fera naturellement et en douceur, plus tard. Qu'en dis-tu ?

Antoine sourit. Ses arguments le font pencher vers le oui.

— C'est d'accord, dit-il après un léger silence.

Elle explose de joie en battant des mains et lui saute au cou. Son enthousiasme enfantin le fait sourire.

*

C'est ainsi qu'ils se retrouvent à Étretat pour un week-end à trois. Leur premier week-end « en famille ». Jeanne est aux anges. Lou surexcitée. Antoine content.

Et tout se passe bien. La météo, clémente, leur permet de profiter du site et des joies de la plage. Jeanne fait tout ce qu'elle peut pour créer une complicité avec la petite Lou, joue avec elle, lui parle. Antoine est touché par ses efforts et son naturel. Après tout, c'est vrai : Jeanne est, ou deviendra très vite, la belle-mère de Lou. Il n'aime pas cette expression, la trouve moche et stupide. Et puis même si Raph n'est plus là pour accomplir son rôle de mère, elle le sera toujours pour lui. Jeanne, et potentiellement aucune autre femme, ne remplacera jamais complètement Raph. Antoine a bien conscience que faire sa place auprès de Lou va être compliqué, entre la lointaine absence de sa maman et la proximité chaleureuse de Rose. Il pense à elle, tout à coup. Il la voit trop peu en ce moment pour savoir comment elle va, comment elle vit ces changements... Spontanément, il prend pour elle une photo de Lou avec son seau et sa pelle, et lui envoie dans la foulée. Elle lui répond vite par un *smiley*, et c'est tout. C'est sobre, mais l'essentiel est dit. Antoine sait son attachement sincère pour Lou, et elle n'a pas besoin d'en rajouter pour signifier son plaisir de voir Lou s'éclater à la mer.

*

Il reste une nuit et une journée avant de rentrer à Paris. Lou dort depuis longtemps, et eux sont couchés aussi. Ils ont fait l'amour et se câlinent. Jeanne rompt le silence :

— Ça se passe bien, n'est-ce pas ? Je suis contente.

— Très bien, oui, confirme Antoine en souriant.

— Tu vois ? Je te l'avais dit. Nous pourrons nous voir aussi le week-end, maintenant… Je pourrais même dormir chez toi en semaine, parfois, lui susurre-t-elle au creux de l'oreille en prenant une voix sensuelle.

— Sans doute, répond-il prudemment.

— Tu sais, nous pourrions envisager de nous installer ensemble, officiellement je veux dire. Peut-être cet été ? Je garderais mon appartement, évidemment, mais…

— C'est ce que tu veux ? demande Antoine, en proie à un certain vertige.

— Oh mais oui, Antoine, il n'y a rien que je désire plus ! Imagine… dormir et nous réveiller l'un contre l'autre, vivre ensemble… et qui sait, un jour former une famille…

— J'ai déjà une fille, Jeanne… À trois, nous sommes déjà plus qu'un couple.

— Tu sais bien que ce n'est pas ce que j'ai voulu dire… Je t'aime, Antoine…

Il sourit dans la pénombre et articule un « moi aussi » un peu forcé. Non pas qu'il doute de ses sentiments, simplement il ne se voit pas le lui dire. La propension de Jeanne à vouloir accélérer les choses lui fait peur. Et puis… il y a Rose…

La femme dans son lit l'exhorte à dire oui en répétant inlassablement des « Dis oui » sur tous les tons. Cela le fait rire et il finit par succomber.

— C'est d'accord, lâche-t-il, vaincu.

De joie, Jeanne couvre tout son corps de baisers qu'elle entrecoupe de mercis.

*

Toute la journée du lundi, Antoine est soucieux, sans vouloir le montrer. Jeanne, elle, semble pleine d'assurance, de celle qui a obtenu tout ce qu'elle voulait, des preuves, des engagements.

Sur la route du retour, elle aborde le sujet « Rose » :

— Il va falloir que tu lui parles…

— Je sais, répond Antoine, soudain très sérieux.

— Je ne tiens pas à ce qu'elle reste dans le studio… Je n'ai aucune envie de faire ménage à quatre…

— Comme tu y vas ! Tu sais bien que son contrat de jeune fille au pair expire fin août, c'est encore chez elle jusqu'à cette date, et je ne peux décemment pas la virer ainsi… surtout après tout ce qu'elle a fait pour moi. Et puis j'aimerais la garder comme baby-sitter, comme avant… Je ne veux pas que Lou soit privée d'elle.

Jeanne lui lance un regard outré.

— Tu plaisantes ? Rose en a fait beaucoup… beaucoup trop, sans doute, d'ailleurs. Comment veux-tu que j'arrive à prendre ma place dans cette maison et auprès de ta fille ? Ça ne pourra pas marcher ainsi… Rose est de trop, sa présence sera vite toxique pour nous… et pour Lou, qui y est sans doute trop attachée… Te rends-tu compte qu'elle a été sa seule présence maternelle depuis sa naissance ?

— Je sais… admet Antoine, à la fois triste et penaud. Mais…

— Il n'y a pas de mais, c'est très simple. Je veux que tu lui dises que son contrat ne sera pas renouvelé et qu'elle peut quitter la maison… Le plus tôt sera le mieux, conclut Jeanne.

Antoine se sent sombrer dans un abîme de désolation. Pourquoi se sent-il piégé, dépossédé de sa vie et de sa liberté ? Pourtant, il aime cette femme et il sait qu'elle a raison… Rose fera bientôt partie de son passé, c'est inévitable. Ils l'ont toujours su tous les deux.

47

Encaisser

Si le week-end de l'Ascension a prouvé à Rose le sérieux de la relation d'Antoine, celui de la Pentecôte, avec Lou, a témoigné du fait qu'ils ont franchi un cap supplémentaire… Elle n'éprouve aucune jalousie, c'est dans l'ordre des choses. Cependant, elle ne peut s'empêcher de s'inquiéter de son avenir.

Depuis son week-end « en famille », Antoine est différent. Encore plus distant. En soi, ce n'est pas très grave, car c'est Lou qui importe à Rose, et la petite fille le lui rend bien. Rose s'émerveille de la voir s'éveiller, leurs échanges oraux sont de plus en plus riches, rendant du même coup leur relation plus foisonnante. Elles partagent toutes les deux beaucoup plus de temps et d'activités depuis que Lou ne fait plus qu'une seule sieste. Ce qui inquiète Rose, c'est que la petite grandissant, son père se dépouillant des derniers assauts de la dépression, elle devine que son avenir dans cette maison est compté… Bientôt ils n'auront plus besoin d'elle, sans compter que Jeanne n'est *a priori* pas (du tout) de son côté… Elle a perçu sa jalousie, son hostilité à son encontre. À présent qu'elle a mis le grappin sur Antoine, elle ne tardera pas à vouloir tout régenter dans la maison et supplanter Rose dans le cœur de Lou. Rose fait le dos rond, attendant bien sagement la sentence qui ne manquera pas de tomber. Elle voit, dans l'attitude d'Antoine, qu'il n'ose plus la regarder en face, qu'il est mal à l'aise, qu'il l'évite, même. Il ne reste rien, ou si peu, de leur ancien mode de vie et de leur ancienne complicité. Parfois, Rose s'en émeut et un brin de tristesse la traverse. Mais cela passe… Il le faut bien. C'est vrai qu'à présent, quand Jeanne est là le soir, Rose descend dans sa tanière dès l'arrivée du premier des deux, et ne reparaît plus de la soirée. Elle n'est plus là pour le coucher de Lou. C'est cela qui lui fend le plus le cœur. Le week-end, soit Rose reste dans son studio en se faisant discrète soit, le plus souvent, elle part chez ses parents au bord de la mer, ou bien à Paris, chez Manon ou chez Charlotte qu'elle voit en alternance. Peu à peu, ses heures auprès de Lou se raréfient, ne laissant rien augurer de bon.

*

Ce soir est un soir pas tout à fait comme les autres, un soir sans Jeanne, mais avec Antoine. Lou est couchée. Pour la première fois depuis longtemps, Rose a pu la mettre au lit ; Lou en était si heureuse qu'elle a peiné à s'endormir comme pour faire durer ce moment. Après bien des « bonne nuit » et des chansons, après qu'on a eu remis six fois la musique de son mobile, Lou a fini par céder au sommeil, laissant Antoine et Rose passablement mal à l'aise de se retrouver en tête à tête. Elle entreprend de débarrasser la table (cela fait des semaines qu'ils n'ont pas mangé tous les trois) et projette de descendre dès que possible. Elle n'a pas envie d'entendre ce qu'il s'apprête à lui dire. Elle le voit, assis, plongé dans ses pensées, tendu, nerveux, qui semble attendre quelque chose, mais quoi ? De trouver la force de lui faire du mal ? Elle se dirige vers la porte de l'escalier, il l'arrête dans sa course.

— Rose ?

Elle s'immobilise. Ça y est, son heure est venue. Elle se tourne vers lui et lui lance un regard interrogateur. Il lui propose de discuter dans le salon. Quelle solennité ! Elle s'installe dans le fauteuil, face à Raphaëlle, lui dans le canapé.

— Il faut que nous parlions, dit-il en guise d'introduction, le timbre de sa voix trahissant son hésitation, son manque d'assurance.

— Je sais ce que vous allez m'annoncer, dit-elle pour l'aider.

— Ah ? fait-il, incrédule, lui qui croyait être imprévisible.

— Vous allez me dire que vous ne renouvelez pas mon contrat.

Lèvres pincées, il prend un temps pour signifier sa propre déception, comme si cette décision n'était pas la sienne :

— En effet.

Rose pourrait se lever et quitter la pièce, car elle en sait assez, mais elle a trop de savoir-vivre pour considérer que la conversation est terminée.

— Tu comprends bien que ma vie a changé, et que nous devons passer à autre chose.

Rose se prend une gifle virtuelle. *Nous devons passer à autre chose* ? *Nous* ? Lui, peut-être, mais Lou… non ! C'est sa décision à lui… et à Jeanne, surtout, qui est ravie de l'évincer. Rose sent la colère la submerger. Ce n'est pourtant pas son genre, mais ce *nous*, cette façon d'intégrer Lou à des décisions pour lesquelles elle n'a évidemment pas été concertée et sur lesquelles elle n'a pas encore son mot à dire… Cette lâcheté…

— Qui va garder Lou ? demande Rose d'un ton brusque, qu'Antoine n'a jamais eu l'occasion de connaître.

— Elle ira à la crèche.

— Ah, fait Rose, qui trouve que c'est un moindre mal, même si les larmes lui montent aux yeux. Je peux disposer ?

— Tu n'as pas à me le demander comme ça… Tu n'es pas une domestique, Rose…

— Je ne sais plus bien ce que je suis, à vrai dire.

Il ne peut pas ne pas voir son chagrin, les pleurs qu'elle retient, mais malgré tout il balance :

— Tu finiras fin juillet. Comme ça, tu pourras récupérer tes vacances. Je te paierai le mois d'août, bien évidemment.

Elle a envie de dire « Monsieur est trop bon », mais elle étrangle sa phrase. Il l'a achevée sans pitié, lui a asséné le coup fatal. Elle finit dans sept semaines ! Elle en a la nausée.

Rose se lève sans un mot, et part s'exiler sur son îlot solitaire. Elle se jette sur son lit et se met à pleurer toutes les larmes qu'elle contenait depuis des jours, des semaines peut-être… Elle va être privée de Lou, bientôt… et surtout elle se sent niée. Comme si elle n'avait été qu'un détail dans leur vie alors qu'elle était bien plus que ça. Elle ne mérite pas qu'il la traite ainsi, pas après tout ce qu'elle a fait pour lui, pour eux. N'était-elle donc pour lui qu'une simple employée ? Elle avait cru, si fort, le contraire… Mais il la jette sans ménagement.

Antoine a changé, il n'était pas comme cela. Alors ça fait ça, l'amour… On n'est plus soi-même ? On devient con ? Parce que Rose a la certitude de connaître le vrai Antoine… et ce n'est pas celui qui était devant elle à l'instant ni ces trois derniers mois…

*

Rose encaisse, âprement, difficilement. Bien obligé… Le lendemain est un jour morne, malgré le temps magnifique au dehors. Rose emmène Lou au parc et à l'espace des jeux, mais elle n'arrive pas vraiment à lui parler, à faire comme si de rien n'était. Elle a envie de rester professionnelle, mais son cœur est meurtri, et la joie naïve de Lou lui fait mal. Initialement elle comptait se réfugier chez Charlotte après son cours de danse, mais elle n'a même pas envie de danser. Elle veut déguerpir, s'enfuir, quitter cette maison qui n'est déjà plus la sienne. Elle attend qu'Antoine arrive. À peine a-t-il posé un pied chez lui qu'elle attrape ses affaires et s'en va, sans un regard pour lui ni même pour Lou qui l'appelle pour la retenir… Rose lui a déjà dit au revoir… et il faudra bien qu'elle s'y fasse. La jeune fille part, la gorge et le cœur serrés, sous les yeux incrédules d'Antoine.

*

Charlotte est une oreille attentive et une épaule réconfortante. Auprès de son amie, Rose peut s'épancher et se laisser aller à dire tout ce qui lui passe par la tête. Elle se vide littéralement et cela lui fait beaucoup de bien. Quand la source des larmes se tarit enfin, Rose entend Charlotte lui glisser d'une voix douce :

— Tu savais que ça allait se terminer… Depuis le début, c'était prévu.

— Oui, admet Rose. Mais entre ce qu'on sait et ce qu'on vit… entre la théorie et la pratique…

— Il était bien là, le problème, et ce n'est pas faute de t'avoir prévenue : tu as mis trop de cœur dans cette histoire… Tout le monde te le disait, c'était un travail ! Contractualisé, borné dans le temps et rémunéré… dans des circonstances exceptionnelles, avec un bébé que tu adorais, mais, excuse-moi d'être dure, ce n'était « qu'un » travail.

— Oui, mais j'avais normalement la possibilité de faire un an de plus… de nous préparer Lou et moi à cette séparation…

— Tu crois que ça aurait été plus facile ? Sûrement pas ! Cela aurait été pire, préparée ou non…

— Tu as peut-être raison. Mais tu oublies quelque chose : ce sont les circonstances qui rendent cette rupture si moche… S'il n'y avait pas eu cette Jeanne (tu la verrais, franchement…), je suis sûre que j'aurais pu garder le contact avec eux… que j'aurais pu revoir

Lou de temps en temps. Elle lui a lavé le cerveau ! Je te jure, je ne le reconnais plus…

— Dis-moi… Tu peux me l'avouer maintenant… Tu as craqué sur ton patron ? demande Charlotte très sérieusement.

Rose éclate de rire, ce qui avec ses yeux bouffis d'avoir trop pleuré lui fait une drôle de tête.

— N'importe quoi ! On dirait Julian, arrête…

— Julian, c'est une chose, mais à moi tu peux le dire, non ? Sûre ? Même pas un tout petit peu ?

— Puisque je te le dis, arrête, voyons… Et depuis quand je tripe sur les vieux ?

— Tu exagères, il n'est pas si vieux… Il n'a pas l'âge d'être ton père, quand même.

Rose rit. Elle n'a jamais éprouvé le moindre sentiment ambigu pour son patron. Encore heureux…

Ma Rapha,

Pardonne-moi de ne pas t'avoir donné de nouvelles plus tôt.

Le cours de ma vie a été chamboulé et je crois que j'éprouve une certaine honte à l'évoquer avec toi.

Il ne faut pas voir Jeanne comme une rivale, ma Rapha. Certes, elle va bientôt venir vivre avec moi, dans nos murs (et ce serait mentir que de dire que je n'appréhende pas cette étape), mais sache qu'elle ne te remplacera jamais dans mon cœur et dans celui de Lou… J'y veillerai.

Je t'aime toujours.

Je ne suis pas sûr de parvenir à cesser de t'aimer ni même d'en avoir l'envie.

Grâce à Jeanne, je ne suis plus seul. Et je l'aime d'une certaine façon, mais très différemment de toi. Je dirais « moins profondément ». Je crois que mon cœur est encore une forteresse. Jeanne malmène ma garde ; elle me force à m'ouvrir, à avancer, à me dépasser. Elle me secoue un peu et m'aide à prendre des décisions… J'espère ne pas les regretter. Elle va s'installer chez nous… Pour cela, je suis content. Mais j'ai mis fin au contrat de

Rose, et je n'en suis pas fier. Elle a beaucoup fait pour Lou. On peut objecter que c'est un problème, à présent… car notre adorable petite fille y est très attachée. La séparation risque d'être difficile…

Raph, si seulement tu pouvais m'envoyer un signe pour me dire que je ne me suis pas trompé… Tu étais le phare de mes nuits, je suis toujours un peu perdu sans toi.

Ton mari qui t'aime encore.

48

Préparer le terrain

La fin du mois de juin semble s'étirer interminablement. Les vacances paraissent encore loin, la délivrance aussi. Même si Rose met un point d'honneur à paraître sereine, Antoine devine qu'il n'en est rien. Elle vit, ils vivent, leurs dernières semaines en commun, et la perspective de cette fin est la toile de fond de leur quotidien, un peu fade, un peu triste. Il ne fait pas de commentaires. Un jour, il lui a simplement dit que c'était bien qu'elle recouvre sa liberté, parce qu'elle allait pouvoir mener à bien son projet, vivre sa passion, la danse, tous les jours. Quels que soient les liens noués, ils étaient dès l'origine faits pour être temporaires. Cette rupture est un mal pour un bien.

Au fond, c'est aussi ce que se dit Rose, d'autant que l'école londonienne l'a informée de son inscription effective. Cette fois, pas de liste d'attente. C'est une grande joie pour Rose. Elle va passer le mois d'août entre Fécamp et Paris, puis tenter la grande aventure.

*

Antoine a invité Cédric et Mélanie chez lui. Jeanne, conviée au mariage d'une amie à elle, n'est pas là pour une fois. Cela tombe bien... Antoine préférait être seul avec eux pour leur annoncer la nouvelle. Il attend que Lou soit couchée pour se lancer :

— Je voulais vous dire quelque chose...

— Oh, oh, fait Cédric. Tu as l'air sérieux...

— Voilà. Jeanne et moi avons décidé de vivre ensemble.

— Non ? Déjà ! s'exclame Mélanie.

— Vous trouvez que c'est trop tôt ? demande Antoine, soudain moins sûr de lui.

— Eh bien... hésite Cédric, c'est ta décision, et si tu considères qu'elle est bonne pour toi, nous te suivons. Après... c'est vrai que dans les faits ça peut paraître un peu prématuré...

— Ce n'est pas qu'une question de jours, ou de semaines ou de mois... le coupe sa femme. C'est aussi la grande question de la vie à deux... Êtes-vous vraiment prêts à vivre ensemble ? Ce n'est pas qu'une question de volonté, de se dire « nous n'avons plus envie de nous quitter »... C'est aussi, et avant tout, se projeter dans une vie de couple... compatible et source d'harmonie !

— Et puis... reprend Cédric, en ce qui vous concerne, on est plutôt dans la vie à trois, si je puis me permettre... avec tout le passif de ta propre situation...

Antoine n'a pas réussi à les interrompre. Il intègre leurs paroles spontanées, qui le désarçonnent un peu. Et s'ils avaient raison ?

— D'ailleurs, que vas-tu faire de Rose ? demande

Mélanie, en se caressant le ventre comme un réflexe protecteur.

— Elle finit le mois, explique succinctement Antoine.

— C'est vrai ?

Mélanie ne s'attendait pas à cela.

— Elle était super, cette fille, dit Cédric avec sincérité.

Antoine préfère ne rien répondre. Son voisin a tellement raison…

— C'est ta décision ou celle de Jeanne ? demande Mélanie avec sagacité.

— C'est une décision conjointe. Jeanne pensait, à juste titre, qu'il ne lui serait pas facile de se faire une place avec Rose pas loin… surtout par rapport à Lou.

— Et par rapport à toi ? demande Cédric avec un petit sourire.

— Comment ça ? tente Antoine, feignant de ne pas comprendre l'allusion.

— En évinçant la jeune fille au pair, elle s'offre la garantie d'être la seule femme de la maison ! Tout ça sous couvert du bien de Lou, c'est bien joué, non ? Tu ne crois pas qu'elle est un peu jalouse de Rose ?

— Qu'allez-vous chercher ? soupire Antoine, exaspéré.

— Moi je suis sûre que oui ! s'exclame Mélanie. Une fois, elle m'a posé des questions sur elle… et je trouve qu'elle se tend dès qu'on prononce le prénom de Rose ou dès qu'on s'extasie sur le bien-être de Lou. Heureusement qu'elle ne t'a jamais entendu parler d'elle comme nous à votre retour de la montagne !

— Qu'est-ce que tu racontes…

— Tu étais exalté… si, si…

— En même temps, Rose a tout pour elle, glisse Cédric, presque rêveur.

— Elle a surtout vingt-deux ans. Et puis vous commencez à me fatiguer, tous les deux ! Je n'ai jamais ressenti quoi que ce soit pour cette fille, aussi géniale soit-elle. Et je suis *amoureux* de Jeanne ! s'écrie-t-il.

— Vraiment ? demande Cédric.

— Eh bien, c'est formidable, alors… C'est tout ce qu'on voulait entendre, pas vrai, mon cœur ? demande Mélanie. Parce qu'il nous semblait que tu faisais avant tout un choix de raison…

— Un choix de raison ? répète Antoine, interloqué.

— Oui, un choix raisonnable, attendu, dicté par la raison… que Jeanne était celle que tu jugeais la plus apte à occuper la place laissée par Raph… mais que tu n'en étais pas vraiment amoureux.

— Eh bien vous aviez tort. J'aime Jeanne.

— Tu le lui as dit ? continue Cédric.

— Non, fait Antoine, en passant sa main dans ses cheveux pour cacher sa gêne. Mais c'est tout comme…

— Antoine, je suis ton amie, et mon devoir est de te dire ceci : je ne crois pas que tu aies vraiment fait le deuil de Raph… je ne crois pas que la place soit vraiment libre… et je ne crois pas que ce sera facile pour Jeanne. Ce n'est que mon avis. Maintenant, nous sommes tes amis, nous te soutenons et nous serons toujours là pour toi, tu le sais.

Antoine accuse le coup. Ils ne sont pas très optimistes ; il s'attendait à plus d'enthousiasme de leur part. Ont-ils raison ou tort ? L'avenir le dira…

— Et Lou ? demande Cédric pour changer de sujet face au silence de son ami.

— Elle ira à la crèche. Jeanne a des horaires moins contraignants que les miens. Et je trouverai une baby-sitter du quartier pour d'éventuels besoins.

— La fille de notre future assistante maternelle a l'air très bien, si tu veux, sourit Mélanie.

49

Partir ou arriver

Les sacs de Rose sur l'allée en gravillons du jardin attendent d'être chargés dans le coffre de sa voiture. Il n'est que 11 heures, pourtant la chaleur est intense. La pelouse est déjà asséchée, l'air lourd, le ciel d'un bleu sans nuances.

Rose, juchée sur le petit muret en pierre, regarde Lou pousser de ses petits bras le landau dans lequel se trouve son poupon. Difficile de le faire rouler sur l'herbe ou sur les graviers, mais la petite y met toutes ses forces, avec gémissements et grimaces en supplément. La scène devrait être drôle, mais pas aujourd'hui. Rose a les yeux tristes, l'air mélancolique, la nostalgie anticipée. Elle ne veut pas se dire que c'est la dernière fois qu'elle voit Lou, mais elle se le dit quand même… Son cœur se serre à l'idée d'être arrachée à cette petite personne blonde aux yeux bleu clair en jolie robe à rayures, qu'elle a vue grandir. Le bébé est devenu une toute petite fille, qui l'appelle maintenant *Yoz* et qui la fait fondre. Antoine a expliqué à Lou que Rose allait partir… que Jeanne allait arriver (comme si cette information pouvait amoindrir le chagrin…), mais la petite joue avec l'insouciance de ses vingt-deux mois, bientôt vingt-trois. Dans son émotion, Rose sourit. Lou n'a aucune conscience du drame qui se vit, et c'est sans doute mieux ainsi.

Elle n'a pas eu la force de se traîner jusqu'au parc, une dernière fois. La chaleur la rend inerte. À moins que ce ne soit la peine ? Elle observe Lou, pour garder ces images-là, de la petite qui prend sa poupée et la serre dans ses bras en fermant les yeux. Lou s'approche d'elle et grimpe sur ses genoux, s'agrippe à elle, se love contre elle, comme pour la consoler, alors que cela a l'effet inverse : les sanglots ne sont plus bien loin, cela fait trop mal.

Il est temps qu'Antoine arrive. Il n'a pu prendre que son après-midi pour le dernier jour de Rose, mais il a été retenu au travail… Elle souhaite s'épargner une demi-journée supplémentaire qui ne rimerait à rien, en finir au plus vite. Elle regarde sa montre. « Allez… » supplie-t-elle.

Il arrive enfin. Les trouve dans la même position. Rose lui lance un regard triste.

— Je vais y aller… dit-elle en se levant après avoir déposé Lou à terre.

— Tu ne voulais pas rester manger avec nous ? demande-t-il avec la naïveté de celui qui n'a pas saisi l'ampleur de l'événement.

— Oh non… Je vais vous laisser. Je vous dis au revoir et j'y vais.

Rose n'a aucune envie de vivre le repas de trop.

Antoine aperçoit les bagages et quelques cartons par la vitre de la voiture.

— Bon… Si c'est ce que tu veux, alors…

Il est maladroit. Il faut écourter cette scène d'adieux.

— Au revoir, Rose, et merci…

— Je vous en prie. Je n'ai fait que mon travail, lance-t-elle avec un brin d'amertume.

Ils savent tous deux que c'est faux, mais il ne la reprend pas… pas plus qu'il ne la retient.

Le plus dur reste à faire : dire au revoir à Lou. Elle la prend dans ses bras et lui murmure : « Au revoir, ma petite louve… » Elle voudrait lui dire beaucoup d'autres choses, comme « Tu vas me manquer » ou « Je te souhaite de bien grandir, d'être heureuse, d'avoir une belle vie »… Mais elle ne souhaite pas dramatiser le moment pour Lou, qui n'a pas besoin de comprendre tout de suite son caractère définitif. Alors elle n'ajoute rien. Elle la serre juste un peu plus fort que d'habitude. Pourvu que Lou ne pense pas qu'elle l'abandonne… Lou rit parce que l'étreinte est forte et donc un peu drôle. Rose la dépose doucement, entre elle et son père. Les larmes aux yeux, elle regarde celui-ci une dernière fois, et va se réfugier dans sa petite voiture. Elle met aussitôt le contact, parce qu'elle se sait observée et qu'elle ne veut plus de ces regards-là puisqu'elle en est privée à partir de maintenant et qu'elle doit les effacer, leur tourner le dos. Les roues crissent sur les gravillons ; la voiture passe le portail avant de disparaître. De Rose et de ses affaires, il ne reste plus rien.

*

Antoine a été nul. En dessous de tout.

— Patie, Yoz, lui dit sa fille.

— Oui, elle est partie.

Il voudrait lui dire que c'est une triste nouvelle, mais se ravise : inutile d'en rajouter. Il se doute que Lou s'en rendra compte bien assez tôt.

Jeanne arrive ce soir avec ses affaires. Comme si l'une chassait l'autre… Antoine se dirige vers la porte du studio pour s'assurer que Rose n'a rien oublié, et peut-être dans le vague espoir qu'elle lui ait laissé un petit mot… En passant près de la fenêtre, il se rappelle cette fois où, intrigué par de la musique mise à plein régime, il avait surpris Rose en train de danser dans sa chambre. C'était l'hiver dernier, il faisait noir dehors, elle ne l'avait pas vu. Il l'avait regardée assez longuement, subjugué par son lâcher-prise, par sa joie, par sa folie douce, par tout ce qui émanait d'elle. Il avait souri de ce spectacle et longtemps il y avait repensé. Il ne savait pas faire cela, se laisser aller à être un peu fou, enlever son costume d'homme sérieux.

Il entre dans la pièce, ne trouve rien de spécial. C'est comme avant. Blanc et sobre, monochrome et morne. Il reste juste une odeur particulière. La sienne, comme unique trace de son passage, volatile. Un jour prochain, elle s'évaporera et ce sera comme si elle n'était jamais venue. Il restera davantage qu'une odeur ou le souvenir de sa vie ici : tout ce qu'elle a fait pour Lou et qui restera à jamais en sa fille et dans son cœur.

Il a été nul, oui… parce qu'il n'a pas été foutu d'expliquer tout ce que son *merci* contenait… et parce qu'il n'a pas su lui dire, qu'à titre tout à fait personnel, elle allait d'une certaine façon lui manquer. La page qui se tourne était jolie, malgré tout.

*

Rose roule en direction de Fécamp, les larmes lui troublant la vue, le cœur chamboulé. C'est fini, se répète-t-elle. Il faut refermer le livre et ouvrir le suivant, celui de la danse, celui de sa carrière qui lui tend les bras, sans plus rien qui la retienne à présent. Dans un mois, elle partira à Londres pour démarrer une nouvelle vie. C'est un joli lot de consolation, et même plus que ça.

L'amertume du départ cède déjà la place à un début de sérénité. D'optimisme, au moins. *Il faut toujours voir le verre à moitié plein plutôt qu'à moitié vide*, lui disait Marie-Cécile, *et trouver en toute chose le bon côté…* C'est elle qui lui apportait des tonnes de livres quand elle était à l'hôpital : « Tu ne peux pas sortir de cette chambre ni recevoir du monde ? Profites-en pour lire… Ça te permettra de t'évader. » Rose n'a jamais tant lu que coincée entre ces quatre murs. Pour être honnête, Rose reste sur un mélange d'impressions contradictoires envers Antoine : certes elle lui en veut de s'être montré si ingrat et de l'avoir renvoyée au rôle de simple employée, néanmoins elle est contente pour lui. Lui aussi démarre une nouvelle vie, et il a bien droit au bonheur…

50

Regretter

L'anniversaire de Lou approche. Pour Antoine, c'est un douloureux retour en arrière. Il y a deux ans, il perdait sa femme ; il y a un an, Rose a trouvé le moyen de faire de ce moment ambivalent une fête pour l'une et un hommage pour l'autre, de réunir les deux faces de cette date pas comme les autres. Cette année, ce sera forcément différent…

Depuis que Jeanne s'est installée chez lui, tout n'est pas aussi simple qu'il l'espérait. La maison porte encore le deuil et Antoine ne souhaite toujours pas « faire le ménage » dans sa vie d'avant. Bien sûr, Jeanne comprend et ne veut pas le brusquer, mais elle aimerait sans doute que les effets de Raphaëlle soient au moins mis en carton, rendus invisibles. Quand elle n'était que de passage, Jeanne savait se faire violence pour occulter certaines preuves de l'ancienne existence de Raphaëlle. Mais à présent qu'elle vit dans cette maison, elle éprouve beaucoup de difficultés à prendre ses repères. Et puis ce portrait géant qu'elle voit tous les jours, tout le temps, ce regard de Raphaëlle qu'elle croise et qui semble perpétuellement lui dire « Tu as pris ma place »… Jeanne se sent en rivalité avec une morte. Enfin elle aimerait bien savoir s'il l'aime autant qu'il l'aimait. Déjà qu'il ne le lui dit jamais… et qu'il continue à porter son alliance… Parfois, Jeanne pense qu'elle aurait dû fuir, que cet homme charmant a le veuvage dans les veines et qu'elle s'aventure sur un chemin qui pourrait bien être son chemin de croix. Alors, elle tente de se rassurer en se répétant qu'il faut du temps… qu'avec le temps, tout passe… et qu'un jour ils seront heureux, vraiment heureux.

Elle ne dit rien de tout cela à Antoine. Il le devine, mais se refuse toujours, par exemple, à enlever la brosse à dents de Raph dans le gobelet de la salle de bains. Décrocher le portrait du mur, ce serait comme exiler Raphaëlle. Il ignore, en revanche, que Jeanne a trouvé tout le courrier de sa femme défunte dans un tiroir du buffet. Il ignore surtout qu'elle a été tentée de le mettre à la poubelle. Mais il se doute bien qu'il n'y aura point d'hommage à Raphaëlle le 7 septembre… que Jeanne voudra fêter l'anniversaire de Lou rien que tous les trois, et qu'elle n'invitera pas l'ombre de Raphaëlle autour du gâteau.

*

Ils sont à table tous les trois. Ce devrait être une fête. Pour Lou, c'en est une. Pour Jeanne, c'est une épreuve… Et Antoine a vécu la journée dans la mélancolie la plus totale. Incapable de travailler, il s'est remémoré la journée et la nuit d'il y a deux ans et a fait malgré lui le bilan des deux années écoulées. Il a vécu le pire, mais aussi, en de rares occasions, le meilleur. Et il se rend compte, en ce funeste jour, qu'il manque Rose avec eux. Qu'il aimerait qu'elle soit là pour Lou, mais aussi pour lui, avec son sourire rafraîchissant et ses idées de fée. Il se rappelle leur visite au cimetière, les roses, les photos dans les cadres, la volonté d'humaniser l'inacceptable.

Il n'a aucune nouvelle d'elle depuis son départ, n'a pas cherché à en donner non plus. Il se dit qu'elle les a relégués, Lou et lui, au fond de ses souvenirs, dans le recoin obscur où l'on n'a pas envie d'aller chercher. Il est sans doute responsable de cela. Il espérait, jusqu'à ce soir, qu'elle appellerait, enverrait un message au moins. Mais rien. Heureusement, Lou n'a pas conscience de ces manques-là, elle qui, nuit et jour, a tant réclamé Rose depuis son départ…

Alors Antoine est là, à jouer avec sa fourchette, sans faim, sans joie, et Jeanne est tendue à ses côtés, comme engagée dans une lutte invisible avec deux fantômes. Lucide, amère, jalouse des absentes… se demandant ce qu'elle fait là.

*

Pour Antoine, ce cap des deux ans est difficile, presque plus que celui du premier anniversaire… La culpabilité d'avoir remplacé Raph le ronge. Jeanne dort dans leur lit, mais il a acheté de nouvelles parures et jeté toutes celles d'avant. Il ne voulait pas qu'elle dorme dans leurs draps. Il n'est pas toujours à l'aise de faire l'amour avec elle, ici ; il préférait chez elle. Parfois, quand il voit Jeanne se servir d'un simple stylo qui appartenait à Raph, il sent ses mâchoires se serrer, la rage monter un peu. Comme si elle n'en avait pas le droit… et pourtant si. Il a horreur, aussi, de la voir repasser dans *leur* bureau, surtout ses chemises à lui. Il n'est pas guéri. Il se demande même s'il ne devrait pas retourner consulter M. Varton… Il n'ose pas non plus se confier à ses amis. Cédric et Mélanie l'avaient prévenu… Il se déteste de constater qu'ils avaient raison. Il n'est pas guéri… et il ne sait toujours pas s'il aime VRAIMENT Jeanne.

Il décide néanmoins de se faire violence pour donner une chance à son couple par un premier geste symbolique : il retire la brosse à dents de Raph du gobelet. M. Varton lui aurait sans doute dit de commencer par là…

*

Au milieu du courrier, une enveloppe attire l'œil d'Antoine. Il connaît cette écriture. Le timbre n'est pas français, mais anglais. Il décachette en vitesse l'enveloppe et en retire une carte. *Happy birthday*, y a-t-il écrit, à côté d'un ourson en kilt… La carte a été envoyée le 5 septembre, mais elle a mis une semaine à arriver. Antoine sourit : elle ne les a pas oubliés, surtout elle n'a pas oublié Lou. Il lit :

Ma petite Lou,

Je te souhaite un très heureux anniversaire pour tes deux ans. J'espère que tu vas bien. Tu as dû bien grandir…

Je pense fort à toi et je te fais plein de bisous esquimaux.

Rose

Même si le style est bref et sans emphase, ce qui laisse penser que Rose a joué la carte du recul, tout en sobriété, Antoine est doublement content : Lou va être heureuse de recevoir des nouvelles, et Rose a dû intégrer son école de danse. Il réprime une petite déception, cependant : il n'y a pas d'adresse pour lui répondre.

Il tente l'envoi d'un SMS : *Merci Rose.* Il n'attend pas de réponse et c'est tant mieux : il n'en aura pas.

51

Trouver son équilibre

Les mois qui suivent sont une suite de tentatives pour créer ce qui n'existait pas avant : un bien-être global, une forme de cohésion familiale. Antoine prend sur lui pour laisser plus de place à Jeanne ; celle-ci s'efforce de se rapprocher de Lou, qui continue de réclamer *Yoz* et qui pleure souvent de ne pas être comprise. Le trio, porté par deux adultes funambules, est en perpétuelle recherche d'équilibre, avec des hauts, des bas, et beaucoup de concessions.

Antoine et Jeanne veulent que leur couple marche, ne peuvent envisager l'échec, ne veulent pas avoir fait tout cela pour rien. Ils sont efficaces et professionnels dans leur carrière, ils gèrent leur quotidien comme une petite entreprise, avec des rôles définis, un cadre qui n'oublie personne, et surtout un visuel digne d'une pub, dont le slogan dirait « Nous y arrivons, tous les jours un peu plus ». Jeanne est toujours tirée à quatre épingles, Antoine aussi. Elle a le sourire éclatant en société. Lui, un peu moins. Il voudrait donner « l'apparence de », mais certains ne s'y trompent pas. Il voudrait être heureux, ou même juste croire au bonheur, or il est tiré vers le bas par une espèce d'évidence : il n'aime pas Jeanne autant qu'il aimait Raph, et il ne voit pas comment il pourrait en être autrement plus tard. Pire, il l'aime moins qu'à leurs débuts. La faute au quotidien qui a terni la passion des premiers mois ? Peut-être... Peut-être que comme le disait Mélanie, ils ne sont pas si compatibles... Ou bien peut-être qu'il n'était pas prêt et qu'il était en effet trop tôt. Son cœur lui révèle ce qu'il voudrait ne pas entendre et sa tête ce qu'il voudrait tout à fait ignorer : en réalité, il est de plus en plus sensible aux défauts de Jeanne. Elle a un côté rigide et trop sérieux... un peu comme Raphaëlle, mais sans ses qualités... Depuis qu'elle vit avec lui, elle a perdu le peu de fantaisie qu'elle avait ou revendiquait. Elle était tellement envoûtante, les premiers temps ! Elle a perdu de sa superbe et de son aura. Parfois il se dit qu'elle l'a berné, qu'il est tombé dans le piège d'une séductrice, puis il se ravise : non, Jeanne vaut tout de même mieux que cela. D'autres fois, il se dit qu'ils sont peut-être trop semblables et qu'il manque à leur couple la richesse qu'apporte la différence... qu'il va vite s'ennuyer à ses côtés et qu'il va rester dans le schéma des prévisions : une vie tracée de *working man*. Ce n'est pas avec Jeanne qu'il pourra révéler le vrai Antoine. Il a même arrêté le sport et renoncé aux vacances chez Hermance. Jeanne n'aime pas la montagne non plus. Elle veut du soleil et des cocotiers, un club de vacances luxueux avec cocktails à volonté, massages et bronzage. Il s'est incliné : ils sont partis en vacances en République dominicaine au mois de décembre. Sans Lou. Antoine l'aurait bien emmenée, mais devant l'insistance de Jeanne qui mettait en avant le bien qui en découlerait pour leur couple, il s'est arrangé avec sa mère pour qu'elle garde sa fille chez lui. Il a passé de bonnes vacances, certes, mais elles ont révélé un vide… Il manquait Raph… ou de l'activité… de l'émerveillement. Ensuite ils sont allés à Bordeaux. Jeanne a eu l'air de faire bonne impression à ses parents. Même son père l'a félicité… de quoi, d'ailleurs ? D'avoir trouvé une femme « digne de son rang » ? Antoine n'a pas répondu.

À table, en plein déjeuner de Noël, Simone a jeté un froid inattendu en posant une question qui ne l'était pas moins :

— Et Rose, comment va-t-elle ? Tu as des nouvelles ?

Son nom n'avait pas été prononcé depuis bien longtemps. Antoine, surpris, a bafouillé :

— Eh bien, euh… Elle a envoyé une carte pour l'anniversaire de Lou.

Il ne voulait pas retirer à Rose son geste généreux.

— Ah oui ? a demandé Jeanne, avec un regard glacial qui en disait long.

— La carte venait d'Angleterre, donc je suppose qu'elle a intégré son école de danse. Je n'en sais pas plus. La carte était adressée à Lou, a-t-il fermement répondu en regardant Jeanne droit dans les yeux.

Simone, loin de se douter que le sujet est tabou, n'a rien suivi de l'échange muet entre son fils et sa bru.

— Qu'est-ce qu'elle était bien, cette petite… N'est-ce pas qu'elle était gentille avec toi, mon trésor ? a-t-elle demandé à Lou. Elle a tellement fait pour elle, a-t-elle ajouté à l'adresse de Jeanne comme s'il s'agissait d'une confidence.

Jeanne s'est instantanément tendue, ses narines se sont même dilatées d'exaspération. Antoine a observé cela avec incrédulité. Il ne pensait pas que c'était à ce point-là, envisageant tout à coup qu'elle pût être d'une jalousie maladive… Où était le problème, au juste ? Il a trouvé la réaction de Jeanne infondée, insensée.

— Si nous passions au fromage, maman ? a-t-il demandé pour clore le sujet.

Le week-end s'est terminé sans que Simone ait saisi le problème, malgré l'air fermé qui n'a pas quitté Jeanne du reste de la journée.

Antoine a eu envie de lui faire la morale dans la voiture qui allait vers Reims, mais il a préféré se taire. Il a senti qu'il serait difficile de se connecter avec la magie de Noël chez ses ex-beaux-parents s'ils se disputaient maintenant… Il a laissé courir.

Avec l'arrivée officielle de Jeanne chez lui, et le départ de Rose, Antoine avait accepté de revenir à des relations cordiales avec les parents de Raphaëlle. Jeanne, bien que relativement mal à l'aise de se trouver chez eux, s'est montrée sous son meilleur jour lors de ce Noël, au point qu'ils l'ont adoptée assez vite… au grand étonnement d'Antoine qui a donc eu la preuve que, non, il n'était pas « trop tôt » pour se remettre en ménage. Ses ex-beaux-parents validaient.

Il ne lui restait plus qu'à rencontrer les nouveaux…

52

Se disputer, souvent

L'équilibre escompté n'est décidément pas aisé à obtenir. Il était fragile, il devient précaire. Le déséquilibre est même à présent la constante, la règle avant l'exception.

Ce qui était latent prend forme au grand jour : les non-dits font surface et s'expriment, ce qui donne lieu à leurs premières disputes. Il suffit parfois d'un rien, d'une broutille. En réalité, les désaccords et les problèmes sont profonds. Tout devient propice à bouder (pour elle), fuir (pour lui), se disputer finalement. Cela va de la tenue du jour de Lou à son éducation, du partage des tâches ménagères à la cuisson d'un plat, de l'invitation d'amis à accepter ou à refuser au choix du lieu pour les vacances, du caractère de l'un aux vilains défauts de l'autre… Ce qui était sous-entendu devient direct, les reproches fusent, sans fioritures, tranchants parfois. Ils sont assez intelligents pour éviter de hausser le ton devant Lou et pour reporter au coucher certaines discussions… Ils s'endorment souvent fâchés, peinent à se trouver des moments de complicité intime, ce qui accroît le malaise entre eux.

Certains sujets, et peut-être presque tous, ne sont que de fallacieux prétextes qui cachent la partie immergée de l'iceberg. Jeanne a du mal à supporter qu'Antoine ait eu une vie avant elle. Il y a toujours entre eux la trop formidable Rose (les rapports de Jeanne avec Lou ne sont pas simples) et le fantôme angélique… Elle ne peut pas lutter contre ces deux souvenirs prégnants, elle ne parvient pas à vivre avec. Et son rêve de famille idéale prend l'eau.

Antoine fuit la maison. Il rentre de plus en plus tard, part de plus en plus tôt, passe parfois la soirée sur son ordinateur pour s'avancer dans son travail. Il se noie d'ailleurs dans le travail, comme d'autres dans l'alcool. Jeanne n'est en rien dupe de cette évolution qui ne penche pas en sa faveur. Au début, croyant qu'il avait peut-être une maîtresse, elle s'était mise à fouiller dans ses affaires et à le questionner, plus ou moins subtilement. Mais non, la vérité était moins romanesque : il cherchait à l'éviter. Il ne l'aimait donc pas…

« Il ne m'aime pas… » Cette phrase tourne en boucle dans l'esprit de Jeanne et attise ses frustrations et sa jalousie. Elle sait sa lutte vaine : Antoine aime toujours Raphaëlle, et Lou éprouve toujours le manque de Rose. Mais elle s'accroche, tant bien que mal, telle une naufragée à une bouée en pleine tempête. Les chances de s'en sortir sont infimes…

Le plus difficile, c'est lorsque Antoine part en voyage professionnel. La première fois, Jeanne était confiante. Elle avait de plus, là, l'occasion de faire ses preuves, et souhaitait relever le défi avec brio. Bien sûr qu'elle allait savoir s'occuper de Lou. Or cela ne s'était pas bien passé. La petite voulait son père… ou *Yoz*. Jeanne avait eu une poussée de violence et de haine, et elle avait eu envie de l'attraper par les épaules et de crier « Mais arrête de me parler de cette fille ! ». Toutefois, elle avait gardé son sang-froid. La deuxième fois, Jeanne avait effectué les tâches minimales et n'avait pas cherché à jouer avec Lou. Cela tenait de la garderie… voire du gardiennage. Elle s'était dit qu'après tout Antoine n'en saurait rien. Depuis, à chaque fois qu'il doit partir, elle appréhende, elle a du mal à dormir… Elle garde Lou parce qu'il le faut. Elle n'éprouve aucune tendresse particulière pour cette enfant difficile, selon elle, qui ne saurait pas s'attacher à une autre femme, car elle aime trop Rose… Jeanne n'a pas réussi à l'aimer parce que la petite ne l'aimait pas, elle ; elle en est persuadée, et ne parvient pas à se forcer envers cette enfant qui n'est pas et qui ne sera jamais la sienne. Parfois elle songe qu'elle n'aurait pas dû se mettre en couple avec un homme ayant déjà un enfant… et veuf ! Elle a choisi les complications…

*

Un soir, Antoine débarque chez ses voisins. C'est la dispute de trop. Il a besoin de prendre l'air. Il a besoin de parler, finalement… Lui qui joue la comédie du bonheur depuis des mois, il a envie de vider son sac.

Mélanie est en train de donner le biberon du soir à sa fille dans le salon. Les deux hommes la rejoignent.

Cédric lui propose de boire une bière. C'est vrai qu'il fait drôlement chaud en ce mois de mai ! Ils trinquent, mais le sourire de Cédric ne se communique pas à Antoine.

— Le navire sombre… dit-il en guise d'introduction.

— À ce point-là ? demande Mélanie d'une voix attristée.

Ils sont visiblement peinés.

— Vous aviez raison… Je n'étais pas prêt. C'était trop tôt… et en plus nous ne sommes sans doute pas compatibles. Vous aviez raison, répète-t-il, dépité.

— Vous n'êtes pas bien ensemble ?

— Non. On se dispute souvent, beaucoup trop. Et puis elle ne me rend pas heureux… Moi non plus, d'ailleurs, je ne la rends pas heureuse. Je m'en veux de nous avoir infligé ça.

— Tu n'es pas le seul responsable de cet échec… Et… tout à fait entre nous, elle ne t'a pas un peu forcé la main ? Tu faisais celui qui assumait les décisions prises, mais on avait l'impression qu'elle était aux commandes et que tu te laissais faire ! s'exclame Mélanie.

Antoine baisse la tête. En y repensant, c'était couru d'avance…

— Qu'est-ce que tu vas faire ? demande Cédric.

— Je ne sais pas… attendre… lâche-t-il, vaincu.

— Attendre qu'elle se lasse et prenne enfin la décision à ta place ? ironise Mélanie.

— Je ne sais pas… C'est compliqué… Et puis il y a Lou…

— Dans ton malheur, parce que ta fille aurait pu

s'attacher à une deuxième femme, tu as de la chance : ça ne lui fera ni chaud ni froid, à Lou…

— Je sais… Elle parle encore de Rose.

— Toujours pas de nouvelles ? demande Mélanie, sans trop d'espoir.

— Non… Je n'en aurai plus, maintenant. Depuis la carte d'anniversaire, rien. Même pas à Noël…

— Elle doit être un peu vexée de la façon dont les choses se sont passées… Tu n'as pas été très délicat…

— Que voulais-tu que je fasse ? attaque Antoine.

— Tu pourrais peut-être t'excuser… propose Mélanie. Même si ça vient un peu tardivement, tu devrais lui dire… je ne sais pas, moi… ce que tu veux. Lui expliquer, peut-être, le pourquoi… Enfin, je dis ça, je ne sais pas… C'est toi qui vois.

Antoine ne semble pas convaincu.

Ils poursuivent la soirée sur d'autres sujets, comme leur projet de partir en vacances avec les enfants cet été, ce qui va arriver très vite à présent.

Quand Antoine rentre, il trouve Jeanne en pleurs. Elle l'attendait, mortifiée. « Pardon… Pardon… » Il sourit d'un sourire qui se force un peu, de celui qui est fatigué de ces montagnes russes du quotidien.

Avec Rapha, ils formaient un couple calme, harmonieux, stable et doux. Sans histoires. Antoine a donc bien du mal à supporter l'électricité ambiante dans cette maison qui était auparavant un havre de paix.

53

Faire un pas

Depuis cette conversation avec Cédric et Mélanie, Antoine est préoccupé, ressasse et broie du noir.

Il se demande d'abord où le délitement actuel de leur couple va les mener. Est-il curable ou opérable ? Qu'espère Antoine, au juste ? Attend-il vraiment que Jeanne s'en aille ? Si oui, pourquoi ? Est-il trop lâche et refuse-t-il d'assumer cette décision ? Est-il naïf de souhaiter leur redonner une chance ? Les questions vrillent et les réponses s'entrechoquent dans son cerveau endolori, fatigué. Il tergiverse.

Sur l'autre versant de ses tourments, il y a Rose. Les propos de Mélanie l'ont interpellé. Elle a souvent raison… Et s'il tentait, comme elle le lui a suggéré, de lui dire (ou plutôt de lui écrire) ce qu'il n'a pas su lui dire quand elle est partie, et ses regrets ?

Là encore, Antoine manque de courage et demeure inerte dans ses atermoiements. Il attend.

*

Bonjour, Rose. J'espère que tu vas bien et que tu auras ce message. Pourrais-tu me donner ton adresse mail ? S'il te plaît… Merci. Antoine

Rose découvre ce message sur son portable à la sortie d'un cours. Surprise de recevoir des nouvelles de quelqu'un dont elle n'en attendait plus, elle est immédiatement intriguée par le contenu. Que lui veut-il ? Sa curiosité l'oblige à répondre aussitôt. Elle envoie son adresse sans un bonjour, sans rien. Une adresse sèche, qui signifie « O.K., alors dites-moi… ». À quoi doit-elle s'attendre ? Il ne va certainement pas lui offrir un nouveau contrat ! Alors quoi ? De toute façon, elle a son cours de danse contemporaine dans deux minutes.

*

Envoyé le 19/06/2017 à 17:57
Expéditeur : Antoine Dussac
Objet : néant

Rose,

Je te remercie de m'avoir donné ton adresse, rapidement qui plus est. Tu dois te demander : « Qu'est-ce qu'il me veut, tout à coup, celui-là ? »

Tout d'abord, j'espère que tu vas bien et que ton école t'apporte autant que ce que tu espérais. Vas-tu poursuivre ta formation en septembre ? Quand rentres-tu ?

Tu dois te dire que j'ai mis du temps à prendre de tes nouvelles… et tu as raison. Et puis comme tu n'as pas répondu au « merci » que je t'avais envoyé après ta carte, je me suis dit que tu devais être fâchée contre moi.

Et je te comprends. Voilà, c'est ce dont je voulais te

parler : j'ai pris conscience de ne pas t'avoir traitée avec beaucoup d'égards durant les derniers mois où tu as vécu à la maison, encore plus quand tu l'as quittée… Je n'avais pas d'autre choix que de te laisser partir, mais je voudrais que tu saches que ton départ ne m'a pas « rien fait » (ni par rapport à Lou, ni à moi personnellement) ; je regrette également de ne pas t'avoir dit ce que j'aurais dû te dire à ce moment-là.

Je vais donc remédier à cela maintenant :

J'aurais dû te dire un vrai MERCI, celui que tu mérites… pour tout ce que tu as fait pour Lou, pour moi, pour nous, dans notre maison, et dans notre quotidien.

J'aurais voulu (mais je n'ai pas osé, peut-être par pudeur ou par gêne) te prendre dans mes bras, pour te redire « merci », « porte-toi bien » et « je n'oublierai jamais ».

J'aurais souhaité ajouter « tu seras toujours la bienvenue », mais je ne le pouvais pas…

J'aurais aussi voulu te remercier pour tous ces moments passés ensemble, chez Hermance, qui ont été pour moi des parenthèses de joie… Je te les dois.

J'aurais dû, j'aurais voulu, mais je n'ai pas bougé. Je suis resté comme un ingrat, je t'ai regardée partir sans dire un mot.

Voilà ce que je voulais te dire. J'ignore si ce mail pourra me faire un peu remonter dans ton estime.

Antoine

Rose a les larmes aux yeux. Elle ignore ce qui a « réveillé » Antoine après tout ce temps… Il semblerait qu'il a repris forme humaine. Ses mots la touchent en profondeur. Certaines formulations la font s'interroger sur la liberté d'Antoine quant à ses choix. A-t-il les mains liées ? Il semble en tout cas ne pas tout assumer. Jeanne l'aurait à ce point manipulé ?

Il n'a pas parlé de Lou. Rose est déçue. Il devrait savoir qu'elle aimerait avoir de ses nouvelles, une photo, elle a dû tellement changer… Cela décuple son envie de lui répondre. Toutefois elle attendra deux jours, assez pour le faire mariner un peu. Après tout, elle a bien attendu des mois…

Envoyé le : 21/06/2017 à 22:47
Expéditeur : Rose Lenormand
Objet : Re

Antoine,

Je vous remercie d'avoir pris de mes nouvelles.

Je vais bien, très bien, même. Londres est une ville vraiment différente de Paris, mais très agréable (si l'on fait abstraction de la météo).

Je rentre bientôt. Je me suis inscrite pour septembre au Conservatoire de Paris, pour me préparer à un diplôme de professeur de danse.

Merci pour vos mots. Ils arrivent bien tard, mais ne sont pas inutiles.

Comment va Lou ? Elle me manque… Elle doit avoir tellement changé !

Rose

La réponse à ce mail tout en sobriété arrive dès le lendemain, accompagnée d'une photo de Lou fièrement assise sur une balançoire.

Envoyé le : 22/06/2017 à 9:13
Expéditeur : Antoine Dussac
Objet : Re

Lou se porte bien. Elle te réclame encore souvent.

Peut-être que nous pourrions organiser vos retrouvailles quand tu seras revenue ?

Le cœur de Rose devient guimauve devant la photo de Lou et confettis à la lecture du mail qui lui propose de la revoir.

54

Se revoir

Ils ont rendez-vous au jardin des Tuileries. Antoine y est arrivé le premier, s'est installé sur un banc près du bassin circulaire où ils ont convenu de se retrouver, s'est replié sur les souvenirs de la journée où ils avaient visité l'Orangerie.

Il n'a pas dit à Lou pourquoi ils venaient là. Il veut voir sa surprise et sa joie décuplées. Il la regarde jouer avec la poupée qu'elle emmène partout. Elle lui montre les statues, lui fait respirer les fleurs, lui offre des plumes dénichées sur le sol ou lui chatouille le bout du nez avec.

Il sourit, mais il est nerveux. Il trouvait son idée bonne, mais maintenant… Et puis faire cela en cachette, dans le dos de Jeanne, ce n'est pas très *clean*… Seulement il tenait trop à leur faire ce plaisir-là, quasiment un an après qu'elles se sont perdues de vue. Et il aurait dû les en priver ? Parce que Jeanne ne l'aurait jamais accepté. Et quelle crise elle lui aurait fait ! Non merci… Tant pis si c'est moche de mentir.

Il ignore de quel côté va arriver Rose, lance régulièrement des regards dans toutes les directions. Elle est un peu en retard… Il observe Lou, se dit qu'il l'aime très fort, que quand tout partira en vrille il lui restera l'essentiel en la personne de ce petit bout de fille qui va entrer à l'école dans moins de deux mois. La vie est étrangement faite…

— Yoz, Yooooooz ! s'écrie Lou en quittant sa poupée, s'élançant vers elle avec ses petites jambes encore maladroites.

Elle l'a vue avant lui. Antoine se retourne. Rose est accroupie dans l'allée, presque derrière lui. Elle écarte les bras pour accueillir la petite, qui s'y jette. Si Antoine en avait douté, ce qui n'était pas le cas, il aurait la preuve que Lou a conservé intacts la mémoire du visage de Rose et son attachement pour elle. L'étreinte est longue, et il s'avance gauchement, n'osant interrompre les effusions de tendresse qui l'émeuvent lui-même.

— Papa, Yoz est là ! l'informe-t-elle comme si cette rencontre était le fruit du hasard.

— Oui, ma chérie. Bonjour Rose, dit-il en inclinant légèrement la tête vers elle.

— Bonjour, dit-elle.

Son sourire respire la joie sincère et ne la quitte pas. Mais il n'est pas pour lui, il est pour la situation, pour Lou.

— Tu as laissé ta poupée par terre ! s'exclame-t-elle.

Brusquement inquiète, Lou court la chercher, sous le regard ébahi de Rose qui découvre une autre petite fille. Lou a changé. Elle a évidemment grandi, elle se meut différemment, elle s'exprime beaucoup plus et parle beaucoup mieux. Mais c'est toujours la même, sa Lou… la petite blonde aux yeux bleus qui pétillent et qui sourit… et qui vient se lover dans ses bras avec sa poupée. Rose est ravie de ce moment, mais ne peut s'empêcher de se dire « à quoi bon »… Le temps a filé, la vie les a séparées. Ce ne sera jamais plus comme avant. Une bouffée de nostalgie l'envahit, alors qu'à côté d'elle Antoine reste silencieux. Il ne sert à rien de prolonger ce moment. Ils sont tous les deux mal à l'aise. Il a su lui dire des choses par écrit, mais là il est muet, hésitant, confus, et elle ne parvient pas à savoir pourquoi. Il a fait ça pour Lou, peut-être aussi pour elle. Pas pour lui. Il s'en fiche royalement, au fond. « *Vos* retrouvailles », c'était écrit. Ce n'étaient que de belles paroles. Oui… à quoi bon tout ça ?

Rose est déçue. Elle s'attendait à plus… Elle avait imaginé, naïvement, qu'ils revivraient une jolie parenthèse tous les trois, comme avant. Mais non. Le moment est gâché. Elle regrette presque d'être venue… Sauf pour Lou.

Rose se force à poser des questions, pour ne pas partir trop vite. Elle discute avec Lou de ses vacances, de sa future rentrée… Puis elle se lève, n'y tenant plus.

— Je vais y aller, annonce-t-elle à Antoine.

— Déjà ? s'étonne-t-il. Je pensais que nous pourrions…

— Je suis contente d'avoir revu Lou, merci. Je vous souhaite un bel été. Je ne crois pas que nous réitérerons cette expérience…

— Je ne comprends pas. Je croyais que tu étais contente… Je pensais que peut-être, on aurait pu se voir ensemble, tous les trois…

— Merci, mais non. Je croyais que je n'avais pas tourné la page, mais finalement je crois que si. C'est mieux comme ça, de toute façon. Vous avez votre vie, j'ai la mienne. Je vous souhaite d'être heureux, Antoine. Vraiment.

Et elle lui serre la main.

Il est un peu sonné, la trouve distante, presque froide. Pas comme avant. Elle n'a sans doute pas accepté d'être mise à la porte sans ménagement, et son *mea culpa* n'y a rien changé.

— Je comprends, Rose. Au revoir. Je te souhaite beaucoup de réussite dans tes projets, sincèrement. Lou, dis au revoir à Rose.

La petite s'exécute sans trop d'émotion, et avec le sourire. Elle ne doit pas tout comprendre…

Et Rose s'en va.

Il la regarde s'éloigner. Elle n'a pas beaucoup changé, mais marche différemment. La danse, sûrement.

Il demeure là les bras ballants, songeur. Il ne reste plus rien de leur ancienne complicité. Il est déçu. Il s'attendait à autre chose, à une étincelle, à un regain, à un bon moment… Il faut croire qu'une année de vide a laissé des traces et que la magie ne se décrète pas. Elle ne s'est pas invitée à ces retrouvailles. C'est un flop au goût amer. Il n'aurait pas dû…

55

Arrêter les frais

Dans quelques jours, cela fera un an que Jeanne s'est installée chez Antoine. Le bilan n'est pas positif. Loin s'en faut. Ils sont en déficit, et l'heure est au pessimisme dans les parties adverses. La menace d'une rupture sourd, mais aucun des deux ne semble vouloir dégainer le premier. Ils se jaugent ou s'ignorent, c'est selon. Elle a migré dans le canapé, c'est une guerre des tranchées. Mais jamais LA discussion n'a lieu. À croire qu'ils attendent l'étincelle qui mettra le feu aux poudres. Peut-être aussi que « l'anniversaire » de leur vie en commun, dont l'échec est retentissant, sera le détonateur.

Finalement, l'étincelle s'appelle Rose et ne tarde pas à arriver. Lou n'a pas su garder le secret. Elle a dit à Jeanne qu'elle n'était pas gentille, qu'elle préférait Rose… C'était la première fois qu'elle osait dire une chose pareille et l'affronter. Les soupçons de Jeanne n'ont pas tardé. Elle se doutait bien qu'avec la fin de l'année scolaire, l'ex-jeune fille au pair avait retrouvé le sol français… Elle lui a demandé d'une voix doucereuse avec un sourire complice et un geste tendre malgré l'affront : « Tu l'as vue, Rose, ma chérie ? » Lou a fait oui de la tête. « Avec papa ! » Oui, forcément, elle n'avait pas pris le bus en cachette…

*

Lou est couchée. Jeanne a ravalé le venin qui envahissait sa bouche depuis le début de la soirée, pendant tout le repas. Elle a réussi à jouer son rôle de parfaite maîtresse de maison, et a contenu son impatience avant d'aborder la scène finale.

Antoine revient de la chambre et trouve Jeanne sur le canapé, le regard incendiaire. Elle s'est transformée quand il a eu le dos tourné.

— Il y a un problème ? demande-t-il en passant.

— Il n'y en a pas qu'un, Antoine et tu le sais, siffle-t-elle pour annoncer la couleur.

Lui qui ne faisait que traverser le salon pour aller dans la cuisine se pose dans un fauteuil face à elle. Alors c'est maintenant ?

— Je t'écoute.

— Tu as le beau rôle, hein ? Comme d'habitude…

Elle fait une pause. Elle rassemble tous ses griefs, toutes ses rancœurs, et s'interroge sur la façon de les lui jeter à la figure, pour viser au plus juste et faire le plus de mal possible. Elle semble étouffer de haine.

— Je ne sais même pas pourquoi je suis encore là. Je crois que tu ne m'as jamais aimée. Ça, c'est le premier problème. Notre vie de couple est un désastre… Tu ne me touches même plus… Et en plus, tu me mens.

— Comment ça ?

— Te fous pas de moi. Je le sais, c'est tout.

— Tu sais quoi ? Qu'est-ce que j'ai fait, encore ?

— Ma chance, c'est que ta fille ne sait pas encore mentir ou tenir sa langue. Ça n'a pas été difficile de lui tirer les vers du nez…

— Qu'est-ce que tu as fait ? Que lui as-tu dit ? demande-t-il, soudain énervé.

— Elle m'a juste confirmé ce que je savais déjà. Ne t'inquiète pas, je n'ai pas fait de mal à ta petite fille chérie, fait-elle, un pli amer et moqueur au coin des lèvres.

— Arrête tes sous-entendus. Viens-en au fait, Jeanne, ordonne-t-il, de plus en plus nerveux.

— Je sais que tu vois toujours Rose.

Il ne peut s'empêcher de souffler d'un air méprisant.

— Tu dis n'importe quoi.

— Lou m'a dit qu'elle l'avait vue, elle ne l'a pas inventé !

— Une fois… dix minutes, admet-il d'un ton qui se veut plus serein. Il n'y a pas de quoi en faire un drame.

— Bien sûr… Sauf que ça veut dire deux choses : 1) tu m'as menti, ou tu as « omis » de me le dire, ce qui revient au même… 2) cela veut dire que tu es toujours en contact avec elle.

— Tu parles… Arrête, Jeanne. Ne t'abaisse pas à ça. Tu ne sais même pas de quoi tu parles. Rose n'est en aucun cas la cause du naufrage de notre couple.

— Naufrage ? Comme tu y vas ! Je suis assez surprise de t'entendre l'exprimer ainsi… Comme quoi j'en apprends beaucoup, aujourd'hui.

— Tu es tout aussi lucide que moi, Jeanne. Admets-le : ça ne fonctionne pas…

Des larmes de tristesse et de rage mêlées s'invitent au bord des yeux de Jeanne.

— On a essayé… je crois. On n'y arrivera pas… lâche-t-il d'une voix adoucie. Et je peux t'assurer que Rose n'a rien à voir là-dedans.

— Alors pourquoi ? l'implore-t-elle en levant les yeux vers lui.

— Je ne sais pas… fait-il pensivement, après un léger temps de réflexion. C'est comme ça. Tu sais comme moi que la vie de couple est une aventure et que rien n'est joué d'avance… La magie des débuts n'a pas perduré.

— C'est de ma faute. Je n'aurais pas dû m'installer ici. J'étais trop impatiente… J'ai voulu brûler les étapes…

— Et évincer Rose ?

Elle baisse la tête, comme un aveu.

— Je crois que ta jalousie, mal placée entre nous soit dit, nous a fait du mal… Si je peux me permettre, tu devrais essayer de travailler là-dessus…

— Et toi ? Toi, tu n'as rien à te reprocher ! Tu es génial ! explose-t-elle, pleine de fiel soudain. Mais tu trouves que c'est normal de vivre comme tu vis, dans ton sanctuaire ? Ce tableau, par exemple, là… tu ne le trouves pas déplacé ? Comment voulais-tu que je me sente bien dans cette maison, avec ta femme vivant parmi nous ? Elle est morte, Antoine, morte ! Ce n'est pas elle qui va t'aider à te construire un avenir ! Tu ne te rends même pas compte que tu as un boulet au pied. Ton alliance pèse lourd aussi. Tu n'étais pas prêt…

— C'est vrai. Disons que tout est allé trop vite. Je n'ai pas eu le temps de finir mon deuil…

— Ça va faire trois ans… J'espère pour toi que tu vas avancer, parce que tu es toujours à moitié bloqué dans ton passé. Après… J'avoue que j'ai mes responsabilités et que je t'ai brusqué. De ce point de vue-là, c'est de ma faute…

Il ne dit rien, pour ne pas approuver. Mais elle a raison… Il a bien sûr des torts et des aspects à travailler, lui aussi. Il ne lui dit pas l'essentiel : quoi qu'il en soit, ils n'étaient pas faits l'un pour l'autre et il ne l'aurait jamais aimée autant que Raph, ou même aimée tout court… Il a cru, à un moment, se tenir au bord du gouffre de l'amour, mais il n'est pas tombé dedans.

*

Un an après son installation, Jeanne a donc fait ses cartons et a quitté la maison. L'amertume a bercé leurs derniers jours. Pourtant, juste après son départ, quand Antoine entre dans son salon où Lou regarde un livre sur le canapé, il éprouve le semblant de sérénité qui accompagne une forme de soulagement. La quiétude va pouvoir réintégrer son intérieur. Il va pouvoir mieux respirer.

Il n'a aucun doute sur le fait que c'était la meilleure décision à prendre. Et puis devant lui, tout est possible. Il se sent enfin libéré… donc libre.

56

Se retrouver entre amis

Contre toute attente, et alors que Rose était en Angleterre, Manon et Charlotte ont fini par se rabibocher. La première a demandé pardon, la seconde a fini par accepter. L'absence de Rose les a rapprochées, bizarrement. Pourtant différentes, elles ont pris de plus en plus plaisir à se retrouver tout au long de l'année scolaire. Le dérapage n'a donc pas eu de suite, Manon et Vincent ayant un temps pris soin de s'éviter, jusqu'à ce qu'ils parviennent à se voir en bons amis, sans ambiguïté et comme si cela n'avait jamais existé.

Julian et Sue sont repartis et, si ce n'est que Maxime a perdu un membre de son groupe, ils ne sont pas vraiment regrettés. Rose est rentrée en France à peu près quand Julian en est parti. Ils se sont croisés entre Londres et Paris.

Un projet de vacances à cinq a vu le jour dans le courant du printemps. Les parents de Maxime ont une nouvelle fois proposé de lui laisser les clefs de leur maison du Bois-Plage-en-Ré une semaine en août. Les quatre autres ont été ravis quand il leur a soumis l'idée. « Il y aura le chien à garder, par contre. » Aucun souci. « Il a des soucis de digestion. » Ah ? Bon. Ce n'était *a priori* pas un lourd tribut. *A priori*… Disons que le fameux chien a passé une bonne partie de la semaine dans le jardin, au final.

*

La maison est bien située ; au bout de la rue, il y a la plage. On peut gagner le centre-ville en dix minutes à pied. Ils ont garé la voiture dans le jardin et l'ont abandonnée pour la semaine : ici, on se déplace à vélo, surtout. Rien que cela, c'est dépaysant.

Dès leur arrivée, les cinq amis ont choisi leur chambre : les trois filles se tassent dans une chambre prévue pour deux, les garçons font le choix du confort (chacun sa chambre, chacun un grand lit).

La semaine s'annonce extra, la météo agréable, la bonne humeur est donc de mise. Les rires fusaient déjà dans la voiture. Au programme ? Marché le matin, footing ou promenade sur la plage, jeux, repos et baignade, soleil… apéro et sortie le soir. De vraies vacances. Les garçons ont prévu d'aller jusqu'au phare des Baleines à vélo. « Trop loin », ont dit les filles, qui opteront pour les boutiques de Saint-Martin, sans oublier de passer chez le meilleur glacier du coin…

*

Rose est restée sur la plage. Les quatre autres ont pris le chemin de la maison. Elle les rejoindra un peu plus tard. C'est bien aussi de rester seule, après avoir passé un après-midi à se baigner, bronzer, jouer aux raquettes, discuter… La plage s'est vidée petit à petit et les gens qui restent sont éparpillés tout le long de la dune qui s'étend sur plusieurs centaines de mètres. Le soleil est encore chaud malgré l'heure. Le sable aussi. Rose est assise, face à la mer. Elle se concentre sur la beauté de ce qui l'entoure, le souffle chaud du vent sur sa peau, les petits jets de sable qui viennent la fouetter gentiment. Calme et quiétude… comme si elle était complètement seule sur la plage. Elle se sent bien.

Son esprit s'échappe. Elle pense à sa rentrée au Conservatoire, et aussi à Lou, qui va entrer à l'école. Elle aimerait être une petite souris pour la voir franchir le portail avec son cartable sur le dos et dire bonjour à la maîtresse. Parfois, elle regrette ce qu'elle a dit à Antoine. En vérité, elle aimerait bien revoir Lou. Mais pas comme la dernière fois. Elle préfère se dire que c'est mieux ainsi. Avec Jeanne chez lui, elle n'a définitivement plus de place dans leur vie. Elle l'a senti…

*

La semaine passe très vite. Le groupe s'entend à merveille et plus que jamais. Rose prend soudain conscience que ses amis lui ont vraiment manqué pendant son année hors de France. Ces retrouvailles lui font chaud au cœur.

Charlotte, qui ne connaissait de Maxime que son côté maladroit, rêveur et un peu décalé, tombe petit à petit sous le charme de ses qualités. Ils sont de plus en plus complices, et leur goût commun pour les mots les amène à discuter livres, poésie et chansons. Ils en viennent même à écrire quelques textes dans la semaine. Charlotte savait qu'il écrivait en anglais les chansons des *White socks*, mais lui découvre un vrai talent en français. « Tu devrais écrire un roman ! N'aie pas peur de voir grand ! » lui dit-elle un jour sur la plage. Lui se rêve un jour compositeur. Il n'a jamais pensé à écrire un livre. L'engouement de Charlotte, crédibilisée par son master de lettres fraîchement acquis, le rend perplexe, mais le ravit. Enfin quelqu'un qui semble croire en lui ! Dans son enthousiasme, il l'embrasse. S'excuse en bafouillant. Mais Charlotte, que la surprise a paralysée, finit par lui répondre : « Ne t'excuse pas… Tu peux même recommencer. »

Et voilà comment, au cinquième jour, un couple s'est formé. Alors qu'ils passent tous ensemble la soirée dans une discothèque de Saint-Martin, et que Maxime et Charlotte donnent presque en spectacle leur toute récente idylle, il ne faut pas longtemps pour que Manon accoste Vincent avec des intentions flagrantes.

— Je remettrais bien le couvert… lui dit-elle avec malice.

Vincent ne se fait pas prier.

Et c'est ainsi que les vacances s'achèvent avec, en lieu et place de cinq célibataires, deux nouveaux couples et une Rose seule, mais ravie pour ses amis.

57

Faire le point

Lou a passé une semaine chez ses grands-parents maternels pendant qu'Antoine travaillait. Il a prévu de passer quinze jours chez Hermance et s'en fait une joie immense. De passage à Reims, il s'oblige à expliquer en quelques mots qu'il est redevenu « une famille monoparentale » comme l'appellent les médias. Les parents de Raphaëlle ont l'air déçus. Et comment va-t-il faire ? Il va s'arranger. Antoine ne tient pas à jouer les prolongations chez ses ex-beaux-parents. Il a tellement hâte d'arriver.

— Allez viens, Lou. On mangera sur la route, dit-il.

Elle ouvre de grands yeux ahuris.

— Mais papa, danyereux ! s'exclame-t-elle.

Il met une microseconde à comprendre, sourit, puis prend le temps de lui expliquer que c'était une façon de parler…

— Tu apprendras ça à l'école plus tard, dit-il en l'attachant dans le siège auto. C'est parti, ma fille. Direction les Alpes ! Et nos premières vacances tous les deux.

Antoine se réjouit de tout ce qui se profile devant lui : des moments privilégiés avec sa grand-mère et sa fille, des virées seul avec lui-même, le grand air et de magnifiques paysages… Il souhaite un réel retour aux sources et compte bien en profiter pour réfléchir enfin à qui il est à présent et à ce qu'il veut faire de sa vie.

*

Pour soulager Hermance (bien qu'elle reste en parfaite santé) sans entraver sa propre liberté, Antoine a inscrit Lou à la garderie du village un jour sur deux. Ainsi il aura toute latitude pour donner libre cours à ses envies de randonnée. Il s'est remis au footing il y a seulement deux semaines, difficilement, mais résolu à ne pas arrêter. Il risque d'avoir un peu de mal dans les forts dénivelés, mais au moins, il n'y aura personne à ses côtés pour s'en rendre compte. Et puis comme il a quinze jours devant lui, il a prévu un programme très progressif, en durée et en difficulté de marche.

À côté de cela, il compte bien passer du temps avec sa fille et sa grand-mère, discuter, se promener… retourner à Annecy… partager de doux moments en famille, tous les trois. Hermance est tellement heureuse de les accueillir à nouveau ! Pour preuve, une délicieuse tarte aux myrtilles les attend pour le goûter, à leur arrivée.

La montagne lui a manqué. Deux ans qu'il ne l'avait pas vue à la belle saison. Dès le premier jour, il entreprend de se dégourdir les jambes aux alentours du chalet, armé de ses jumelles. La chaîne des Aravis se déploie face à lui, infranchissable rempart de la nature. Il prend de grandes inspirations, emplit ses poumons de cet air aux vertus bienfaisantes. Ici, il se sent chez lui.

Le lendemain, il monte au Chinaillon, qu'il n'a pas fréquenté en été depuis longtemps. Sur les pentes vertes des alpages se superposent dans son esprit les pistes enneigées de l'hiver. Il se remémore ses derniers souvenirs de ski, et l'affreuse combinaison de Rose, ses chutes, ses éclats de rire, et sa grâce sur la glace. Il monte jusqu'au sommet du mont Lachat, d'où l'on domine le village du Grand-Bornand. Il se pose, boit un peu d'eau, et regarde partout autour de lui avec lenteur ; saisit les vols d'oiseaux, observe dans ses jumelles, respire… Puis il s'allonge et ferme les yeux pour mieux écouter, mieux sentir.

Et il sourit. Comme s'il était heureux. C'est d'ailleurs étrange, cette impression de sérénité qu'il a en lui à présent. Il se sent plus heureux qu'avant, et pourtant il n'était pas seul. Mais la solitude, quand elle est pleine et vivante, est aussi un cadeau… bien plus qu'une vie de couple bancale et insatisfaisante. Et il y a Lou. Sa fille est devenue son unique « souci ». Il veut lui apporter tout ce dont elle a besoin (et même plus), être là pour elle et la rendre heureuse. Il saura faire à présent.

Durant ces deux semaines, Antoine réfléchit à sa vie, remonte le temps, analyse, dissèque. Il fait le point pour mieux rassembler en lui ce qui est important et écarter ce qui ne l'est pas. Il a conscience d'avoir besoin de changement. Il veut s'alléger de l'inutile et du futile. Garder l'essentiel, ou peut-être le trouver.

Que veut-il faire de sa vie ? Il y a peu de temps, il a lu un article qui l'a interpellé. Il s'agissait de la « course à l'avoir » que les jeunes adultes disputent à peu près tous : il faut *avoir* un métier, *avoir* une femme ou un mari, *avoir* une maison, *avoir* des enfants, peut-être *avoir* un chien… mais aussi *avoir* de l'argent. Antoine avait tout (sauf le chien). Et jusqu'à présent il a tout fait pour avoir plus : travailler (trop), réussir (plus que les autres), gagner (toujours) plus… Il *a*… mais QUI *a* ? Qui *est*-il ? Vit-il une vie en accord avec son être profond ? Cet être qui en ce moment même se sent ici plus en vie que n'importe où ailleurs… Et si au lieu d'*avoir*, il essayait d'*être* ?

*

Parfois, durant son séjour, Antoine a le sentiment de revenir en pèlerinage sur les lieux de ces vacances bénies d'il y a deux ans. Cette impression s'est imposée très nettement dans les ruelles et près du lac d'Annecy, et a trouvé son apogée dans son envie de retourner au col de la Colombière.

Il a refait le chemin depuis le parking. Il s'est arrêté près des bouquetins, dont on aurait pu croire qu'ils n'avaient pas bougé, les a pris en photo, et a même été tenté d'en envoyer une à Rose… mais à quoi bon ? Il est monté par le sentier jusqu'à l'endroit exact où ils avaient pique-niqué face au mont Blanc. Il s'est assis là et il a repensé à ce qu'elle avait dit sur le paysage, qu'il ne pouvait jamais être identique. La dernière fois, il y avait des nuages, cette fois, le ciel est d'un bleu pur et immaculé. Il n'y a pas un souffle d'air, et il fait très chaud. L'herbe est sèche. Antoine reste longtemps à cet endroit, pris d'une nostalgie non dénuée de sérénité. Le bien-être de se trouver ici est plus fort que les regrets. La vie est devant lui, il faut cesser de toujours regarder en arrière, vivre dans le passé, vouloir revivre les moments d'avant…

Il faut inventer l'après.

58

Faire sa rentrée

Elle a son petit cartable sur le dos, son doudou dans la main droite, la main de son père dans la gauche. Elle porte sa plus belle robe et toute sa fierté. Elle sautille sur le chemin de l'école. Il fait beau, l'école n'est pas très loin, Antoine a pris sa journée, alors c'est très agréable d'y aller à pied.

Ils franchissent le portail, et se laissent porter par le flot de parents et d'enfants. Antoine guide sa fille vers sa classe et lui rappelle le prénom de sa maîtresse, Clarisse. Celle-ci les accueille avec beaucoup de gentillesse et de douceur. Il y a des enfants timides, d'autres qui semblent perdus, qui pleurent, et puis il y en a qui jouent déjà. La maîtresse s'enquiert de Lou : comment va-t-elle ? Clarisse n'a pas oublié le jour où ils sont venus pour l'inscription, elle n'a pas oublié le livret de famille, elle se rappelle bien la stupéfaction triste qu'elle a ressentie en lisant « mère décédée le 7 septembre »… le même jour que la naissance de la petite. La maîtresse va devoir faire attention à cette élève qui n'a pas de maman. Elle n'a jamais connu pareille situation… Elle sait déjà qu'elle ne fera pas de bricolage pour la fête des mères. Elle sait aussi qu'il y aura des moments délicats, des moments où elle se sentira peut-être démunie, des moments où elle se dira que « l'heure des mamans » n'est pas une bonne expression. Le père a essayé de la rassurer : sa fille va bien. Pour autant, Antoine est un peu inquiet. La notion de « maman » est assez confuse dans la tête de sa fille. Elle sait qu'elle a perdu la sienne, la jolie dame sur le portrait du salon, sur le mur de photos de la chambre de son papa et dans le cadre sur la commode de sa chambre, mais elle ne peut pas s'en souvenir.

*

La première journée d'école s'est très bien passée. Pour la deuxième, Antoine a fini assez tôt pour récupérer Lou à l'accueil périscolaire. La semaine prochaine, c'est une assistante maternelle qui viendra la chercher, celle chez qui elle ira passer ses mercredis, dès demain. Alors qu'il s'accroupit auprès de Lou et l'embrasse, il est abordé par un membre du personnel :

— Ah, vous êtes son père, je présume ?

— Oui, en effet, c'est moi. M. Dussac.

— Mais qui est Yoz ? lui demande-t-elle.

Antoine regarde tour à tour cette dame et sa fille.

— Rose. C'était la jeune fille qui la gardait quand elle était petite.

— Ah, d'accord. Mais ça m'étonne, parce qu'elle me disait tout à l'heure que c'était Rose qui venait la chercher…

— Eh bien, non, répond Antoine assez fermement.

— Non ? Parce qu'elle m'a dit, n'est-ce pas Lou ? « Rose, c'est comme ma maman »... Vous connaissez les enfants et leurs raccourcis, mais j'ai trouvé ça étrange...

Antoine ressent soudain une chaleur suffocante, tandis qu'une sueur froide lui coule le long du dos. Ne leur a-t-on pas expliqué la situation ? Y a-t-il eu un défaut de communication ?

— J'ai rempli le formulaire avec le nom des personnes autorisées à venir chercher Lou. Il y a le mien, celui de son assistante maternelle et celui de ma mère. Et c'est tout. Lisez-le et vous comprendrez !

Sur ce, Antoine attrape la main de sa fille, son cartable, et quitte l'endroit, légèrement courroucé.

Ils rentrent à pied d'un bon pas... un peu vite pour les petites jambes qui ne comprennent pas le rythme pressé des grandes jambes paternelles.

Dans deux jours, c'est l'anniversaire de Lou. Antoine a très envie de le fêter en tête à tête avec elle et le lui dit.

— Ça va être bien, n'est-ce pas ma chérie ?

— Oui, papa.

— Et dis-moi, qu'est-ce qui te ferait plaisir pour ton anniversaire ? Tu voudrais un gâteau à quoi ?

— Un gâteau au chocolat et aux fraises !

Antoine ne trouve pas l'association des plus évidentes, mais soit.

— Et puis je voudrais Yoz ! s'écrie Lou en tapant des mains de joie.

Il s'assombrit, s'arrête et s'accroupit face à sa fille.

— Qu'est-ce qui se passe, avec Rose, ma puce ? Pourquoi tu en parles aujourd'hui ?

— Paque.

— Tu voudrais qu'elle soit là à ton anniversaire ?

Lou fait oui de la tête plusieurs fois, sa bouche se contracte dans une drôle de moue. Les sanglots ne sont pas loin…

— Ça va être compliqué… avoue-t-il, pessimiste. Je vais voir ce que je peux faire, mais je ne te promets rien.

C'est en silence qu'ils reprennent leur marche jusqu'à la maison. Antoine, persuadé que Rose va refuser, est désemparé… Suite à sa rupture avec Jeanne, il avait vaguement pensé proposer à Rose d'accomplir quelques gardes, mais il avait eu trop honte. Il n'avait pas osé. Après ce qu'elle lui avait dit… Pourquoi accepterait-elle ?

*

Rose a elle aussi effectué sa rentrée. Le Conservatoire est très différent de son ancienne école, mais elle va s'y sentir bien. Ces deux derniers mois, sans danse ou presque, ont manqué de sel. Dans quelques jours, elle passe une audition pour intégrer une troupe de danseurs amateurs. Se produire sur scène, elle en rêve…

Ce soir, elle retrouve ses amis dans un bar. Ils n'ont plus un QG, mais plusieurs adresses favorites. Depuis son retour à Paris et plus encore depuis leurs vacances tous ensemble, ils forment à nouveau un groupe soudé. Bon, Rose tient plus ou moins la chandelle aux deux couples, mais ils ont la décence de se comporter correctement. Parfois l'un ou l'autre du groupe lui demande où en sont ses amours et elle rétorque toujours « calme plat ». Ce soir ne fait pas exception.

— Et tu ne tripes pas sur les danseurs en collant ? demande Maxime en riant.

Manon prend une moue dégoûtée.

— Pas trop, non, répond Rose. Et puis je ne suis pas pressée, j'ai tout mon temps. J'attends le bon.

— Le bon ! Non mais genre, tu crois encore aux contes de fées ! Tu as trop regardé de comédies romantiques, Rose…

— Tu en as vu pas mal avec moi ! rétorque son amie.

— Nan, mais moi, c'est pas pareil… Tu me connais, moi, c'est le coït qui me rend romantique, explose-t-elle de rire.

Vincent sourit en faisant non de la tête. Il connaît l'oiseau… Maxime aussi.

Rose sent son portable vibrer dans sa poche. Cela fait diversion. C'est Antoine qui essaie de l'appeler. Elle ne décroche pas. Elle a été claire la dernière fois qu'ils se sont vus. Si c'est important, il laissera un message… Sa mine hésitante et fermée surprend ses comparses.

— Un souci ? demande Charlotte.

— C'est qui ? interroge Manon.

— Antoine, lâche-t-elle.

— Il est amoureux, ou quoi ? s'écrie Manon.

— Pfff, arrête… Tu vois bien que ça n'a rien à voir ?

— Charlotte a raison. Dans deux jours, c'est l'anniversaire de Lou… c'est tout.

— Tu avais oublié ? la coupe Vincent.

— Non, pas du tout. Mais… c'est de l'histoire ancienne.

— Apparemment pas… tente Charlotte. En tout cas pas pour lui…

Rose n'objecte rien. Le portable vibre à nouveau. Il y a un message vocal. Rose se lève pour aller l'écouter au fond du bar, où il y a moins de bruit.

Rose, bonsoir, c'est Antoine. Je suis désolé de te déranger… Je sais que tu tenais à en rester là, mais… Lou a trois ans jeudi, et… elle aimerait que tu sois là… C'est ce qu'elle a demandé. Alors, voilà… J'ai pris mon courage à deux mains, j'ai promis que j'essaierais… Pour ton information, au cas où tu te poserais la question, on ne sera que tous les deux… Bref, tu es la bienvenue… Réponds-moi… si tu veux bien. Tu lui manques…

Le cœur de Rose se serre inutilement. Elle imagine Lou la réclamer… prend conscience qu'elle infligera une déception à la petite qu'elle aimait tant… mais elle n'a pas envie d'être un bouche-trou. Elle pensait être plus que ça… valoir quelque chose et être plus qu'une employée sous contrat. Décidément, la pilule a toujours du mal à passer…

Vous embrasserez Lou pour moi. Vous lui direz que je pense fort à elle…

Elle envoie ces quelques mots par écrit. Aucune envie de tomber sur Antoine, ou de laisser sur son répondeur sa voix étranglée par les contradictions qui la malmènent.

59

Faire des choix

Les mises à plat et les remises en question amorcées lors de son séjour chez Hermance se réenclenchent. Cette fois, Antoine veut prendre les décisions qui s'imposent, aller de l'avant, renoncer à certaines choses pour *être* mieux. Il y a du travail… Il faudrait savoir quand et par quoi commencer. Le cap des trois ans était symbolique, il s'est dit que c'était le meilleur moment pour passer la seconde.

Ce soir-là, après l'école, Antoine a emmené Lou sur la tombe de sa maman. Ils y ont déposé chacun une rose blanche. Puis ils sont rentrés. Antoine avait trouvé une recette de gâteau au chocolat fourré aux fraises. Mariage assez improbable donc, mais à sa grande surprise plutôt réussi… Il était heureux de partager ce moment seul à seule avec Lou. Celle-ci, gagnée par la joie de la fête et des cadeaux, en a visiblement oublié Rose, ce qui soulage Antoine.

— Tu sais ma Lou… Ça fait aussi trois ans que ta maman est morte…

— Oui… Tiste, papa ?

— Oui… bien sûr. Mais elle sera toujours là et là, a-t-il dit en mettant une main sur son cœur et l'autre sur celui de sa fille. Je me disais que peut-être… Il faudrait enlever la grande photo, ici, sur le mur…

Il lui a semblé qu'il entendait encore les paroles de Jeanne. Elle avait raison, mais il ne s'en sentait pas capable, alors. À présent, il était prêt, mais il ne voulait pas descendre la toile et la faire disparaître dans le dos de sa fille. Il voulait qu'elle soit associée à cette décision. Elle a haussé les épaules, en guise de réponse. Elle était habituée à cette photo, mais ne portait sans doute pas le même regard sur elle que lui et que les adultes en général. Cela ne changerait pas sa vie. Cette photo-là, même très grande, n'est pour elle pas différente de celle qu'elle a sur sa commode.

Antoine ne voulait pas le faire seul, quand Lou serait couchée, alors, devant elle il a décroché du mur la photo sur toile, avec difficulté, en raison de ses dimensions. Il se rappelait le jour où ils étaient passés devant la boutique d'un photographe. Ils avaient fait des prises de vue, et Antoine avait tellement aimé cette photo-là précisément, qu'il avait vu les choses en grand… Il lui avait offert la toile à son anniversaire. Elle était aussi éberluée que ravie. C'était peut-être *too much* et narcissique, mais c'était son cadeau…

Après le coucher de Lou, il a emballé la toile dans du papier kraft et l'a montée à l'étage qui lui sert vaguement de grenier. Il a contemplé quelques instants le paquet contre le mur, il a souri, et il est redescendu, fier de ce qu'il venait d'accomplir.

Au mur restait un grand cadre rectangulaire fantôme, vestige de l'ancien, ouvrage du soleil et de la lune. Afin de redonner à cette surface la blancheur intacte des débuts, il allait falloir passer un bon coup de peinture. Et d'ailleurs… pourquoi ne pas en profiter pour changer la couleur du mur ?

*

Après cette première étape, Antoine s'est attaqué à un autre grand sujet : sa vie professionnelle. Alors même qu'il se posait de sérieuses questions quant à la longévité de sa carrière actuelle, il avait pris une grande décision : il voulait travailler moins, pour offrir plus de temps à sa fille… et à la vie. Il était las de cette course folle qu'il menait tous les jours et qui le vidait de sa substance. Il avait réussi, il avait fait ses preuves… Il comptait bien ne plus subir, imposer ses choix plutôt que se les voir imposer ou se les imposer à lui-même : il a fait embaucher un collaborateur, lui a délégué certaines tâches (dont tous les voyages professionnels), il a pris un temps partiel pour passer les mercredis avec sa fille… et il rentre plus tôt le soir.

Un jour, il a décroché le téléphone pour appeler son père. Il voulait lui faire part de ses décisions, le prévenir que l'ambition, le toujours plus, c'était fini… qu'il voulait une vie agréable, non stressante, une vie auprès des gens qu'il aime… qu'il espérait lui avoir assez prouvé, à lui qui lui avait imposé une voie aux antipodes de ce qu'il souhaitait. Il a réglé ses comptes avec son père en cinq minutes, et juste après il a eu encore l'étrange sensation de s'être allégé et libéré… Il se sentait aussi moins fils, mais plus adulte. Cédric et Mélanie n'en revenaient pas. Ils l'ont félicité chaleureusement. « On a un nouvel Antoine ! » s'est écrié son ami. Il n'était pas peu fier de sa décision, la meilleure de sa vie peut-être : un premier pas vers la liberté… ?

*

Antoine n'est peut-être pas un nouvel homme, mais c'est un nouveau père. Son lien avec Lou n'a eu de cesse de se renforcer, ils se rapprochent de plus en plus et gagnent encore en complicité. Le mercredi est presque une fête, comme une annexe de leurs week-ends. Il l'emmène à la piscine, à la bibliothèque, aux jeux *indoor*, au musée parfois… au cinéma, aussi. Ils font de longues promenades, au parc ou en forêt, où l'automne ravit leurs yeux émerveillés, où un arbre peut les mettre en joie par ses couleurs incroyables. Antoine porte un regard qui n'a plus rien de blasé sur les choses et la nature, et il sait à qui il le doit.

Il est parfois nostalgique, mais il éprouve surtout une très grande sérénité, cette sensation étrange que le meilleur est devant alors qu'il pensait l'avoir laissé derrière lui. Il sait qu'un jour il sera pleinement heureux et qu'il vivra une vie en accord avec lui-même. Parfois, il ressent l'appel de la montagne, mais sa Raison lui dit que ce n'est pas possible, que son existence est ici, à Paris, et d'ailleurs il ne se voit pas quitter tout ce qui fait son quotidien, pas plus que sa maison…

Et sinon… il continue le sport, plus que jamais.

Ma Rapha,

Trois ans après ton départ, je me sens bien comme jamais. Enfin ! Ne le prends pas mal, tu sais combien ça a été difficile pour moi. J'ai dû faire face au vide que tu as laissé et à des tâches qui me dépassaient totalement. Je me suis parfois senti aussi démuni qu'un papa kangourou incapable de subvenir aux besoins de son petit.

Quand je repense à l'état dans lequel j'étais il y a trois ans… J'étais en déroute. J'ai cru que je n'arriverais pas à me relever. J'ai cru que je n'arriverais jamais à aimer Lou, parce qu'elle t'avait prise… mais non. Je m'en veux maintenant de lui en avoir voulu, de ne pas l'avoir bien accueillie dans la vie, d'avoir été un père absent, un mauvais père.

Maintenant, je pense m'être bien rattrapé… Je m'en occupe autant pour elle-même que comme ton prolongement.

Finalement, elle est là, et heureusement. Elle m'a maintenu en vie, et à présent c'est elle qui met de la vie dans la maison. C'est un univers de douceur et d'amour, notre petite fille… Je n'arrive toujours pas à savoir si elle te ressemble… Je dirais plutôt qu'elle est un parfait mélange de nous deux, même si nous sommes bruns et qu'elle est blonde… pour l'instant.

Je ne sais pas si tu as vu, mais j'ai opéré de sacrés changements dans ma vie, ces derniers mois. Depuis que Jeanne est partie. Cette tentative de vie de couple a été un échec cuisant. Je n'étais pas prêt. Je t'aimais trop, je crois que je ne voulais pas laisser la place à une autre. Mais je n'ai aucun regret : ce n'était de toute façon pas la femme qu'il me fallait.

Mon bonheur sera sans doute entier le jour où je l'aurai trouvée.

En tout cas, je ne vois plus la vie de la même façon. Je crois que je suis sorti des rails sur lesquels j'étais installé. Il me reste à tracer ma voie, ma deuxième vie. Je la veux différente de celle que nous vivions (je pense d'ailleurs que nous faisions fausse route). Je la veux riche et pleine, mais pas d'argent… plutôt de temps et de partage. Je la veux rieuse et pas trop sérieuse. Je la veux centrée sur les plaisirs et les petits bonheurs de la vie. Je la veux contemplative.

Tu vois, je me sens libre. Je n'ai plus peur d'être et de vivre.

Je vais vivre pour nous deux. Deux fois plus, et surtout deux fois mieux.

Ton mari qui t'aura toujours dans le cœur.

60

Vouloir la revoir

Le sapin est déjà orné de boules et de guirlandes dans le salon redécoré. Les murs ont changé de couleur, les meubles ont changé tout court. Fini le blanc pur, mais froid, impersonnel. Antoine voulait de la chaleur, de la couleur. Il a peint les murs dans des teintes beiges – taupe et lin – ; a acheté des meubles en bois véritable, mais à la ligne contemporaine ; a rehaussé l'ensemble avec des toiles abstraites ; a fait installer un poêle… enfin. Parfois dans son salon, il s'imagine téléporté à la montagne. Derrière les fenêtres, il y aurait les sommets et les toits des chalets enneigés… Ce serait bien… Il se prend à rêver.

Lou arrive tout à coup les bras chargés. Elle vient s'installer à côté de lui sur le canapé pour qu'ils regardent ensemble l'album photo de sa première année, celui que Rose lui avait offert pour son anniversaire, avec l'ours polaire.

— C'est Rose qui a fait toutes ces photos, tu sais, ma Lou ?

— Ze voudrais bien la voir… Dis papa, pour Noël, elle pourrait revenir, Yoz ?

Comment expliquer à sa fille qu'elle ne veut plus les voir ? Antoine est, au fond de lui, persuadé du contraire… Mais il n'a pas su faire. Il n'est pas toujours très doué, même s'il s'est bonifié ces derniers mois. Il réfléchit à la manière dont il pourrait se rattraper. Un mail, un SMS, ou un appel finirait sans retour. Une idée lumineuse surgit alors : il faut provoquer une rencontre fortuite. Un faux hasard. Aller la retrouver sur un lieu qu'elle fréquente. Lui faire la surprise. Oui, mais… problème : où pourrait-il se rendre en étant sûr de « tomber » sur elle ? Il ne sait même pas où elle habite, il ne connaît aucune de ses habitudes… La seule chose dont il est certain, c'est qu'elle suit des cours au Conservatoire de danse de Paris. Il ne sait même pas où c'est… Ni une ni deux, il consulte Internet sur son portable. C'est à la Villette ! Une chance : entre le parc, le cinéma et les musées, il y a tout ce qu'il faut pour y passer un bon moment avec Lou… plusieurs fois si besoin.

Il veut revoir Rose. Pour Lou. Et peut-être pour lui. Mais pourquoi ? En réalité, c'est très simple : Rose leur a beaucoup apporté par ce qu'elle est, simplement. Et il est certain qu'ils ont encore à s'apporter mutuellement. Il veut lui montrer qu'il a changé, comment il a évolué… Il veut la retrouver, non par besoin, mais par envie. Envie de partager un bon moment. Peut-être que lui faire cette surprise lui plaira ? Au moins, elle ne s'y attendra pas, elle ne sera pas déçue. Ce sera comme un bonus. Et puis la maîtresse lui dit que Lou parle souvent de Rose… Quand les autres évoquent leur maman, elle raconte quelque chose qu'elle a vécu avec Rose. Antoine est surpris de la précision et de la prégnance des souvenirs de sa fille. Elle était quand même petite, à l'époque… Il paraît que c'est normal : l'amnésie infantile qui nous fait perdre les souvenirs de notre petite enfance arrive plus tard.

— On va lui faire la surprise… dit Antoine en posant un baiser sur les cheveux de sa fille.

*

Il ne sait pas quelle formation elle suit exactement, mais il s'est renseigné sur les horaires de fin des cours. Avec un peu de chance, elle sera au milieu de la cohue.

Ils ont passé une partie de la journée de ce mercredi à la Cité des sciences. Il y avait une exposition formidable pour les enfants à partir de trois ans. Quelle qualité pédagogique et quelle modernité, par rapport aux musées poussiéreux que sa mère lui imposait de visiter quand il était petit… Antoine a appris des choses aussi. Ils reviendront.

Ils sont à présent postés devant le Conservatoire. Il est 17 heures. Lou, qui n'a pas fait la sieste (hou, le père indigne), bâille à se décrocher la mâchoire. Mais elle guette avec lui. Petit à petit, les premiers étudiants sortent du bâtiment, par grappes ou par essaims, parfois en solitaire. Antoine est le premier à l'apercevoir. Il a repéré ses cheveux blonds mi-longs, sa silhouette, sa démarche légère. Elle ne l'a pas vu. Il se penche vers sa fille et la montre du doigt à Lou.

— Vas-y, je te regarde.

Lou s'élance vers Rose, qui ne la voit pas arriver et qui s'étonne de recevoir un poids contre ses jambes. L'étudiante en danse se penche en avant et découvre… Lou. Antoine la voit qui s'accroupit, écarte les bras pour que la petite se jette dedans. L'étreinte est chaleureuse. Antoine ne voit pas les larmes qui se pressent au bord des yeux de Rose, mais il voit l'essentiel : l'accueil qu'elle a réservé à sa fille veut tout dire… Il est content. Il s'avance un peu vers elle. Salue Rose, qui lui adresse un sourire chaleureux. Rien à voir avec la dernière fois…

— Qu'est-ce que vous faites ici ? demande Rose, toujours sous l'effet de la surprise.

— Eh bien, nous étions dans le quartier… Nous avons visité une expo pas loin, et nous sommes passés là par hasard. C'est drôle… Quelle coïncidence !

Rose le regarde d'un air dubitatif.

— Pas vrai, papa. Tu as dit *surprise*…

Rose éclate de rire et Antoine n'a plus qu'à avouer la terrible mise en scène qu'il a été obligé d'échafauder pour la revoir.

— Tu as quelque chose de prévu ? demande-t-il ensuite.

— Non, non, j'allais rentrer…

— Il fait presque nuit et il fait froid, peut-être que nous pourrions prendre un café tous les trois ?

— Moi pas café, rétorque Lou, ce qui fait rire les deux autres.

Rose est tellement ravie de les voir ainsi qu'elle se laisse tenter par la proposition. Il y a un café qu'elle aime bien, tout près de là.

Pendant qu'ils marchent tous les trois, Lou entre

eux deux, à l'apogée du bonheur, Antoine propose à Rose de cesser de le vouvoyer... Ils se connaissent depuis assez longtemps, et n'ont plus aucun rapport hiérarchique. Elle le regarde, étonnée.

— Je ne sais pas si je vais y arriver ! sourit-elle. Mais je vais essayer.

Antoine la regarde. Elle a changé. Elle semble avoir plus d'assurance et être plus adulte. Il espère, néanmoins, qu'elle n'a rien perdu de sa fantaisie. Ce serait vraiment trop dommage...

Ils s'installent dans le café. Lou est petite sur la banquette, elle a la table au niveau du nez, alors Rose lui propose de venir sur ses genoux. La fillette ne se fait pas prier. Ils commandent un café, un thé et un sirop à la fraise. Antoine oriente la conversation vers les cours de Rose. Celle-ci apprend énormément et est ravie. Elle a intégré en parallèle une troupe de danseurs amateurs ; ils répètent un spectacle qu'ils joueront début janvier dans une salle. Antoine lui dit qu'il aimerait bien la voir danser, ce qui la fait rire. Elle lui donne les coordonnées de la salle. Il ne viendra pas de toute façon...

Rose a du mal à tutoyer Antoine, pourtant il est d'un abord plus facile qu'avant. Sans qu'elle parvienne à s'expliquer en quoi, il semble avoir changé. Peut-être aussi est-il moins distant et plus naturel maintenant qu'il n'est plus son patron...

— Yoz... il est beau, notre sapin.

Lou les coupe en pleine conversation. Antoine était en train de raconter ses vacances chez Hermance. Rose se tourne vers la petite, qui doit en avoir assez de leurs conversations d'adultes.

— Ah oui ? demande Rose, feignant un grand intérêt pour l'arbre de Noël.

— Tu viens le voir ?

Rose rit : cela ne va pas être possible, elle a une répétition ce soir, et Lou habite trop loin… Une autre fois, pourquoi pas ? Antoine en profite pour l'inviter officiellement chez eux. Pendant les vacances de Noël, peut-être ?

— Tu verras, il y a un peu de changement…

Rose accepte et c'est une Lou folle de joie qui, sur les genoux de Rose, se laisse happer par le sommeil quelques secondes plus tard sous leurs yeux attendris.

61

Revenir chez eux

Rose a aimé ce moment imprévu. Elle n'a pas eu le temps de se faire des films en amont pour être déçue du déroulement après. Ils lui sont tombés dessus et elle était ravie. Enfin, la spontanéité a pu s'exprimer. Ces retrouvailles avaient la légèreté d'un ballon gonflé à l'hélium qui se dandine au bout d'un fil et la saveur d'un bonbon oublié de l'enfance. Ils étaient heureux de se revoir. Il n'y a eu qu'un moment de gêne, quand la serveuse a cru qu'elle était la maman de Lou. Rose a rougi. C'est vrai qu'elles ont la même couleur de cheveux, et puis quand on voit un couple avec un enfant, cela doit sembler évident… Mais non, quelle idée !

Ils ont convenu de se voir après Noël. Rose éprouve une certaine hâte, une vraie curiosité. Antoine a parlé de changements… Le vrai changement, c'est que Jeanne n'est plus dans sa vie. Il ne s'est pas étendu sur le sujet, une phrase a suffi. Rose était plutôt surprise, même si elle avait compris que Jeanne avait été absente pour le dernier anniversaire de Lou. Cela ne voulait pas dire qu'elle avait quitté la maison. En tout cas, il est différent.

*

Rose est accueillie par une Lou en forme olympique, complètement survoltée. Sa Yoz est là pour la journée ! C'est fête, aujourd'hui. Dès l'entrée, et même si Lou s'agite à ses pieds, Rose note les premiers changements. Le manteau de Raph n'est plus au portemanteau. Le salon lui apparaît ensuite dans toute sa nouveauté. Chaleureux, cosy… et surtout exempt de la photo de Raphaëlle. Elle se dit qu'elle a dû être retirée à l'arrivée de Jeanne. Cela aurait été normal en tout cas. Mais Antoine l'informe qu'il n'a *tout* changé qu'au troisième anniversaire de Lou. Rose reste interdite en réalisant que Jeanne avait vécu avec *ça* pendant toute une année… Rose, elle, s'y était habituée, mais c'était différent pour elle… Cela n'avait pas dû être facile pour Jeanne. Antoine semble lire ses pensées.

— C'est Jeanne qui a voulu que je mette fin à ton contrat, je n'en avais pas l'intention, sinon…

— Je m'en suis un peu doutée, lâche Rose avec un sourire gêné.

— Elle disait que ta présence ici, et auprès de Lou, était néfaste pour notre équilibre…

— Elle n'avait peut-être pas tort.

— Elle était surtout jalouse. De Raphaëlle, de toi, de toute femme qui aurait pu m'approcher… à l'exception de Mélanie, heureusement ! rit-il. Jeanne t'en voulait de t'être si bien occupée de Lou, et Lou ne lui a pas facilité la tâche, c'est vrai… Elle te réclamait régulièrement. J'aurais aimé qu'elles s'entendent mieux, toutes les deux, mais je crois que l'attachement ne se décrète pas. Il se fait, ou pas.

Lou vient chercher Rose pour lui montrer sa nouvelle chambre de grande. Les meubles ont été changés, il y a à présent un vrai lit, et des jouets un peu partout, un coin poupées avec cuisine. Lou est si fière de lui montrer tout son univers qu'elle saute de coin en coin et fait sa petite folle. Rose l'attrape de force, la prend dans ses bras et revient dans le salon avec le colis qui se débat en riant aux éclats.

— Ze suis satouilleuse ! prévient Lou.

Il n'en fallait pas plus pour que Rose s'amuse à la provoquer, et déclenche ainsi des rires en cascades. C'est si bon de renouer avec tout ça…

Le repas est prêt et la table dressée dans le séjour. Lou décerne une place à Rose, qui obtempère sagement. Antoine a voulu faire de ce repas un repas de fête, un vrai menu de réveillon. Toasts, saumon fumé (Lou en raffole), rôti farci aux marrons, et… tarte aux pommes d'Hermance. Dans le regard qu'ils échangent tous les deux, il y a les prémices d'une complicité retrouvée. Décidément, Hermance a des pouvoirs magiques, même à distance.

Rose offre à Lou un cadeau que le Père Noël a apporté chez elle par erreur. Il y a bien écrit son prénom sur la petite étiquette. La fillette est aux anges de découvrir ce très joli puzzle en bois, mais un peu fatiguée par les émotions du jour. Il est l'heure pour elle d'aller se reposer. Elle insiste pour que ce soit Rose qui l'accompagne. Antoine les laisse seules pendant qu'il débarrasse et prépare le thé et le café.

Rose le rejoint peu après.

— Merci d'être venue, dit-il en lui tendant un mug.

— Merci de m'avoir invitée, lui répond-elle avec un

grand sourire avant de rejoindre un fauteuil. Il est très chouette, ce salon. Très chaleureux. Tu as bien fait…

Il sourit parce qu'elle a réussi à le tutoyer, comme une fois sur deux.

— Je t'avais dit qu'il y avait des changements. Et ce n'est pas tout.

Il lui raconte ses réflexions quant à son travail, ses aménagements d'emploi du temps, sa satisfaction d'être plus disponible pour Lou, de ne plus partir en déplacement… Son soulagement et le sentiment de libération qu'il éprouve. Rose découvre à quel point il a évolué et combien il en est heureux. Il voulait qu'elle le sache. Il aimerait lui dire qu'elle y est sans doute pour quelque chose, mais il n'ose pas. Comme il a monopolisé la parole, il l'invite à lui parler d'elle… où elle vit, etc.

— Tu as des vacances en février ?

— Oui… répond-elle sans savoir où il veut en venir.

— Et si tu venais avec nous chez Hermance ? Ce serait super, non ? Je ne suis pas en train de te proposer un contrat de travail, mais des vacances à la montagne !… Au cas où tu te poserais la question. Tu n'es plus et tu ne seras jamais plus mon employée, Rose…

À ce moment-là, elle se demande ce qu'elle est au juste. Un genre d'amie ?

— … Ça me ferait plaisir, et Lou serait ravie, tu t'en doutes. Tu y réfléchis ? Tu n'auras qu'à me donner ta réponse plus tard…

— D'accord.

Et Rose sourit à l'intérieur.

62

La regarder danser

Depuis que Rose est venue chez eux partager un semblant de repas de Noël, ils se sont revus une seule fois. C'était au parc des Buttes-Chaumont, le mercredi après-midi juste après la rentrée. Un bon moment pour tous les trois.

Ce soir, comme il l'a prévu depuis leurs retrouvailles, Antoine va aller voir danser Rose et sa troupe. Il ne lui a pas dit. Il ne lui en a pas reparlé depuis la fois où il avait pris assez d'infos pour savoir où et quand cela se passait. Il a fait semblant d'avoir oublié. Il ne sait même pas s'il se montrera après le spectacle, ou s'il gardera pour lui ce secret. Il a juste envie de la voir, et c'est très étrange cette impatience qu'il ressent. Il se demande si cela lui causera autant d'émotion que quand il l'avait vue évoluer sur la glace à La Clusaz. Il s'en souvient comme si c'était hier. Il veut vérifier si l'effet sera le même. Il veut la voir danser, parce qu'il sait déjà qu'elle n'est jamais plus elle-même que lorsqu'elle danse, et qu'il a envie d'accéder à ce plus quand elle veut bien le laisser voir… Elle a un côté secret, caché. Il voudrait pouvoir découvrir sa vérité. La regarder danser, c'est peut-être trouver la connexion. Enfin… il se représente les choses un peu comme ça. C'est idiot.

Il est fébrile dans son fauteuil. Regarde le dépliant qu'il a dans les mains en attendant que les spectateurs s'installent. Il n'a pas cherché à savoir ce qu'il allait voir. Le spectacle est intitulé « Dérives et variations, variations en dérive (hommage à René Aubry) ». Antoine ne connaît pas. De la danse contemporaine, il n'a qu'une idée pétrie de préjugés… un truc bizarre, où les danseurs sont parfois nus. Il prie pour ne pas voir Rose ainsi, ce serait extrêmement gênant. Ressent une poussée de fièvre à cette idée. Il la sait fantaisiste, mais il ne la croit pas barrée au point de se dénuder en public.

En vérité, depuis quelques jours, depuis les Buttes-Chaumont pour être exact, Antoine est troublé. Dans le parc dépouillé par l'hiver, il a vu un soleil à forme humaine devant lui. Pas juste humaine… Bien qu'emmitouflée jusqu'au nez dans son écharpe et coiffée de sa capuche esquimau, Rose lui est apparue femme pour la première fois. Avant, elle n'était qu'une gamine. La nuit suivante, il en a rêvé… Il s'est réveillé perplexe, mais ému, songeur. Comme un chercheur face à une énigme à résoudre. Qui est Rose ? Qui est-elle pour lui ? C'est ce qu'il va essayer de découvrir ce soir. Peut-être trouvera-t-il une clef ?

Quand la salle est plongée dans l'obscurité, les premières notes résonnent. Tour à tour, dans une pénombre bleutée, cinq danseurs viennent prendre place sur la scène. Les silhouettes, véritables sculptures vivantes, ne laissent aucun doute : il y a deux danseurs et trois danseuses.

La musique est assez lente, les mouvements aussi. Ils sont d'une précision d'orfèvre, tous les cinq effectuant les mêmes gestes au ralenti. L'ensemble est beau, harmonieux, confère à la magie. Il fait encore trop sombre, sous la lumière bleue, pour qu'Antoine sache si Rose est sur scène et si oui, quelle silhouette est la sienne. Mais il se laisse prendre au jeu et bientôt ne sait plus la vraie raison de sa venue. Il trouve la musique bizarre, mais ce que les danseurs produisent sur chacune de ses notes le subjugue.

La lumière devient violette, rouge, puis rose et s'intensifie. C'est là qu'il la voit. À partir de ce moment, ses yeux ne la quitteront plus. Elle porte un justaucorps d'une simplicité désarmante. Rose n'est pas nue, mais c'est presque la même chose. Le moulage est sans surprise. Elle est comme il le pensait. Svelte, tonique mais sans musculature apparente (il n'aime pas les muscles saillants chez une femme). Elle a une ligne parfaite, et c'est sans doute ce qui ajoute à sa beauté de danseuse. Antoine est sous le charme. Le mirage s'évapore quand elle quitte la scène. Déçu, il espère qu'elle va réapparaître. Il regarde la suite du spectacle avec un œil plus distrait. Deux couples entament une danse à la fois violente et sensuelle, alternant corps à corps, portés et éloignements, puis quittent la scène. Arrive une danseuse qui évolue seule sur scène. Antoine l'observe. Est-il objectif, est-il trop « fan » de Rose pour être impartial ? Toujours est-il qu'il ne lui trouve ni son talent ni son charisme. Le spectacle se poursuit avec un trio : un danseur, et deux danseuses… toujours pas de Rose. Antoine s'impatiente et s'ennuie. Un tableau collectif lui succède, où il a la joie de la retrouver. Celle-ci est décuplée quand il s'aperçoit que tous sortent, sauf elle. C'est à son tour d'être seule en scène. Antoine a envie de hurler, comme s'il s'agissait d'une compétition de sport : « Vas-y, Rose, donne tout ce que tu as ! » Mais ce serait inadéquat et de toute façon inutile : elle donne tout. Elle tournoie, court, s'arrête, jette un regard intense sur le public et repart, danse comme si elle était seule au monde. Elle est éclatante. Habitée. Magnifique. Plus que la grâce, il émane quelque chose d'elle, et Antoine pense savoir ce dont il s'agit : une force de vie. Forte, insolente, qui ferait s'effondrer des murs, qui ferait rejaillir des sources taries.

À la fin du spectacle, applaudi à tout rompre, les danseurs viennent saluer le public plusieurs fois. Ils ont tous un sourire éclatant, mais l'un d'eux brille plus que les autres.

Antoine se faufile à l'extérieur et se dirige vers sa voiture. Il préfère ne pas aller voir Rose… même s'il a très envie de la féliciter. Sur la route qui le ramène chez lui, il s'interroge sur le mystère de la vie en Rose… Elle doit bien lui venir de quelque part. Ce n'est pas que la danse, le sourire, le plaisir du mouvement, c'est aussi sa façon de considérer les éléments qui l'entourent et d'admirer la nature. Elle n'a que vingt-quatre ans, mais elle a vraisemblablement tout compris. Déjà, elle est dans l'*être*, l'*avoir* ne l'intéresse pas…

Son trajet se passe au gré d'un film en couleurs, aux scènes dans le désordre et dont le sujet est Rose.

Rose lors de son entretien d'embauche, Rose sur les skis, Rose avec Lou, Rose au cimetière, Rose qui part déçue, Rose qui patine, Rose qui fait une tarte aux pommes, Rose qui danse, Rose qui rit avec Hermance…

C'est là qu'Antoine se dit qu'il ressent *quelque chose* pour elle… indéfinissable mais présent, qu'il voudrait pouvoir nier. Elle est tellement jeune, bon sang !

*

Antoine : Bravo pour hier soir, Rose.

Rose : De quoi parles-tu ?

Antoine : De votre spectacle.

Rose : ???

Antoine : Je t'avais dit que j'irais… Je suis venu.

Rose : Noooon ? Mais pourquoi ne me l'as-tu pas dit ?

Antoine : Je ne voulais pas te gêner. J'ai pensé que ce serait mieux que tu ne saches pas que j'étais dans la salle.

Rose : C'est vrai… mais tu aurais pu rester après, m'attendre.

Antoine : C'était très réussi.

Rose : Merci Antoine. Ça me touche beaucoup.

Il aurait voulu lui dire qu'elle l'a subjugué, qu'elle était sublime, magnifique, divine. Mais il a eu peur de lui faire peur. Alors il a choisi de lui cacher la force de ce qu'il a éprouvé.

Rose, quant à elle, n'en revient pas. Elle est gênée *a posteriori* d'imaginer son ancien patron la regarder danser sur scène. Heureusement qu'elle ne savait pas… Elle n'aurait sans doute pas été la même. Elle se serait peut-être moins laissé habiter par la danse… Il faut qu'elle arrête de se dire que c'est son ancien patron. À vrai dire, elle ne sait plus trop qui il est pour elle… Enfin si, il est le père de Lou.

63

Se demander si c'est aimer

Alors qu'il se débat une fois de plus dans les méandres de son travail à l'intérieur de son bureau haut perché, Antoine reçoit le SMS qu'il n'osait plus espérer et dont l'attente le mettait dans tous ses états.

C'est d'accord pour les vacances. Merci d'avoir pensé à moi.

Si elle savait… Il ne fait que ça, penser à elle, depuis leurs retrouvailles devant le conservatoire. Il ne l'a pas revue depuis le spectacle de danse d'il y a quinze jours, mais le trouble est resté là, vif et intact.

Une semaine tous les deux en perspective ! Antoine ne touche plus terre. Il se lève de son siège et entame une danse de la joie dans le silence de son bureau. Elle l'a contaminé, ma parole… Il n'a jamais fait ça avant. C'est très libérateur. Et il sourit de l'imaginer en train de le voir ainsi. Surtout qu'à tous les coups elle le trouve coincé… et vieux.

*

Il a invité Mélanie, Cédric et leur fille à dîner chez lui ce soir. Lou est contente de voir sa copine. Elles jouent toutes les deux dans sa chambre pendant que les parents prennent l'apéritif dans le salon, au coin du feu.

— Qu'est-ce qu'il y a, Antoine ? demande Mélanie de but en blanc.

— Pourquoi tu me demandes ça ? répond-il, piqué au vif devant l'air mi-soupçonneux mi-amusé de son amie.

— Tu n'es pas comme d'habitude, observe-t-elle avec un grand sérieux.

Antoine fait l'innocent.

— Tu ne trouves pas qu'il a l'œil qui pétille, chéri ?

Cédric s'approche des yeux d'Antoine avec l'air d'un entomologiste, ce qui les fait rire tous les trois.

— Moui, peut-être... conclut-il sans trop de conviction.

— Si, si, il y a un truc. Tu as rencontré quelqu'un ! explose Mélanie en le pointant du doigt.

— Rencontré... *rencontré* ? fait-il en guise de remake, reprenant les paroles de Cédric.

— C'est quelqu'un que tu connaissais avant ? demande celui-ci.

— Ne me dis pas que ce n'est pas vrai ! s'exclame-t-elle de l'air de celle qui a compris, sous les yeux ahuris de son mari.

Antoine sourit. Elle est parfois si perspicace.

— Vous êtes ensemble ?

— Oh là non...

— Ah, fait-elle déçue. Tu es amoureux ?!

Mélanie semble jouer aux devinettes, devant Cédric qui assiste à l'échange sans rien y comprendre.

— Eh bien, en fait, c'est la grande question que je me pose…

— Bon ! Quelqu'un peut me dire ce qu'il se passe ici ? Parce que si je vous dérange…

— Ah, mon chéri, les subtilités de l'amour te sont parfois étrangères…

— De mieux en mieux, fait-il un peu vexé. C'est par où la sortie, déjà ?

Il se lève, elle le fait rasseoir en tirant sur la jambe de son pantalon.

— Allez, Antoine, dis-nous tout ! Qu'est-ce qu'il s'est passé avec Rose ?

— Je mets fin directement à tes hypothèses et à tes fantasmes : il ne s'est rien passé du tout.

— Avec Rose ? demande Cédric qui tombe des nues. Je comprends rien… Tu nous as toujours dit qu'elle était trop jeune, que ce n'était qu'une gamine…

— Je vous disais aussi que c'était mon employée. Bon, ça, elle ne l'est plus. Jeune, elle l'est toujours…

— Tu n'es pas si vieux que ça ! tempère Cédric.

— Il vit mal l'arrivée de ses quarante ans, explique malicieusement Mélanie… mais toi, tu es jeune, tu ne vas que sur tes trente-neuf !

— Oui, enfin, notre écart d'âge sera toujours de quatorze ans… soupire Antoine.

— Je ne te comprends pas, la plupart des hommes rêveraient de se faire une petite jeunette ferme et fraîche, et toi, ça te pose un problème ? demande Cédric sans détours.

— Tu peux répéter ? le reprend sa femme avec autorité. Répète un peu pour voir ? Je sais que la grossesse ne m'a pas arrangée, mais j'espère que tu te satisfais de mes bourrelets et de ma peau qui tend vers le flasque !

— Mais ma chérie, tu n'as jamais été aussi belle, l'amadoue-t-il en la regardant avec les yeux de l'amour.

Mélanie prend un air satisfait.

— Je vous envie, tous les deux... glisse Antoine. Quand j'étais avec Jeanne, votre entente me faisait rêver...

— Si tu crois que c'est toujours drôle et facile ! rétorque Mélanie. Mais, ce n'est pas le sujet. Parlons de toi... Récapitulons : tu ne sais pas si tu es amoureux, tu as un problème avec votre écart d'âge... et ?

— Et surtout je doute que ce soit réciproque... Elle n'en a jamais rien laissé paraître.

— Et toi ? Pas plus. En même temps, ça ne fait pas longtemps que vous vous êtes retrouvés... et avant tu étais son patron !

— C'est vrai. Je suis un peu perdu, je crois...

— Mais concernant l'écart d'âge, c'est quoi le problème, en fait ? Parce que la remarque, tout à fait subtile, de mon cher mari n'était pas dénuée de vérité... Il est où le souci ?

— Je ne sais pas... Je n'ai peut-être pas envie d'assumer en société le fait d'être avec une « jeunette »...

— Pourquoi ? Ça fait bien, non ?

— Je n'ai pas envie d'être au bras d'un trophée, Cédric. De toute façon, vous allez trop vite... Il n'y a rien eu, il n'y aura sans doute jamais rien. Si ça se trouve, même, elle a quelqu'un... Et puis toi, Mélanie, tu vois mon œil qui pétille, parce que je suis bien dans ma vie et qu'il y a un peu de piment dans mon esprit en ce moment, mais en fait je ne suis même pas sûr de l'aimer ! Je me suis tellement trompé, avec Jeanne…

— Oui, mais c'était différent. Déjà, tu n'étais pas prêt… Tu l'es, maintenant, n'est-ce pas ?

— Oui, je suis prêt… Je l'ai même dit à Raph.

Ils le regardent comme s'il était un peu fou.

— Comment on sait si on aime ? demande-t-il comme un enfant tout penaud. Je ne me souviens plus…

— Un jour, on SAIT, c'est tout. Tu n'as qu'à faire la somme de tout ce que tu aimes chez elle… Et puis, il y a une question imparable : est-ce qu'elle te manque ?

— Oui, elle me manque… soupire-t-il.

— Vous vous revoyez quand ? demande Mélanie.

— Aux prochaines vacances… Nous allons chez Hermance avec Lou.

— Non ? demande Mélanie ébahie. C'est quoi ce plan ?

— Il est malin, notre Antoine… Un petit contrat, et hop, il l'emmène avec lui, ajoute Cédric, d'un rire goguenard.

— Il n'y a pas de contrat. Elle sera autant en vacances que moi. Lou ira au club des Pioupious.

— Et toi, tu auras le champ libre… Fais gaffe, la neige c'est froid !

— Décidément, on a droit à du grand Cédric, ce soir ! s'amuse Mélanie. Blague à part, je vous souhaite de vous trouver… Vous êtes mignons tous les deux. Je l'ai toujours dit à Cédric, hein, mon amour ?

La bouche pleine de gâteaux apéritifs, son amour lui répond d'un grand oui de la tête.

64

Ne plus douter

Antoine n'a pas voulu attendre, et surtout pas le samedi matin. Ils sont donc partis tard le soir du vendredi et ont roulé de nuit. Le voyage n'a rien eu de pénible pour Lou, qui a dormi tout du long. Au début, Rose a voulu tenir compagnie à Antoine, lui faire la conversation, elle avait peur qu'il s'endorme si elle sombrait dans le sommeil, bercée par l'autoroute… Mais elle a sombré quand même. En moins d'une heure. Antoine a eu envie de lui dire : « Ne t'inquiète pas, j'ai le cerveau en ébullition et je suis sous endorphines, il n'y a aucun risque », mais il n'en a rien fait. Pendant le trajet, ses yeux venaient régulièrement glisser sur Rose ou sur Lou, les deux endormies. Il avait le sentiment de transporter un trésor. Toute sa richesse s'incarnait dans ses deux petits bouts de femme. Pour rien au monde il n'aurait voulu aller avec une autre que Rose chez Hermance.

Depuis la conversation avec ses amis, Rose et lui ne se sont pas revus. Il a laissé son impatience d'être avec elle grandir, le manque enfler dans sa poitrine. Son bonheur est donc sans limite.

*

Ils arrivent au petit matin. Seules les lueurs du levant sublimant les montagnes noires qui se détachent sur un ciel rose pastel les accueillent. Il est un peu plus tôt que prévu. Hermance n'est peut-être pas encore levée. Aucune lumière ne filtre sous les volets fermés du chalet. Antoine a la clef et les croissants tout chauds qu'il a pris en passant dans la meilleure boulangerie du Grand-Bornand. Rose réveille Lou, qui tarde à ouvrir les yeux. Ses paupières clignotent. Elle resterait bien dans son siège auto, mais hors de question de la laisser congeler ; Rose la détache et la prend dans ses bras pour la porter jusqu'au canapé du salon. Sur la table rustique de la salle à manger, le petit déjeuner n'attend plus que les boissons chaudes. Hermance a préparé tout ce qu'il fallait. Antoine sourit. Ces vacances s'annoncent parfaites !

Cela remue un peu là-haut. Une porte grince, de petits pas prudents s'avancent dans le couloir jusqu'à la rambarde de l'escalier.

— Antoine, c'est toi ? demande Hermance d'une voix inquiète et encore pleine de sommeil.

— Oui, mamie, c'est nous.

Il fait signe à Rose de garder le silence en posant son index sur sa bouche.

— Déjà ? J'espère que tu n'as pas roulé comme un fou… le sermonne-t-elle gentiment.

— Ne t'inquiète pas. On est partis de bonne heure. Et je t'ai amené une surprise.

— C'est vrai ? demande Hermance, soudain parfaitement réveillée.

Plus curieuse qu'elle ne voudrait l'avouer, elle descend quelques marches à pas prudents. Baisse la tête pour découvrir ce qui l'attend en bas.

— Rose ! s'écrie-t-elle, ravie.

Tandis que la vieille dame franchit les dernières marches qui la séparent du rez-de-chaussée, Rose lance un regard en forme de question à Antoine, qui lui répond par un clin d'œil facétieux. Il semble fier de lui.

Hermance parvient enfin en bas et ouvre grand ses bras à la jeune femme.

— Rose, mais quel bonheur ! Je suis tellement contente de te voir.

Elle applique sur les joues fraîches de Rose deux grosses bises bien sonores.

— Et toi, cachottier ? Tu vas m'expliquer ! Je croyais que vous ne vous voyiez plus… que vous étiez fâchés ?

Antoine est un peu gêné d'être questionné ainsi, sous les yeux de Rose, qui ne perd rien du spectacle et garde un sourire amusé aux lèvres.

— Mais non, mamie. Tout s'est arrangé.

— Oh, je suis tellement, tellement heureuse ! Tu m'as manqué l'été dernier, Rose. Pendant que cet aventurier défiait les sommets, moi je restais seule ici, ou avec Lou. Et le chalet était un peu vide, sans toi. Je crois que tu nous as manqué… à tous… ajoute-t-elle avec malice.

Antoine rougit légèrement. Si en plus Hermance le met dans l'embarras… D'autant qu'elle le connaît assez pour lire entre les lignes…

— Et si nous préparions les boissons pour le petit déjeuner ? demande-t-il pour faire diversion.

Hermance s'avance vers la cuisine, au bras de Rose, non pour s'aider à marcher, mais dans un geste de tendresse.

*

Les deux premiers jours, Antoine et Rose skient ensemble à la station du Chinaillon, pendant que Lou fréquente le centre de loisirs qui initie les petits aux joies de la neige : batailles de boules de neige, concours de bonhommes, parcours ludiques, et premiers cours d'initiation au ski.

Le troisième jour, profitant du temps au beau fixe, ils décident de partir en raquettes depuis le col de la Colombière, pour découvrir leur randonnée estivale sous le soleil d'hiver. Antoine est en grande forme, et tous deux grimpent avec une tranquille efficacité jusqu'au panorama qui donne sur le mont Blanc. Antoine lui raconte la journée de l'été dernier qu'il a passée là, tout seul, à quel point il se sentait bien…, mais aussi à quel point il n'avait pas pu s'empêcher de penser à elle et à leurs souvenirs heureux. Rose sourit.

Parvenus tout en haut, ils restent sans voix, saisis par la beauté du paysage. La neige scintille et le soleil parsème des étoiles à sa surface. Les bruits sont étouffés, tout est d'un calme absolu. Les massifs montagneux forment un océan blanc devant eux, figé, baignant les lieux dans une douce torpeur hivernale.

Antoine plante l'un de ses bâtons à l'emplacement de leur ancien pique-nique.

— Je déclare que cet endroit est à nous ! Quoi qu'il arrive, il sera toujours le nôtre.

L'humour revendiqué de la première phrase est atténué par la seconde, dans laquelle Rose a décelé un fond de sérieux.

— Tout ça aussi est à nous ! crie Antoine face au panorama, les bras écartés.

Rose sourit à nouveau. Antoine n'aurait pas fait ça, avant. Peut-être s'obligeait-il à être sérieux ?

*

Ils passent leurs soirées dans le salon, au coin du feu. Après une partie de Scrabble ou de dames chinoises avec Hermance, ils s'installent dans un fauteuil, pour lire ou discuter. Les deux, parfois.

— Que dirais-tu d'aller danser, un soir ? demande tout à coup Antoine.

— Il n'en reste plus beaucoup, des soirs, fait remarquer Rose dans un sourire.

— Quand même. Il nous reste demain jeudi ou vendredi. La discothèque du Chinaillon est ouverte tous les soirs.

— Moi, j'aime danser… mais toi ?

— Je suis un as de la piste, tu verras, répond-il en riant. Et si ce n'est pas le cas, tu m'apprendras !

Satisfait d'avoir obtenu gain de cause, Antoine se lève et monte se coucher. La journée du lendemain s'annonce longue, et le sommeil lui joue des tours en ce moment… Surtout depuis qu'il sait Rose dans la chambre voisine de la sienne. Il n'est qu'à une cloison de son souffle et de ses rêves. Parfois, il s'imagine osant aller la trouver dans sa chambre. Il entre sans dire un mot, il l'embrasse, puis enfin lui avoue son envie d'elle. Parfois, il envisage la scène inverse : c'est elle qui vient le surprendre. Pfff… C'est beau de rêver. La vérité, c'est qu'il est empoté, empêtré dans ses sentiments et son envie de les dévoiler… sans se prendre le râteau du siècle… Il voudrait lui ouvrir son cœur, mais ne pas tout gâcher. Lui pardonnerait-elle une affection autre qu'amicale ? Ne partagent-ils pas le même point de vue sur leur écart d'âge, qui constitue quelque part un rempart anti-effraction ? Ces quatorze ans qui les séparent le minent. Et si c'était LE point faible de leur idylle, leur talon d'Achille ? Comme une mauvaise donne au départ qui rend le jeu impossible. Sauf qu'il ne joue pas, mais alors pas du tout. Parce que plus il regarde Rose et moins il doute… Jamais il n'aurait cru retomber amoureux. Pas si tôt, pas comme ça, pas d'une fille comme elle… Mais c'est une certitude viscérale. Et il n'en éprouve pas la moindre culpabilité.

65

Danser ensemble

Après une matinée de luge avec Lou, pendant laquelle on aurait pu se demander qui des trois était l'enfant, Antoine et Rose ont pris la voiture en direction de La Clusaz pour quelques tours de patinoire en guise d'échauffement avant la soirée en discothèque. Il voulait tellement la revoir glisser sur la glace, tournoyer et virevolter. Au lieu de ça, le plus grand moment de grâce qu'il a vécu, c'est quand elle lui a pris la main pour qu'ils patinent ensemble. Il en a reçu un coup au cœur, plus encore de son intention que du plaisir du contact… puisque leurs mains étaient gantées… Le sort jouait contre lui. Dans le cas contraire, sans doute n'aurait-elle pas osé… Habituellement Rose conserve toujours une distance respectueuse. Lui voudrait passer à la sphère intime, au zéro distance. Il voudrait que leurs corps s'unissent. Il voudrait plaquer sa bouche sur la sienne et faire fi de tout le reste.

*

Au début, il la regarde danser. Elle bouge en cadence en des mouvements variés, épouse le rythme, vit la musique. Elle semble ailleurs, ne s'occupe pas des autres, est dans sa bulle. On dirait qu'elle danse chaque fois comme s'il s'agissait de la dernière. Ses vêtements comme ses gestes n'ont rien de provocant, mais il se dégage d'elle beaucoup de sensualité. Surtout pour Antoine. Pour lui seul, peut-être.

D'un signe, elle l'invite à le rejoindre, et il s'exécute de bonne grâce. À côté d'elle, gêné au point de ne pas oser la regarder, il produit des mouvements plus qu'il ne danse vraiment. Elle lui sourit avec bienveillance en guise d'encouragements. Se place finalement face à lui, comme pour lui montrer comment faire. « Il faut lâcher prise ! » lui crie-t-elle en s'approchant de son oreille pour se faire entendre dans le vacarme ambiant. « J'essaie ! » rétorque-t-il en riant. Alors il faudrait se laisser aller ? Mais s'il le faisait, s'il déprogrammait son cerveau, il sait qu'il irait vers cette bouche appétissante qui le tente horriblement. Alors non, il ne peut pas se laisser aller. Et cela devient de plus en plus difficile, parce que, subrepticement, Rose se rapproche. Elle se déhanche en rythme, et c'est terrible. La musique s'y prête vraiment, il faut dire. C'est un véritable appel charnel. Antoine a de plus en plus chaud. Et ce n'est pas seulement dû à la voix de Rihanna. Rose susurre ou chante en play-back les paroles en évoluant avec grâce. De temps à autre, elle plante ses yeux dans les siens avec un aplomb qu'il ne lui connaît pas. La danse la transforme, et elle se rapproche toujours. On dirait qu'elle veut jouer, ou bien lui apprendre… il ne sait plus bien. Ses neurones déconnectent, et Antoine se laisse enfin aller. Les yeux verts de Rose pétillent. Ses cheveux blonds sont collés sur son front par la transpiration, et il trouve cela particulièrement sexy. La température monte sur la piste… Il fait un pas de plus vers elle, jusqu'à ce qu'ils soient très proches. Puis ils enchaînent les danses, comme dans un tourbillon. Dans de rares apartés de conscience, Antoine se demande s'il se fait des idées… Rose n'est-elle pas en train de le draguer, même un tout petit peu ? Ou bien est-ce la danse qui lui fait perdre la tête et la transpose dans une autre réalité ? Mais il replonge dans la magie de ce moment improbable, où le désir qu'il a d'elle s'amplifiera jusqu'au moment où il ne saura plus quoi en faire. Et ce sourire, ce regard, trop forts, trop appuyés… que veulent-ils dire ? Ils n'ont pourtant bu qu'un verre… Elle ne peut-être être désinhibée par son unique verre de mojito ! Antoine est déboussolé. Rose lui fait perdre la tête et les pédales. Il s'approche plus, encore plus, de son sourire mutin. Lui perd le sien, devient vaguement sérieux. Leurs yeux ne se quittent pas, sont accrochés, rivés, vissés. Antoine franchit chaque centimètre le séparant de Rose qui danse toujours. Les yeux fiévreux, il prend sa tête entre ses mains, la regarde intensément et l'embrasse avec passion, longuement… Elle ne danse plus, se laisse faire, répond même. Pas le temps de comprendre ou de se poser des questions.

*

Après cet étrange baiser sur la piste de danse qui

les a vus s'immobiliser de longues secondes, Antoine se dirige vers le bar. Il laisse Rose désarçonnée au milieu des danseurs, cependant elle n'a plus envie de danser. Il a coupé son élan et son insouciance. Il vaut mieux partir. Mais elle a peur d'aller vers lui, de lui parler. L'a-t-elle provoqué sans s'en rendre compte ? L'a-t-il trouvée aguicheuse ? Rose culpabilise, a l'impression de les avoir tous les deux entraînés sur une pente fatale. Quand elle danse, elle ne se maîtrise plus. La danse emporte tout, la fait sortir d'elle, la passion s'exprime par tous ses pores. Elle est comme possédée. Ses amis sont habitués. Antoine, non.

Comme elle ne peut pas rester plantée là éternellement, elle s'approche du bar. L'assurance l'a quittée. Elle est redevenue Rose, la sage. La fantasque est allée se rhabiller.

— On va peut-être y aller…

Antoine ose parler le premier. Rose voudrait qu'il ait oublié ce qui vient de se passer. Leurs yeux s'évitent, ce qui semble prouver le contraire. Il siffle son verre d'un trait, et ensemble ils se dirigent vers la sortie.

Le trajet se fait dans le plus grand silence. La musique berce leurs pensées. Ils n'ont pas de mots. Antoine ne trouve pas les siens, Rose n'en a pas du tout.

66

(Se) questionner

Il reste deux jours avant le retour. Rose se réveille groggy. Elle a peiné à s'endormir, malgré la fatigue de son corps. Elle s'est réveillée plusieurs fois, se demandant si elle avait rêvé ou si cela s'était vraiment passé. Mais tout est terriblement net dans son esprit : son patron l'a embrassée. Enfin, certes, il ne l'est plus, mais… Elle ne comprend pas. Elle se demande toujours si c'est de sa faute à elle, si son attitude était une invitation… Ils étaient affreusement gênés tous les deux, dans la voiture. Aucun des deux n'a osé aborder le sujet. Ils se sont juste souhaité « bonne nuit » avant de se séparer.

Elle appréhende le moment où ils vont se retrouver ce matin. Elle a peur que son « bonjour » sonne faux, qu'Hermance se doute de quelque chose… Il ne manquerait plus que ça… Elle en vient même à espérer qu'Antoine soit sorti…

Rose a aimé ce baiser. Il était tellement inattendu et tellement doux à la fois qu'elle s'est laissé faire et que, sur le moment, elle l'a apprécié (ce sont plutôt ses effets secondaires qui lui retournent la tête). Elle n'a embrassé personne depuis Julian, se fait régulièrement taquiner par Manon à ce sujet… « Tu ne vas plus savoir faire ! » lui répète-elle souvent. Mais c'est faux : ces choses-là ne se perdent pas… Quand elle va raconter cela à ses amies… Rose se ravise très vite : pas question d'en parler à Manon tout de suite. À Charlotte, peut-être ? Elle est toujours de bon conseil.

*

Quand Rose descend, elle trouve Antoine et Lou dans le salon, occupés à faire un jeu de société au coin du feu. Il neige à gros flocons dehors. Elle articule un « bonjour » faussement enjoué, croise le regard d'Antoine qui lui va droit au cœur, et se dirige vers la cuisine où Hermance prépare déjà le déjeuner. Rose espère paraître naturelle, essaie de se servir un thé sans trop trembler. Elle est en effet profondément troublée. Elle ne savait pas à quoi s'attendre, au juste, mais le regard qu'il lui a lancé était si grave, si intense qu'il voulait dire en substance : « Je me souviens très bien, et je n'ai pas joué. » Elle connaît assez Antoine pour savoir (ou supposer) qu'il n'est pas homme à draguer les minettes en boîte de nuit… même si elle s'était posé la question au début où elle travaillait pour lui.

— Bien dormi, ma Rosie ? demande Hermance avec affection.

— Ça va, oui, répond Rose en mentant outrageusement.

D'ordinaire, Rose serait allée se poser dans le

canapé près de Lou et de son père, les aurait regardés jouer ou se serait invitée dans une partie. Là, elle n'en a aucune envie, elle propose donc son aide à Hermance, qui la décline, puisque le repas est déjà prêt.

— C'était bien, hier soir ? demande la grand-mère.

— Oui, Hermance… C'était très bien…

Votre petit-fils embrasse magnifiquement bien… se garde-t-elle d'ajouter, assaillie de flash-backs qui la remuent au plus haut point.

*

Lors du déjeuner, Rose comme Antoine ont fait comme si de rien n'était, tout en prenant soin de s'éviter au maximum. Autant dire que c'était mission impossible. Hermance n'a pas dû en perdre une miette. Même si elle ignorait de quoi il retournait, elle a bien compris qu'il s'était passé quelque chose la veille. Rassurée de constater qu'ils n'avaient pas l'air bien fâchés, elle a essayé de détendre l'atmosphère et de parler avec Lou pour meubler la conversation.

Au moment de débarrasser la table, Antoine et Rose se sont retrouvés dans la cuisine au même moment, coincés entre le lave-vaisselle et l'évier. Obligés de se frôler dans une proximité physique tout à fait électrisante, ils étaient aussi troublés l'un que l'autre, n'osant se regarder de peur que leurs yeux ne se croisent et s'interrogent. Antoine avait envie de toucher Rose, de caresser sa main ou de la prendre dans ses bras… et puis de l'embrasser, encore. Rose n'avait envie de rien, mais trouvait ce moment fugace affreusement délicieux. Et grisant. Comme si une flamme éteinte se réveillait en elle. Aucun des deux ne semblait vouloir rompre la magie, jusqu'à ce qu'Hermance débarque dans la cuisine, les bras chargés d'assiettes.

— Je vais prendre la navette de 15 heures, a dit Rose.

Elle n'avait qu'une envie : s'éloigner d'Antoine pour réfléchir (à côté de lui, c'était impossible)... Même si elle avait en même temps le désir de rester près de lui, pour ressentir le simple plaisir de cet effet qu'il avait, tout à coup, sur elle.

*

Arrivée au village, Rose entreprend de flâner dans les rues un peu au hasard. Elle a surtout prévu d'appeler Charlotte. Attrapant son téléphone, elle découvre un SMS d'Antoine. Il est souvent plus facile de dire les choses par écrit... *Rose, j'aimerais te parler... Voudrais-tu bien dîner avec moi ce soir à l'extérieur, loin des oreilles du chalet ?* Un repas au restaurant tous les deux ? Cette idée la surprend, autant qu'elle l'inquiète et la ravit. De toute façon, il faudra bien qu'ils se parlent un jour...

Rose appelle Charlotte qui, fort heureusement, décroche du premier coup. Elle lui raconte les derniers événements. Au bout du fil, Charlotte explose presque de joie.

— C'est génial ! s'écrie celle-ci.

— Je ne vois pas en quoi... Je ne sais même pas pourquoi il a fait ça. Tu me connais, quand je danse... J'en ai peut-être trop fait.

— Tu as peur qu'il t'ait prise pour une allumeuse ?

— Euh, oui, en gros, c'est ça... J'ai peur qu'il me juge mal.

— Je suis sûre que non. Mais tu crois que c'était juste un accident ?

— Je ne sais pas... soupire Rose malgré elle.

— Et tu ressens quoi ? demande Charlotte avec un intérêt sincère.

— Difficile à dire. Un mélange... déroutant. Je n'arrive pas à comprendre.

— Bon, maintenant tu peux me le dire... Tu n'étais pas un peu amoureuse de lui ?

— Pas du tout. Écoute, ça peut te sembler incroyable, mais ça ne m'a même jamais traversé l'esprit... Il n'y a jamais rien eu d'ambigu entre nous. Tout au plus une certaine complicité, et encore, seulement par moments. Et puis, c'était mon patron !

— Arrête avec ce refrain. Il y en a que ça n'arrête pas... glisse Charlotte, lucide.

— Mais c'est bizarre, il est quand même vachement plus vieux... Il va avoir quarante ans l'année prochaine, tu imagines ?

— Et alors ? Physiquement, il te plaît ?

— Tu mets la charrue avant les bœufs, là... Il n'y a eu qu'un baiser, et je ne vois pas pourquoi cela aboutirait à une vraie relation.

— Réponds à ma question ! ordonne Charlotte. Il te plaît ?

— Je ne m'étais jamais posé la question... Mais c'est vrai qu'il est pas mal, admet Rose.

— Et tu n'éprouves rien pour lui ?

— Disons que là non plus, je ne m'étais jamais posé la question... Preuve que non, j'imagine.

— Je vais te dire quelque chose : j'ai eu Max sous le nez pendant des années sans le voir, et il a suffi d'une conversation un jour comme un autre pour que j'aie soudain envie d'être avec lui… Ça dure toujours, et l'amour grandit encore. Donc ça ne veut rien dire…

— Mais il est *vieux*…

— Plus que nous, et alors ? Et presque quinze ans c'est pas la mer à boire, c'est pas un papy non plus. La question n'est franchement pas là. La question, c'est de savoir si tu aimes être avec lui, si tu partages ses valeurs, ses centres d'intérêt… et si tu te verrais au lit avec lui ! rit Charlotte. Et puis, n'oublie pas l'une de ses plus grandes qualités : c'est le père de Lou !

— Je ne sais pas si c'est une qualité… et puis ça ne sert à rien de faire des plans sur la comète… Si ça se trouve, il va me dire ce soir que c'était juste un dérapage et qu'en vérité je ne lui fais ni chaud ni froid…

— Alors là, j'en doute ! Je penserais plus volontiers qu'il a craqué pour toi…

— Pfff… Allez, je te laisse.

67

Avouer

Ils ont quitté le chalet sous les yeux attendris d'Hermance, qui se transforme en baby-sitter pour la soirée. Cela ressemble à une sortie de couple, mais ça n'en est pas une. Rose se demande si Antoine a discuté avec sa grand-mère, aujourd'hui. Il est proche d'elle, elle a la sagesse, alors qui sait ?

Rose n'espère qu'une seule chose : qu'au retour de leur soirée, ils ne seront plus aussi gênés. Parce que depuis qu'elle est revenue du village, Antoine a à peine croisé son regard. Heureusement qu'il lui a envoyé ce message avec cette promesse de se parler, sinon elle l'aurait cru fermé jusqu'au retour à Paris.

Il a réservé dans un restaurant montagnard. Original… mais Rose adore le fromage, elle est tout de même ravie.

Ils n'ont pas échangé un mot du trajet, à part deux banalités. Les voilà à présent à table, les yeux rivés sur la carte. Ils optent pour une fondue savoyarde aux cèpes à partager. Antoine n'attendra pas les cocktails commandés pour entamer la conversation aussi inévitable qu'attendue :

— Je ne sais pas trop par où commencer… avoue-t-il.

Rose sourit, comme si elle était déjà soulagée.

— Je peux essayer de t'aider, si tu veux… propose-t-elle.

— C'est une idée… Encore que je doute que tu saches ce que je vais te dire.

— Tu vas me dire qu'hier, c'était un accident… Que je t'ai fait perdre un peu la tête, que je t'ai provoqué, que tu as eu envie de m'embrasser mais que, en fait, ça ne veut rien dire. C'était juste dans l'action… un classique… sourit-elle.

Antoine sourit à ce laïus complètement à côté de la plaque.

— C'est ce que tu voulais entendre ? Parce que je risque de te décevoir… lui annonce-t-il en la regardant droit dans les yeux.

Rose est au bord du malaise. Se pourrait-il…

— Je ne t'ai pas embrassée par hasard, hier soir, dit-il de but en blanc. Autant que les choses soient claires.

Il émet un petit rire gêné. Les cocktails arrivent à ce moment-là. Ils trinquent.

— J'en rêvais depuis quelques jours, alors d'une façon ou d'une autre, ça serait arrivé… Ou bien j'aurais tenté une déclaration en bonne et due forme… Mais enfin, il fallait que tu saches d'une manière ou d'une autre…

Il suspend son aveu. Rose reste relativement impassible, ce qui n'est pas pour le rassurer.

— Tu es un grand mystère pour moi, Rose, dit-il en changeant de sujet.

— Ah ? Comment ça ?

Ces derniers mots la font sourire et l'étonnent tout à la fois.

— J'aimerais savoir quelque chose... Cela fait des mois, plutôt trois années, que je me pose cette question... D'où te vient cette vie... ?

— De mes parents, dit-elle en riant.

— Ne réponds pas à côté, Rose. Tu as très bien compris... La vie que tu renvoies, la joie, le regard que tu portes sur ce qui t'entoure, tout cela n'est pas banal... encore moins pour une jeune femme de ton âge. Je suis persuadé qu'elle vient de quelque part. Qu'elle t'a été transmise, peut-être, ou bien...

— Ou bien que j'ai vécu un événement difficile qui m'a rendue plus vivante que je ne l'étais.

— Voilà.

— Eh bien, oui. Quand j'étais petite, j'ai été très malade, en effet. J'aurais pu mourir. J'ai passé des mois à l'hôpital. C'était devenu ma deuxième maison... Mais je m'en suis sortie. Et je crois que je remercie tous les jours la vie de m'avoir gardée. Alors, oui, je vis pleinement chaque minute de l'existence, et je m'émerveille d'un rien.

— Je comprends mieux pourquoi j'avais cette impression que tu célébrais la vie en permanence... ou presque... et surtout en dansant.

Rose sourit. Elle ne se sent pas si extraordinaire que cela...

— Laisse-moi te dire, maintenant, en quoi je loue le Ciel de t'avoir mise sur mon chemin. En même temps, c'est évident : quand j'ai perdu Raph, j'ai cru avoir tout perdu... J'ai gagné une fille, dont je ne voulais même pas. Peut-être qu'elle m'a obligé à me maintenir en vie, mais ça a été un dur combat... Tu étais là, et au début je ne te voyais même pas. Tu m'aidais de façon indirecte, en t'occupant de Lou, mais je n'avais pas l'impression que tu m'apportais, à moi aussi. Les choses ont changé la première fois que nous sommes venus ici. Tu m'as initié au goût des joies simples, quand elles sont partagées, et au bonheur que peut apporter la simple contemplation... Tu as fait du premier anniversaire de Lou un moment très beau, et tu n'as jamais cherché à nous faire oublier Raphaëlle. Tu es restée à ta place... même si les événements ont fait que cette place grandissait au fur et à mesure. Tu nous as énormément apporté, à Lou et à moi. Sans doute plus que tu l'imagines... Parfois, je me disais que tu étais une fée. Tu peux sourire... tu l'es. D'ailleurs, je te l'ai déjà dit. Quand Jeanne s'est débrouillée pour que je te mette à la porte, je n'ai pas su m'interposer, je n'ai pas su te dire au revoir convenablement... et surtout te dire que je ne voulais pas que tu quittes tout à fait notre vie. Quand je suis revenu vers toi, avec mon mail, j'aurais voulu te dire plein d'autres choses. J'en suis resté à mes regrets, mais je ne t'ai pas dit l'essentiel, peut-être : le bonheur que j'éprouvais, dans ma vie et avec ma fille, je te le devais en grande partie. Tu m'as rendu meilleur, et permis de commencer à devenir moi-même. C'est pour ça que les changements que j'ai opérés depuis l'été dernier, je voulais que tu les voies. Je voulais que tu saches que si j'ai réussi à faire certains choix de vie, importants, c'est parce qu'à ton contact je me suis rendu compte que je faisais fausse route dans mon ancienne vie et qu'il fallait que je trouve le courage d'effectuer les changements qui s'imposaient. Il y en aura d'autres… je l'espère. Depuis cet été, j'ai réussi à être heureux avec Lou. C'était important, je crois, de me sentir bien en étant seul, avant de chercher à refaire ma vie. Jeanne est arrivée trop tôt, mais de toute façon ce n'était pas le seul problème. Donc j'étais bien… Lou te réclamait, et moi je voulais te revoir, mieux que cet été. Depuis que nous nous sommes retrouvés, j'apprécie que tu ne sois plus « mon employée ». (Ce disant, il agite ses doigts en l'air pour figurer les guillemets.) Parfois, je me demandais ce que nous étions, au juste, l'un pour l'autre. Des amis ? Pas vraiment. Et pourtant nous avons partagé tellement ensemble… des morceaux de quotidien très forts, et heureux. Je n'en reviens pas de te déballer tout ça, alors que ça restait coincé depuis si longtemps…

Rose sourit. Au fond, il ne lui apprend pas grand-chose qu'elle ne sache déjà ou n'ait deviné… La serveuse apporte le poêlon et le panier avec le pain. Antoine en profite pour reprendre son souffle, puis reprend :

— Tout ça n'explique pas pourquoi je t'ai embrassée hier soir.

— Eh non, s'amuse Rose.

— Je ne sais pas trop quand j'ai commencé à avoir des doutes concernant ce que je ressentais pour toi… Je me cachais derrière nos quatorze ans d'écart…

— Oui, c'est un vrai problème… lâche Rose pour le taquiner, elle qui, à présent qu'il en parle, trouve cela absurde et anecdotique.

— C'est ce que tu penses ? demande-t-il, inquiet.

— Je n'ai jamais trop réfléchi à ce sujet.

— Moi, en tout cas, ça ne me mettait pas à l'aise. Pourtant, je dois reconnaître que tu es bien plus mature que les jeunes de ton âge…

Elle rit.

— Tu sais quand j'ai découvert que tu étais une femme, une vraie ?

Elle éclate de rire :

— Non, dis-moi.

— Quand je t'ai vue danser, au théâtre…

— Décidément, la danse te fait de l'effet…

— Quand je te vois danser, je vois tout ce que tu es et tout ce que j'aime. Tu es à la fois toi et une autre, et à mon avis tu n'es jamais plus toi que dans ces moments-là… Bref, au diable la raison, les maths, les calculs d'écart d'âge, et le regard des autres… Je crois que je t'aime. Je ne crois pas, j'en suis sûr. Je t'aime, Rose. Je n'y peux rien, c'est comme ça, se défend-il devant ses yeux surpris. Je ne savais même pas que je pourrais encore dire « Je t'aime » et en être si intimement persuadé.

Rose reste interdite. Que répondre à ça ? Les mots d'Antoine lui vont droit au cœur, mais le sien n'y était pas préparé et ne peut lui rendre la pareille… Elle vient seulement de découvrir qu'Antoine est un homme… un homme possible. Elle qui n'a personne depuis deux ans et qui attendait « le bon »… Se pourrait-il que ce soit lui ?

— Antoine, je t'apprécie beaucoup, mais j'avoue qu'il me faut un peu de temps pour assimiler, intégrer tout ce que tu viens de me dire… Je ne m'y attendais pas, enfin surtout la fin…

— Je comprends. Tu as tout ton temps, lui répond-il d'un sourire bienveillant. J'espère que je n'ai pas tout gâché en tout cas… Je ne voudrais pas mettre à mal notre amitié…

— Apparemment, ça n'en est plus vraiment…

— Certes… mais tu m'as compris, tu pourrais ne plus jamais t'en apercevoir. Je m'engage à respecter ton choix et à ne plus jamais t'embrasser, même si tu danses.

Elle rit. Il reprend son sérieux :

— Je ne veux pas te perdre. Tu comptes trop… Évidemment, si tu ne veux pas de moi, tu me condamnes au célibat et aux regrets éternels… j'espère que tu en as conscience, tente-t-il de plaisanter. Je ne crois pas qu'un grand amour puisse se représenter souvent, dans une vie. J'en ai déjà vécu un, mais quelque chose me dit que toi et moi… Je ne sais pas, j'ai l'intuition qu'on pourrait être vraiment heureux tous les deux…

Rose sourit, ne sait faire que cela. C'était une très belle déclaration…

68

Et revenir sur ses pas

Bouleversée. C'est le meilleur mot pour qualifier l'état d'esprit de Rose quand elle regagne sa chambre ce vendredi soir après leur repas au restaurant. Elle revoit son regard bleu incrusté dans ses yeux, son assurance d'homme mûr et sûr de lui… Sûr de lui parce que cela fait des semaines ou des mois qu'il glisse vers elle sans qu'elle-même s'en soit rendu compte. Pendant toute la suite du repas, elle a feint la quiétude et le naturel, mais à l'intérieur… c'était un véritable big-bang.

Il est dans la chambre à côté de la sienne. Cette pensée la fait frissonner. Si elle avait été Manon, elle serait allée le retrouver. Mais elle n'est pas Manon, et elle n'a pas envie de s'amuser. C'est sérieux, l'amour. Et puis ce n'est pas n'importe qui… C'est le père de Lou, de celle qui ne rêve sans doute que d'une Rose comme belle-mère… Rose sait déjà qu'elle ne s'engagera dans cette relation que si elle pense que cette dernière a une chance. Son cœur le lui dira.

Après s'être repassé le film de la soirée, jusqu'à la vague hésitation au moment de se souhaiter « bonne nuit », Rose s'endort, un léger sourire aux lèvres. Être aimée, c'est doux…

*

La dernière journée est douce, elle aussi. La gêne s'est envolée. Antoine est soulagé d'avoir dit ce qu'il avait dans le cœur, et peut-être est-il confiant… Toujours est-il qu'il arbore un visage souriant et serein.

— Tu ne serais pas amoureux de notre petite Rose ? lui demande Hermance sur le ton de la confidence, entre deux pommes de terre à éplucher.

— Oui, mamie… chuchote-t-il, c'est si évident ?

— J'espère qu'elle t'aime aussi, mon grand, parce que tu as bien mérité d'être heureux…

— On verra… Ne te fais pas de souci, mamie. Tout ira bien, maintenant.

Il dépose un baiser ému sur les cheveux gris d'Hermance et s'en va retrouver Rose et Lou qui ont attaqué la fabrication d'un bonhomme de neige. Cela finit en bataille. Les deux filles font équipe contre Antoine, qui se laisse faire et finit allongé dans la neige, chevauché par sa fille. Il fait semblant d'être dépassé.

— Aide-moi, Rose ! l'intime Lou, pas dupe. Pas que papa se relève.

— Rose ? Elle a dit Rose ? demande Antoine à la jeune femme, qui félicite la petite d'avoir enfin réussi à prononcer son prénom correctement, avant de contribuer à l'effort de l'équipe en maintenant Antoine au sol.

— Vous allez manger de la neige, je vais me venger ! s'écrie-t-il avant de faire rendre les armes à sa fille à force de chatouilles.

*

La dernière soirée a été chaleureuse et agréable, même si Hermance sentait déjà poindre avec nostalgie le sentiment de vide qu'elle va ressentir quand ils seront partis. Elle espère les revoir très vite. Cet été… ou même avant.

Dans la voiture, Lou dort, elle ne résiste jamais longtemps au bercement de la route. Antoine et Rose ne parlent pas beaucoup. Parfois elle fredonne une chanson par-dessus la radio, parfois ils se regardent, parfois ils se sourient. Ils sont sans doute déjà nostalgiques de cette semaine de vacances extraordinaire et de la montagne à laquelle ils tournent le dos avec un gros pincement au cœur. Mais la quiétude prédomine.

À mesure qu'ils s'approchent de Paris, Antoine sent néanmoins une sorte de malaise l'envahir. Il n'a pas envie de reprendre le travail demain, il n'a pas envie de quitter Rose. Il ne sait même pas quand ils vont se revoir. Ni dans quelles conditions. Que seront-ils alors l'un pour l'autre ? Il se prépare à l'amitié. Ce ne sera pas si facile… L'amour ne pourra se décréter dans le cœur de Rose. Si elle ne ressent rien pour lui, il ne pourra que s'incliner face aux mystères que revêt ce sentiment tout-puissant contre lequel on ne peut rien.

*

Ils sont arrivés depuis un quart d'heure. La voiture est vide. Rose a chargé ses affaires dans la sienne. Elle est prête à partir. Elle prendra la route demain pour Fécamp, pour sa deuxième semaine de vacances. Lou pleure car elle ne veut pas que Rose s'en aille. Antoine n'est pas au mieux, mais n'en laisse rien paraître.

— Merci, Rose. Tu as embelli cette semaine… À bientôt, j'espère… dit-il en l'embrassant tendrement sur la joue.

— Non… Merci à toi…

La pudeur et la présence de Lou l'obligent à ne pas en faire plus.

Elle fait un câlin à la petite et monte dans sa voiture, démarre. Elle a l'impression d'un remake de la scène amère de son départ. Sourit un peu tristement avec un petit signe de la main, et laisse sa voiture partir, sous le regard fixe d'Antoine.

*

Antoine est dans sa cuisine. Lou joue dans sa chambre. Il se sent vide ; pense à Hermance qui doit éprouver la même sensation depuis leur départ.

La sonnette de l'entrée retentit. Il bondit de la chaise qui a accueilli sa peine, et découvre Rose.

— J'ai oublié quelque chose.

Il n'a pas le temps de demander de quoi il s'agit. Déjà elle prend son visage entre ses mains, comme lui l'a fait jeudi soir, et l'embrasse avec douceur et fougue mêlées. Le sourire dans leurs yeux ne tromperait personne.

— J'ai oublié que je n'avais pas envie de vous quitter.

Antoine la serre fort, très fort, et l'embrasse.

— Lou… Lou ? Viens voir qui est là !

REMERCIEMENTS

L'idée de ce roman a germé un matin de Noël, comme une évidence un peu magique. J'espère que, parvenus jusqu'ici, lecteurs, vous l'aurez apprécié autant qu'un cadeau ou qu'une gourmandise. J'ai eu envie, une nouvelle fois, de raconter une histoire de résilience... Comment l'on peut se relever d'un drame, comment on peut aimer la vie malgré tout ce qu'elle peut nous prendre, combien une rencontre peut apporter... Parce que je crois en tout cela.

Je voudrais remercier tout d'abord ceux qui m'entourent au quotidien, pour leur soutien et pour leur compréhension, pour le temps qu'ils me laissent pour l'écriture et tout ce qui va avec. Je sais combien cette passion prend de la place et combien il n'est pas toujours facile de vivre avec qui la possède. Je n'en serais pas là sans vous, sans Toi qui a cru en moi dès notre rencontre... alors, MERCI.

Je voudrais remercier tous les membres de l'équipe Michel Lafon, pour leur accueil, leur confiance, leur accompagnement... Merci notamment à Florian, qui restera « celui par qui tout est arrivé », pour sa confiance initiale, son accompagnement, ses réponses à toutes mes questions, et sa gentillesse pleine d'humanité ; à Maïté, mon guide, pour son regard professionnel et aiguisé, ses conseils avisés, son humour, sa capacité à me rassurer et à me bousculer si besoin ; à Anissa, mon attachée de presse, grâce à laquelle (entre autres choses) je peux venir à votre rencontre dans les salons du livre.

Merci à ma mère, pour son soutien et son enthousiasme. Quand je pense que je t'avais dit, à dix ans, que je voulais devenir écrivain… Mon rêve est en train de se réaliser.

Merci à mes ami(e)s, mes connaissances, vous qui êtes certainement « mes premiers fans »… Vous répondez toujours présent et je suis ravie de vous avoir à mes côtés dans la vraie vie.

Merci à tous mes ami(e)s auteurs, indés, tradis, hybrides… pour nos rencontres virtuelles ou réelles, nos échanges, nos riches discussions.

Merci, évidemment, à tous les lecteurs, ceux de mes débuts, ceux qui m'ont connue avec mon homard, ceux qui me découvrent avec ce kangourou… Vos messages et vos mots me touchent énormément. C'est grâce à vous que je vis cette merveilleuse aventure ! Il me tarde de venir à votre rencontre lors des futures séances de dédicaces.

Merci aux blogueurs et booktubeurs qui liront et chroniqueront ce roman. Je serai aussi ravie de vous rencontrer à l'occasion.

Et merci aux libraires, ces gens passionnés et passionnants, qui accueillent mes romans sur leurs tables, qui les lisent, les conseillent, qui m'invitent et me reçoivent « chez eux » ou lors des salons. Vous faites un travail incroyable !

Table

De la même auteure :

La (toute) dernière fois, recueil, 2017
La Délicatesse du homard, roman, Michel Lafon, 2017
L'Ivresse des libellules, roman, Michel Lafon, 2019

Littérature jeunesse :

La Vie en Rose, mini-roman, 2017 (réédition illustrée)

PAPIER À BASE DE FIBRES CERTIFIÉES

Le Livre de Poche s'engage pour l'environnement en réduisant l'empreinte carbone de ses livres. Celle de cet exemplaire est de :
300 g éq. CO_2
Rendez-vous sur
www.livredepoche-durable.fr

Composition réalisée par Maury-Imprimeur

Achevé d'imprimer en France par
CPI BRODARD & TAUPIN (72200 La Flèche)
en octobre 2022
N° d'impression : 3049759
Dépôt légal 1re publication : mai 2019
Édition 13 - octobre 2022
LIBRAIRIE GÉNÉRALE FRANÇAISE
21, rue du Montparnasse – 75298 Paris Cedex 06

64/1746/4